부정성의 시학과 한국 현대시

김난희

국학자료원

이 도서의 국립중앙도서관 출판시도서목록(CIP)은 서지정보유통지원 시스템 홈페이지(http://seoji.nl.go.kr)와 국가자료공동목록시스템(http://www. nl.go.kr/kolisnet)에서 이용하실 수 있습니다. (CIP제어번호: CIP2014014063)

이 책은 「한국 민중시의 언어적 실천 연구-1970, 1980년대 민중시에 나타난 부정성의 의미화 양상을 중심으로-」(2010)라는 제목으로 제출했던 박사학위 논문과 이후 '시적 언어의 부정성' 개념을 좀 더 확장시켜 발표한 논문들을 함께 엮은 것이다.

1970, 1980년대의 대표적인 시적 경향으로 평가되는 민중시와 해체시의 시적 언어를 '부정성'이라는 개념으로 한데 묶기까지는 그동안 우리 시사詩史에서 오래된 관례처럼 존재해 온 리얼리즘과 모더니즘이라는 이분법적인 틀을 뛰어넘는 모험이 필요했다. 민중시는 리얼리즘 계열의 시로, 해체시는 모더니즘, 혹은 포스트모더니즘 계열의 시로 언급하다가 특정 시기가 지나면 언제 그랬냐 싶게 그러한 이분법적인 틀마저 시대의 해프닝으로 끝내고 말았던 그간의 논의 과정을 1980년대에 대학을 다니면서 가슴 깊이 사랑했던 이 시들에 차마 덮어씌울 수는 없었다.

생각해보면 그러한 이분법적인 이데올로기(?)는 연구자와 평론가들의 전유물만이 아니었다. 당시에 대학생 독자였던 나 역시, 민중시와 해체시의 이분법적인 독법을 깊이 내면화시켰었다. 예를 들면 공적인 자리에서는 김지하, 신경림 등의 민중시를 읽었고 사적인 자리에서는 황지우, 이성복, 박남철 등의 해체시를 읽었었다. 비유적으로 말하자면, 광장에서는 민중시를, 밀실에서는 해체시를 읽었다고나 할까. 광장만으로도 부족하고, 밀실만으로도 부족한, 광장과 밀실의 자유로운 넘나듦을 갈망했던 최인훈 소설의 주인공 명준처럼, 나 역시 오랜 세월 동안 나의 시야를 가려왔던 이분법적인 독법으로부터 벗어나고자 했던 모험의 결과로 이 책을 세상에 선보인다. 남들은 이미 벗어버린 이분법적인 족쇄를 나 혼자 끌어안고 씨름한 것 같아서 민망하지만, 이렇게 책으로 묶고 나니 그동안 결박돼왔던 족쇄로부터 풀려난 것 같아 홀가분하기 그지없다.

내가 모험한 '시적 언어의 부정성'에 입각하여 판단하자면 1970, 1980년대 민중시는 리얼리즘이라기보다는 몸의 파토스에 가까운 것이었으며, 해체시는 모더니즘, 혹은 포스트모더니즘이라기보다는 정신의 파토스에 가까운 시적 특질을 보여준 것이었다. 몸의 파토스이든, 정신의 파토스이든, 민중시와 해체시 둘 다 당대의 시대적 억압으로부터 해방을 추구하는 저항적 에너지를 시적 언어의 부정성을 통해 표출한 전위시요, 실험시였다. 이 두 경향의 시를 '시적 언어의 부정성'으로 한데 꿴 모험에 대한 비판과 질책은 겸허한 마음으로 받아들이기로 하고, 이제는 몸의 파토스와 정신의 파토스의 조화와 융합을 꾀하는 또 다른 시를 찾아 떠나고 싶다. 아니다. 1970, 1980년대와는 또 다르게 몸의 파토스를 실어 나르는 새로운 민중시, 정신의 파토스를 유감없이 보여주는 또 다른 해체시를 만나고 싶다.

이 책은 전체 2부로 구성되어 있다. 제1부에서는 1970, 1980년대 민중시의 시적 언어와 언어적 실천을 살펴보았으며, 제2부에서는 1980년대의 해체시를 중심으로 이들 시에 나타난 시적 특질을 시적 언어의 부정성 측면에서 살펴보았다.

제1부 제1장에서는 이 책의 방법론으로 적용될 '시적 언어의 부정성과 언어적 실천' 개념을 소개하고 이어서 1970, 1980년대 민중시 연구의 목적과 대상, 더불어 민중시를 시적 언어의 부정성 차원에서 바라보아야 하는 이유를 밝혔다. 이어서 제2장과 제3장, 제4장에서는 김지하의 '담시'와 신경림의 '민요시', 그리고 고정희의 '굿시'를 대상으로 하여 각각의 시 텍스트에 나타난 부정성의 의미화 양상을 살펴보았다. 김지하의 '담

시'에 나타난 부정성의 표지는 리듬이나 구문의 반복, 의성어, 파라그람, 형태−통사론적 파괴를 통해 드러난다. 신경림의 '민요시'에서 포착할 수 있는 부정성의 표지는 가락, 즉 리듬이다. 신경림의 시 텍스트에서의 리듬장치는 대상이나 외적 현실에 대한 시적 주체의 육체적 충동 양상을 잘 보여준다. 고정희의 '굿시' 텍스트에서는 코라적 맥박을 통한 상징계에 대한 거부가 부정성의 주요 표지를 형성한다. 특히나 굿사설 속의 언어는 무엇보다 상징체계를 뚫고 나오는 육체성, 물질성을 담보해내는 '부정성'의 표지가 된다. 제5장에서는 각각의 시 텍스트 분석을 통해 도출해낼 수 있는 언어적 실천에 초점을 맞추었다. 1970, 1980년대 민중시 텍스트에 드러나는 시적 언어의 부정성은 상징화 과정 속에 삭제되었던 육체적 충동을 언어 속에 자리 잡게 하는 에너지의 이동장치로 기능하는데, 이 같은 언어적 실천을 통한 표상체계의 전환은 당대의 정치문화에 대한 동일화를 거부하는 문화적 반항 현상을 낳으면서 사회적 실천과의 등가성을 얻게 되는 것이다.

제2부 제1장에서는 1980년대 해체시가 장르해체, 통사파괴, 형태파괴, 욕설, 비어, 아이러니, 유머, 상호텍스트성 등의 여러 장치를 통해 시적 언어의 부정성을 보여준 것으로 파악하면서 이들 해체시를 시적 언어의 부정성 차원에서 살펴보아야 하는 이유와 이들 시에 대한 기존 논의, 연구 대상 등에 대해 밝혔다. 제2장에서는 박남철의 '해체시'에 나타난 웃음을 시적 언어의 부정성 차원에서 살펴보았다. 시적 언어의 부정성 차원에서 살펴본 박남철 시 텍스트의 웃음 양상과 기능은 <통사규칙의 위반과 의미생성의 다중화>, <언어유희와 파라그람적 의미실천>, <범주화의 오류와 타자 드러내기>의 세 항목으로 나눌 수 있었다. 각각의 항목은 의미의 다중성과 불확정성, 유동성 차원에서 시적 언어의 부정성이 생성하는 의미의 무한성과 맥락이 맞닿아 있으며, 일의적인 의미망을

해체하고 중층적이고 역동적인 의미생산을 가능케 한다는 점에서 시적 언어의 기제가 되고 있음을 확인할 수 있었다. 제3장에서는 황지우의 시론인 '시적인 것'에 대한 검토와 황지우 '해체시'의 의미생성과정을 시적 언어로서의 상호텍스트성 개념을 통해 살펴보았다. 시적 언어로서의 상호텍스트성 역시 넓게 보자면 시적 언어의 부정성이 갖는 특성 중 하나이다. 시적 언어로서의 상호텍스트성은 텍스트의 단일하고 통합된 의미를 거부한다는 측면에서 텍스트의 복수성, 불확정성과 관련되고, 역사적이고 문화적이며, 사회적인 진행과정에 연결된다는 측면에서 동시대의 정치성과 연결된다.

이 책이 나오기까지 많은 분들의 응원과 격려가 있었다. 뒤늦게 대학원에 진학한 우매한 제자에게 분에 넘친 애정을 베풀어주신 김학동 선생님, 시를 보는 날카로운 혜안을 깨우쳐주신 지도교수 김승희 선생님, 박사논문 지도 과정에서 많은 격려와 가르침을 주신 박철희 선생님을 잊을 수가 없다. 또한 부족한 논문을 읽으시고 매서운 질타와 따뜻한 격려를 잊지 않으셨던 송효섭 선생님, 우찬제 선생님께도 감사의 마음을 올린다. 아울러 같이 고민해주고, 같이 울고 웃었던 서강대 대학원의 선후배 동학들에게도 감사의 마음을 전한다.

모자라고 또 모자란 며느리지만 늘 칭찬과 격려를 아끼지 않으셨던 시어머님, 이제는 고인이 되신 시아버님께도 감사의 큰절을 올리고 싶다. 집안의 막내라 못 미더워하면서도 자랑스러워하시는 친정어머니, 친정 식구들, 그리고 시댁 식구들께도 감사의 마음이 크다. 마지막으로 느슨하고 볼품없는 아내 역할, 엄마 역할에도 불구하고 단 한 번의 불평불만이 없었던 남편 김국종과 아들 김정수에게 이 책을 바친다.

‖ 목차 ‖

제1부

1970, 1980년대 민중시의 부정성과 언어적 실천

제1장
들머리

1. 시적 언어의 부정성과 언어적 실천

1970, 1980년대 민중시가 전유한 전통 장르의 미학적 강령으로는 흔히 신명성, 집단성, 현장성이 꼽힌다.[1] 이러한 미적 원리는 당시 민중시들이 과거 민중적 장르인 판소리나 민요, 굿 사설 등을 전유하면서 새롭게 시 텍스트를 주도한 과정에서 추구하고자 했던 민중문학의 최종 심급이라고도 할 수 있을 텐데 한마디로 '집단적 신명풀이'라고도 할 수 있다. 이 '집단적 신명풀이'는 개체로 분리되어 있는 개인의 한을 집단의 신명으로 전화시켜 한이 맺히게 하는 그 모순을 해결해 나가는 것, 즉 '집단적 한풀이'와 같은 이치이다.[2] 이때, 맺힌 한을 잘 풀어내는 방식은 한을 무조건 잘라내고 없애버리는 것이라기보다는 오히려 한이 고여진 원인을 환하게 밝혀내는 일이라고 한다. 그러기에 '神(오묘한 지혜)', '明(맑음)'이라는 것이다. 즉, 한풀이는 신명을 모으고 그 집합된 신명의 질을 전환시키는 과정이라는 것이다. 따라서 김지하는 이러한 신명을 '집단적인 생명 에너지의 고양된 충족'이라고 언급한 바 있다.[3]

---

1) 박인배, 민족굿회 편, 「공동체 문화와 민중적 신명」, 『민족과 굿』, 학민사, 1992, 161~168쪽.
2) 박인배, 위의 책, 161~168쪽.

민중들의 신명풀이가 집단적인 한풀이로 드러나는 것은 민중들의 삶의 질곡이 그만큼 크다는 것이고, 고통이 깊으면 해방되려는 욕구도 강해지고 따라서 신명도 높아지게 되는데 한껏 높아진 신명은 민중들의 해방을 위한 가장 강력한 힘의 원천이 된다. 이 신명풀이의 원리는 소외된 민중으로서의 '맺힘'이라는 음陰의 기운이 현실문제와 대결하고 투쟁하다가 해방된 양陽의 세계에서 한을 푸는 흥과 신명으로 단원을 맺는데, 이는 억눌림과 해방, 맺힘과 풀음, 음과 양의 힘이 서로 교차하고 투쟁하는 원리라고 할 수 있다. 따라서 신명풀이는 단순히 삶의 약동을 발산하는 것만을 의미하는 것이 아니라 삶의 약동을 억압하는 적대적인 세력과의 싸움에까지 이르러야 온전한 한풀이가 될 수 있다.4)

집단적 신명풀이 과정에서 드러나는 이 모순적이고도 이원적인 한풀이의 역동성이 민중시 텍스트에서는 어떤 식으로 체현될 수 있는가? 몸의 기운이자, 심적 에너지의 움직임이라고도 할 수 있는 이 한풀이의 역동성은 소리라든가, 리듬 등을 통한 언어의 물질성(육발 '肉勃' 하는)으로 드러나는가 하면, 통사의 파열 등을 통한 상징계적 언어 구조에 대한 투쟁 양상으로 주로 드러난다. 이때 언어의 물질성은 일반적인 의사소통의 언어나 상징계적 문법 체계와 같은 재현 영역의 논리로는 해명될 수 없는 이질적 영역이다. 즉, 언어를 논리적 명제로 환원하고, 의식에 의한 이해를 강조하는 기존의 정태적인 언어 이론의 틀 안에서는 규명되기 힘든

---

3) "민중의 생존은 원래 공동체적인 것이기 마련인데, 보통 우리가 받아들이고 있는, 공동체적으로 살고 공동체적으로 해결하고, 서로 이렇게 살게 되어 있는 사람들이 개체로 분리되어 있다가 하나의 문제점을 계기로 희망·지향, 이런 것을 중심으로 해서 집단적으로 묶였을 때 서로 소모, 유실되던 생명 에너지가 집단으로 모였을 때 온전한 생명 에너지의 충족을 경험한다고 볼 수 있는 것이다. 그리고 그때 신명이 움직인다고 볼 수 있겠지"(김지하, 『공동체 문화』 제3집, 1986, 37쪽).

4) 주강현, 민족굿회 편, 「마을 공동체와 마을 굿·두레굿 연구」, 『민족과 굿』, 학민사, 1992, 97쪽.

영역인데, 이 글에서는 줄리아 크리스테바가 19세기 프랑스 전위시를 연구하면서 시적 언어의 역동성에 주목하여 내세운 '부정성' 개념에 주목하여 1970, 1980년대 민중시의 '육발성肉勃性'을 시학적으로 규명해보고자 한다.

이 글에서 민중시 텍스트에 나타난 언어의 육체성과 물질성의 해명 방법으로 채택한 줄리아 크리스테바의 '부정성(Negativity)' 개념은 헤겔의 부정성 개념으로부터 출발하여 언어학과 정신분석학을 결합하여 도출한 개념이라고 할 수 있다. 먼저 크리스테바가 이 이론의 출발점으로 삼은 헤겔의 부정성 개념을 어떤 차원에서 전유했는지부터 살펴보자.

> 과정process의 원인인 동시에 조직 원리라고 생각되어질 수 있는 '부정성'은 헤겔에게서 나온 개념이다. 무와 마찬가지로 부정과 구별되는 부정성은 말로 표현할 수 없는 유동성과 그것이 지닌 기이한 특성과의 불가분의 관계를 나타내는 개념이다. 부정성은 존재와 무라는 '순수한 추상'들의 매개이자 초월이고, 존재와 무를 오직 계기들로서만 포함시키는 구체적인 것에 있어서는 그 두 가지의 제거이다. 부정성은, 비록 그것이 하나의 개념이라 해도, 다시 말해서 관조적(이론적) 체계에 속한다 해도, 순수한 추상의 정적인 항들을 과정으로 공식화한다. 따라서 동적인 법칙으로 그것들을 해체하고 결합한다. 이리하여 부정성은 계속 이원론을 유지하면서 존재와 무의 정립들뿐만 아니라 관조적 체계 내에서 사용되는 모든 범주들, 즉 보편과 개별, 미확정과 확정, 질과 양, 부정과 긍정 등을 재구조한다. 부정성은 논리적인 충동으로, 부정과 부정의 부정이라는 정립으로 표시될 수 있지만, 그러한 정립들과 동일시되지는 않는다. 왜냐하면 부정성은 정립을 만들어내는 운동의 논리적 기능 작용인 그러한 정립과는 다른 그 무엇이기 때문이다.[5]

5) Julia Kristeva, *Revolution in Poetic Language*, Columbia University Press, New York, 1984,

크리스테바는 정립으로 표시될 수 있지만, 그러한 정립들과는 동일시될 수 없는 일종의 유동성, 운동성으로 부정성을 파악한다. 그녀는 헤겔의 부정성이 맑시스트적인 유물론적 변증법 쪽에서는 자연과 사회의 객관적인 투쟁에 결합시키는 기능밖에 갖지 못하는 것으로 독해되고 있음을 비판하고, 또 관념론적 유물론 쪽에서는 인간의 오성과 관련된 한 외관으로만 파악되고 있음을 비판한다. 아울러 헤겔 역시 이 부정성의 개념을 하나의 통일을 이루는 과정으로만 강조할 뿐, 그 통일을 가져오는 불안정한 과정은 은폐시키는 유일자의 단일성으로만 보고 있다고 주장한다. 이에 따라 헤겔이 주장했던 부정성의 진정한 유물론적 실현을 프로이트의 '죽음 충동(Death-Drive)' 이론에서 발견한다.6)

그녀에 의하면, 프로이트의 '죽음 충동' 이론은 헤겔의 생성의 법칙(후퇴할 때에도 전진을 해서 항상 절대적인 '존재를 위한 존재(Being-for-itself)'로 나아가는)을 반복의 법칙(전진을 할 때에도 후퇴를 해서 항상 절대적 '존재 그 자체(Being-it-self)'로 나아가는)으로 대체하는 것인데, 그녀는 진정한 유물론적 변증법을 만들기 위해서는 헤겔의 생성의 법칙과 프로이트의 반복의 법칙을 결합시켜야 한다고 본다.7) 이것은 부정성을 하나의 물질 안에 내재하는 이질성의 투쟁과정으로 파악하고 있다는 뜻이 된다.

그녀는 또한 이 부정성이란 용어가 지니고 있는 형이상학적인 요소를 피하기 위해 프로이트의 '포르트-다(fort-da)' 놀이에 주목하여 '거부(Rejection)'라는 명칭으로 대체하기도 한다.8) 이 '거부'라는 특수한 공간

---

p.109.

6) Julia Kristeva, 위의 책, pp.147~164.

7) 켈리 올리버, 박재열 옮김, 『크리스테바 읽기』, 시와 반시, 1997, 71쪽.

8) 프로이트의 '포르트-다(Fort/Da)' 게임에 의하면, 아이는 어머니가 없을 때 침대에서 실패를 내던지면서 무슨 말을 하고 또 당기면서도 무슨 말을 하는 게임을 창안한다. 프

(신체적 · 생물학적 공간이지만 이미 타인들과 연관되어 있는 공간) 속에
는 하나의 부정성이 활동하고 있는데, 이 부정성은 언어적 상징화도 되
지 않았고, 판단의 용어들로 정지(stasis)되지도 않았으며, 판단 내의 부정
으로 술어적으로 표현되지도 않은 것이다. 그녀는 이 거부를 통해 화자
주체/외부라는 수직적 방향으로 확립된 기호 관계가 의미화 체계 내부에
서는 통사적 주어/술어라는 언어학적인 수평적 방향 속에 투사되어 있다
고 보면서 부정성을 한편으로는 생물학적 질서와 사회적 질서의, 다른
한편으로는 언어의 정립적 – 의미론적 국면의 고유한 변증법적 개념으로
보고 있는 것이다.[9]

마이클 페인Michael Payne은 크리스테바의 이러한 거부(부정성) 개념이
헤겔과 프로이트를 비판적으로 읽은 데서 생성된 것으로 본다. 즉, 헤겔
의 부정(Negativity)이 발전하는 주체 내에서 이전에 인식된 의식에 대한
정의를 유지하는 것이고, 프로이트의 부정(Negation)이 지적으로는 받아
들여지지만 정서적으로는 안 되는 즐거움과 성애적 충동들의 불완전한
억압(또는 상징화)이라면 크리스테바의 거부(Rejection)는 영구한 공격성,
부정(Negativity)과 부정(Negation) 양자를 모두 충전시켜주는 것으로 여

로이트는 아이가 던지면서 하는 말을 "가버렸다"로, 당기면서 하는 말은 "여기"의 뜻으
로 해석한다. 이때 프로이트는 언어가 어머니를 대신한다고 주장한다. 언어를 통해서
아이는 어머니의 부재를 통제할 수 있게 되었다는 것이다. 라캉은 이러한 음소적 대립
(Fort/Da)에서 아이는 현존과 부재의 현상을 초월하여 그 현상을 상징 단계에 올려놓는
다고 본다. 즉 아이는 잃어버린 객체를 상징으로 대체한다는 것이다. 그러나 크리스테
바는 이 게임에서 상징화로의 대체적 측면보다는 하나의 몸짓이고 동적인 부정성, 즉
육체적인 행위에 주목한다. 따라서 크리스테바에게 '포르트-다' 게임은 일차적으로
물질적이고 심지어 몸짓 표현이다. 즉 크리스테바는 주체성의 출발에 필수적인 부정성
은 이미 육체 속에서 작용하고 있다고 본다(Julia Kristeva, *Revolution in Poetic Language*,
Columbia University Press, New York, 1984, pp.147~164; 켈리 올리버, 박재열 옮김,
『크리스테바 읽기』, 시와 반시, 1997, 70~76쪽).
9) Julia Kristeva, 위의 책, pp.120~123.

겨질 수도 있는, 지속적으로 새롭게 분열되는 방식이라고 본다. 그리고 이러한 거부의 표현 매체가 바로 '시적 언어'라고 본다.10)

그렇다면, 이러한 부정성은 시 텍스트에서 어떻게 발현되는 것일까? 이 점은 크리스테바가 의미작용의 두 가지 양태로 분류한 상징계(The Symbolic)와 기호계(The Semiotic)로부터 도출해낼 수 있다. 이때의 상징계는 정립적 국면(phase thetic)과 주체의 동일시, 대상으로부터의 구분과 기호 체계들의 성립을 내포한다. 상징적 과정들은 기호와 통사론, 문법적이고 사회적인 속박들, 상징적 법칙들의 성립에 대응되는 것이다. 반면, 기호계는 크리스테바가 플라톤의 『타마이오스』에서 빌려온 '코라chora (pre-linguistics, trans-linguistics, infra-linguistics)'의 개념에서 유추해볼 수 있는 것처럼 상징계 이전의 육체적인 움직임과 순간적으로 이루어진 유동적인 분절(리듬)이 이루어지는 장이다. 이것은 라캉이 언급한 거울 단계나 거세 단계 이후에도 상징계의 동반자로 남아 의미작용의 한 양태로 작용한다.

기호계가 상징계와 동반자적인 입장에서 의미생성의 한 양태가 된다는 것은 그 속의 기호가 아직 대상의 부재로서, 그리고 현실과 상징계와의 구별로서 분절되지 않은 상태로 있지만, 하나의 연속체(continumm)를 분절한다는 의미에서 그렇다는 것이다. 즉 기호계는 정립에 앞서고, 주체의 조정에 앞서기 때문에 '의미'는 존재하지 않지만 기호계적 배치 안에서도 항상 상징계가 존재하고, 따라서 기호계적 배치란 끊임없이 상징적인 것에 도전함 없이는 존재할 수 없기 때문이다. 결국 상징계는 기호계의 실현 조건이며, 의미작용의 근거가 된다. 이 두 구성 요소가 교차하면서 기호화하는 과정에서 의미생성이 이루어진다고 크리스테바는 주

---

10) 마이클 페인, 장경렬 외 옮김, 『읽기 이론/이론 읽기─라캉, 데리다, 크리스테바』, 한신문화사, 1999, 262~263쪽.

장한다. 즉 기호계와 상징계 사이의 끊임없는 변증법적 교호 작용으로 의미생성이 이루어진다는 것이다.[11]

이때, 시적 언어의 부정성은 상징계에 의해 은폐된 기호계의 도입이라고 볼 수 있는데, 이것은 상징화 과정 속에 삭제된 자신의 충동을 언어 속에 자리 잡게 하는 것으로 볼 수 있다. 이 부정성은 충동의 배치변형을 통하여 운율법으로, 또는 리듬을 갖춘 음향으로 조직되어 나간다. 따라서 시적 언어는 이질혼성적(heterogeneous)인 것이며(기호계가 비합리적이고 비논리적이고 충동과 리듬의 질료라면, 반대로 상징계는 논리와 통사, 통일성을 강조하는 것이기 때문에 이 두 양태의 교호작용은 이질혼성적인 것일 수밖에 없다.) 음소, 형태소, 어휘소, 그리고 문장에 선행되는 리듬과 억양 등에서 나타나고 형태-통사론적 파괴를 통해서 표면화된다. 그렇기 때문에 시적 언어의 부정성은 언어체계를 하나의 상징체계(시니피앙/시니피에라는 이중으로 분절된)로 확립하는 상징적·사회적 검열의 장에서 '거부(Rejection)'를 활동하게 만든다. 그런 차원에서 시적 언어는 사회적 변혁과 동일한 차원의 저항으로 여겨지며, 이는 '언어적 실천'으로 명명되기도 한다.

결론적으로, 크리스테바가 언급한 시적 언어의 부정성은 상징계 내에서의 기호계의 산출과정으로 볼 수 있다. 기호계가 상징계의 언어를 수정, 변형시켜 상징계를 공격하고 위협하는 것이며, 이러한 것은 음성·어휘·통사의 변형과 아울러 리듬이나 어조 등에서 드러난다. 따라서 이것은 로고스에 의한 단일한 주체, 통일된 주체가 아니라 기호계와 상징계 사이에서 끊임없이 충돌하는 과정 중의 주체, 상징계에 저항하는 주체를 드러낸다.[12] 동시에, 이 주체는 이미 조정되어 충동적 과정에서 영

---

11) Julia Kristeva, 앞의 책, pp.25~71.
12) Julia Kristeva, 앞의 책, pp.25~71; 김승희, 『코라 기호학과 한국시』, 서강대학교 출판

원히 분리된 현실을 표상하는 것이 아니라, 육체적 충동을 통하여 그 과정 자체를 실험하거나 실천한다는 것이다.

위에서 살펴본 크리스테바의 '시적 언어의 부정성'과 '언어적 실천' 개념은 1970, 1980년대 민중시 텍스트에서 지배적인 요소로 넘쳐났던 언어의 육체성과 물질성을 해명할 수 있는 단서가 된다. 민중시 텍스트에 드러나는 언어의 물질성은 상징화 과정 속에 삭제되었던 육체적 충동을 언어 속에 자리 잡게 하는 에너지의 이동장치로 볼 수 있는 바, 이는 논리, 로고스로 드러나는 상징계적 질서에 저항하고자 하는 '거부', '부정성'의 증언이라는 크리스테바의 입장과 유사성을 지닌다. 즉 언어의 물질성은 상징계의 고정된 정립상에 저항하는 '거부', '부정성'으로서, 이는 시적 주체의 육체적 충동이 언어의 물질성을 통해 상징계로 표상되는 사회적 질서를 거부하는 하나의 실천 과정이다. 이 부정성을 통해 이들 민중시 텍스트는 당대 사회가 부과한 억압을 폭발시키고 기존의 모더니즘적 난해시나 심미주의적 시와는 차별화된 민중의 '육성'을 실어 나르는 언어적 실천이 된 것이다. 그리고 이 같은 언어적 실천을 통한 표상 체계의 전환은 당대의 사회적인 모순에 대한 투쟁으로도 기능을 하여, 당대의 지배 이데올로기에 대한 동일화를 거부하는 문화적 반항 현상을 낳기도 한 것이다.[13]

2. 연구 목적과 대상

이 글의 목적은 1970, 1980년대 민중시에 나타난 '부정성'의 의미화 양

부, 2008, 18~31쪽.

13) 줄리아 크리스테바, 유복렬 옮김, 『반항의 의미와 무의미』, 푸른숲, 1998, 27~32쪽 참조.

상을 통하여 당대의 민중시가 지닌 언어적 실천을 밝히는 데 있다. 여기서 언급하는 '부정성'이란 앞서 언급한 바와 같이 일반적인 언어가 갖는 논리적 명제와 정립상을 부정하는(그리하여 의미의 일의성을 부정하는) 일종의 운동성을 뜻하는데, 이것이 시 텍스트에서 언어적 상징성에 대한 거부와 투쟁으로 드러날 때 시적 언어의 '부정성'[14]으로 명명된다. 이러한 시적 언어의 '부정성'은 언어에 대한 투쟁이 언어라는 상징계를 구성하는 사회 질서에 대한 투쟁과 등가적 의미를 형성한다는 점에서 정치적 함의를 동시에 지닌다.

1970, 1980년대 민중시는 시대적 억압에 저항하는 민중들의 육성을 체현하는 시 양식으로 존재해왔다. 이는 시가 갖는 언어의 물질성과 육체성을 전경화시켜 당대 지배질서의 억압과 논리에 대한 충동적 거부를

---

14) 이 글에서 언급하는 '부정성(Negativity)'은 줄리아 크리스테바(Julia Kristeva)가 1974년, 그녀의 국가 박사학위 논문인 *Revolution in Poetic Language*에서 언급한 '부정성(Negativity)'의 개념을 가리킨다. 이 논문에서 그녀는 헤겔의 부정성 개념을 빌어오지만 헤겔 변증법의 3항 체제의 개념과 관조적 이론 체계보다는 관조적 체계에 사용되는 모든 범주들, 곧 보편과 개별, 미확정과 확정, 질과 양, 부정과 긍정 등을 변경시키면서 현실과 개념, 객관과 주관, 객체와 주체를 연결시키는 동시에 파열시키는 운동성 차원에서 헤겔의 부정성 개념을 번역해낸다. 그녀는 이 과정에서 헤겔의 부정성은 '一者'의 중식과 단일성에 종속될 여지가 많다는 것을 경계하면서 이 '부정성' 개념이 갖는 형이상학적인 차원으로부터 탈피하고자 프로이트의 '죽음 충동(Death-Drive)'과 접목시켜 '거부(Rejection)'라는 개념으로 대체시킨다.
이 '거부'는 모든 생물체가 생명을 유지하면서 존속시켜온 '삶 충동'과 '죽음 충동'의 모순과 충돌 사이에서 유기체로부터 분리, 분열, 파열되고자 하는 운동성이다. 이 거부는 의미화 과정에서 대상을 자신의 신체에서 분리시켜 내고 그 분리의 순간에 그것을 부재로서, 곧 하나의 기호로서 고정시켜버림으로써 상실되지만 이것이 텍스트에서는 언어적 상징성에 대한 투쟁으로 드러난다. 텍스트상에 나타나는 '거부'는 그녀가 의미 생산 과정(signifying process)의 두 가지 양태(modalities)로 파악한 기호계(The Semiotic)와 상징계(The Symbolic)의 변증법적 모순 운동인 '부정성'과 등가의 것이다. 이 경우 '부정성'이란 상징계 속에서의 기호계의 산출, 혹은 상징계에 대한 주체의 투쟁 차원으로 해석이 가능하다. 이에 대한 보다 자세한 내용은 앞의 <시적 언어의 부정성과 언어적 실천> 부분 참고.

체현한 것으로 볼 수 있다. 따라서 이러한 언어적 실천은 당대의 사회적 지배질서로 정립된 이념과 논리를 재현하는 언어적 상징계에 대한 거부이자 투쟁으로 볼 수 있기 때문에 민중시의 '부정성' 연구는 민중시에 나타난 시적 언어의 특성이 당대 사회의 사회적 실천으로 여하히 기능하고 있는가를 밝히는 작업이 될 수 있다.

시에서 언어의 육체성이 전경화되어 나타난다는 것은 억압적이고 모순된 상황에 대한 보다 직접적인 부딪침, 추상적으로 제시되는 것이 아닌 실질적인 충동의 분출, 이성적으로는 설명될 수 없는 원초적인 저항 등을 표상하는 것이라고 할 수 있다. 1970, 1980년대 민중시가 당대 군부 독재의 정치적인 억압과 지배 이데올로기에 대한 강력한 거부의 정신을 담아내는 언어적 장치로 과거 민중들의 언어에 주목했던 이유는 당대 사회의 지배질서와 억압 장치를 뚫고 나올 수 있는 민중들의 강력한 힘과 에너지의 원천을 기존의 전통적인 서정주의 시나 의미의 페티시즘으로 전락해버린 모더니즘 차원에서는 담을 수 없다는 시적 주체의 인식 전환과 관계가 깊다. 즉 당대 억압된 민중들의 해방에의 충동을 수용할 수 있는 새로운 언어의 모색 과정에서 시적 주체들은 유신 체제와 산업화, 근대화의 논리 속에서 억압된 민중의 에너지를 실어 나르는 시적 장치로서의 민중적 양식에 주목하였고, 그 과정에서 민중시라는 텍스트 실천을 이루었던 것이다.

이 글에서 다루고자 하는 신경림의 '민요시(민요적 경향의 시)'의 경우에는 기존의 난해시에 대항하면서 '난해성의 추문화'[15]를 내세워 기호계적인 민요가락을 통해 시적 주체의 정서적·심리적 억압상태인 '한'을 표출하는 육체적 언어의 역동성으로 그 텍스트성을 드러낸 바 있다. 또

---

15) 신경림, 「문학과 민중」, 『창작과비평』, 1973, 봄호.

한 김지하는 '담시'를 처음 발표하면서 '현실의 폭력에 맞선 시적 폭력'16)을 내세웠는데 이는 기존의 언어적 상징계에 난폭성을 도입함으로써 관습적 상징계에 대항하는 새로운 시적 언어의 탄생을 예고하는 것이었다. 이는 당시의 억압적 지배질서에 대한 강한 공격성을 드러내는 언어적 장치로서, 당대의 억압에 저항하는 타나토스적인 거부의 힘을 보여주는 것이었다. 고정희 또한 구어체, 굿거리체 등의 주변부적인 여성 민중의 목소리를 통해 부권父權적인 상징 질서를 거부하고자 했던 점에서17) 기존의 가부장적 사회가 강요하는 동일화와 거기에 수반되는 언어 상징적 기능에 대항하는 시적 언어의 부정성을 실천했다고 볼 수 있다.

이들 민중시 텍스트에서 부정 언표나 리듬장치, 통사의 탈구나 변형의 양상 등으로 나타나는 시적 언어의 부정성은 언어적 상징화 과정 속에서 삭제된 주체의 충동을 언어 속에 자리 잡게 하는 것으로, 이미 조정되어 충동적 과정에서 영원히 분리된 현실을 표상하는 것이 아니라, 충동의 배치변형을 통하여 언어적 상징계와 주체와의 충돌 과정을 보여주는 하나의 실험 내지, 실천으로 볼 수 있다. 따라서 이들 민중시 텍스트들은 당대 사회의 억압적 상황에 맞서 상징계의 감금을 깨뜨리고 분출되는 해방에의 충동을 드러내는 것이며, 이는 당시 억압받는 민중의 목소리를 표상하는 언어적 실천으로 해석 가능하다. 즉, 시대적 억압으로 인한 시적 주체들의 격렬한 저항적 에너지가 억압에 부딪히면서 언어라는 상징계에 대한 저항으로 드러났던 것이고, 이것이 그 언어를 통해 지배되는 사회에 대한 저항이 된 것이다. 또한 '밑으로부터의 전복', '억압된 것의 귀환'이라는 당대 민중담론과 궤를 같이하면서 시를 통해 정치적 억압에

---

16) 김지하, 「풍자냐 자살이냐」, 『민족의 노래 민중의 노래』, 동광출판사, 1984.
17) 김승희, 「상징질서에 도전하는 여성시의 목소리, 그 전복의 전략들」, 『여성문학연구』 제2호, 한국여성문학학회, 1999.12, 150쪽.

대한 싸움을 수행하였던 것이라고도 할 수 있다.

이 글에서 기획한 1970, 1980년대 민중시의 부정성 연구는 그간의 민중시 연구가 주로 리얼리즘과 연계된 재현이나 이념적 차원으로만 국한되어왔기 때문에 민중시 연구가 갖는 시학적 편향성을 벗어나는 차원에서도 의미가 있다. 특히나 지금까지의 민중시 연구는 이념적 원리로는 민중성을 지향하며, 미학적 원리로는 리얼리즘과 연계하여 진행되어왔던 것이 대부분[18]이다보니 민중시 자체를 다양한 각도에서 바라볼 수 있는 해석의 다양성을 제한하고 민중시를 시대적 부산물로 박제화시켜버린 채 그 시학적 측면의 연구는 답보 상태에 머무르고 말았는데, 민중시의 시학적 지평을 넓힌다는 차원에서도 민중시의 부정성 연구는 필요한 작업이다.

일반적으로 리얼리즘과 연계되어 논의되어 온 그간의 민중시 연구는 주로 현실의 반영(재현)과 인물 · 상황의 전형성 개념을 바탕으로 고찰되는데, 이들의 평가는 주로 묘사를 통한 현실 상황의 핍진성과 서술을 통한 이야기성의 도입을 민중시의 기본 전제로 삼아 이루어진다.[19] 그러나 이러한 전제는 리얼리즘이라는 용어가 지니는 다양한 스펙트럼을 구분하지 않고 사용하는 것에 있어서도 문제[20]지만, 민중시가 지니고 있는

---

18) 민중시의 문학적 특성을 리얼리즘과 연계하여 언급한 논의로는 권영민의 「민족문학론의 논리와 실천」(『한국민족문학론 연구』, 민음사, 1991), 백낙청의 「시민문학론」(『창작과비평』, 창작과비평사, 1968년, 여름호), 류순태의 「민중시의 현실인식」(『20세기 한국시의 사적 조명』, 한국현대시학회 편, 태학사, 2003) 등을 들 수 있다.

19) '시' 장르 자체만을 두고 리얼리즘과의 연계성을 논한 입장으로는 오성호의 「시에 있어서의 리얼리즘 문제에 관한 시론」(『다시 문제는 리얼리즘이다』, 실천문학 편집위원회 엮음, 실천문학사, 1992)과 윤여탁의 「시에서 리얼리즘은 어떻게 실현되는가」(『다시 문제는 리얼리즘이다』, 실천문학 편집위원회 엮음, 실천문학사, 1992), 그리고 최두석의 『시와 리얼리즘』(창작과비평사, 1996) 등을 들 수 있다.

20) 리얼리즘이란 형식주의자들의 견해에 의하면 현실의 직접적인 모방보다는 특정한 종류의 글의 우연한 부산물로 여겨지기도 한다. 예를 들어 러시아 형식주의자인 쉬클로

시적 언어의 역동성을 재현이나 이념 차원으로만 가두었다는 한계점을 노정시켰다는 점에서도 재고의 여지가 있다. 특히나 이 책에서 연구 대상으로 삼은 김지하의 '담시(단형 판소리 시)'나 신경림의 '민요시(민요적 경향의 시)' 고정희의 '굿시(굿 사설을 차용한 시)' 등에 나타난 언어적 파열과 육체성, 주술성 등으로 체현되는 텍스트의 부정성은 리얼리즘 논의에서 거론되는 현실 그대로의 구체성, 핍진성과 연결시켜 보기에는 오히려 거리가 있다. 따라서, 이들 민중시에 대한 연구는 리얼리즘 차원의 논의보다는 텍스트에서 육체적 충동의 에너지로 발현되는 시적 언어의 특수성에 대한 논의가 필수적이며, 그렇게 될 때 민중시를 재현과 전형성이라는 기존 논의의 울타리에서 벗어나서 새롭게 바라볼 수 있는 해석의 가능성이 생길 것이다.

결론적으로, 이 글의 연구 목적은 당대 사회의 지배질서에 대한 투쟁의 육성을 담아내었던 민중시 텍스트가 보여준 언어적 실천[21] 과정을 시

프스키에 의하면 리얼리즘 자체는 하나의 수법에 불과하다. 즉 어떤 사람들에게는 리얼리즘이란 현실적으로 보이는 생소화된 규약으로 생각될 것이고, 어떤 사람들에게는 현실감을 전해주는 전통적 수법으로 생각될 것인데, 어떤 수법이라 할지라도 리얼리즘이란 기껏해야 예술의 부산물일 뿐, 그 존재 이유는 아니라는 것이다. 따라서 리얼리즘을 현실의 반영으로 보는 마르크스주의자의 견해로부터 이러한 형식주의자의 입장에 이르기까지 리얼리즘의 스펙트럼은 그 외연과 내포가 무척이나 넓다고 할 수 있다(앤 제퍼슨, 「러시아 형식주의」, 박철희 · 김시태 엮음, 『문예비평론』, 탑출판사, 1998).

21) 크리스테바는 『시적 언어의 혁명』(김인환 역, 동문선, 2000)에서 '문학'이라는 용어를 '텍스트'로 대체하고, 그 '텍스트'를 '실천(practice)' 내지 의미 실천과 동의어로 간주한다. 크리스테바의 견해에 따른 실천은 그것이 단순한 '행위'로만 간주되기보다는 공격, 사취, 파괴, 그리고 건설의 입장에 관련되는 무의식적 · 주관적 · 사회적 관계의 총체를 함의한다고 볼 수 있다. 이때의 사회적 관계라 함은 서구의 경우 자본주의 사회가 개인과 그 주체성을 관류하는 과정을 억압한다는 관점을 함의하는 것으로, 텍스트는 언어를 통해서 담론을 파열시키는(음성 · 어휘 · 통사 면에서) 실천을 하게 되면서 언어의 변화를 가져온다. 그리고 이 언어의 변화는 주체의 신분―주체와 신체, 타자, 대상과의 관계―의 변화를 가져오기 때문에 크리스테바는 이때의 텍스트는 정치

적 언어의 부정성 차원에서 살펴봄으로써 민중시의 언어적 실천과 변혁성을 규명해보고자 하는 데 있다. 이런 점에서 이들 민중시 텍스트가 그 시대의 민중들을 억압하던 사회적 중압감으로부터 벗어나게 해주는 사회성과 혁명성을 수행했다는 기존의 민중시에 대한 평가도 새롭게 조명받을 수 있을 것이다.

이 글에서 특별히 민중시라고 칭하는 텍스트들은 과거 전통적인 민중적 장르들과 밀접한 관계를 맺는 시들이다. 따라서 여기서 언급하는 민중시는 일반적인 차원에서 민중의 정서를 대변한다는 사회 참여적인 경향의 시를 지칭하는 것이 아니라 과거 민중들 사이에서 향유된 양식이었던 구비 장르들을 차용, 혹은 변용하여 시 텍스트를 새롭게 조직한 것들이다. 이런 맥락에서 1970, 1980년대 민중시들은 의도적으로 전통 구비 장르를 전유한 형식과 언어를 통해 시 텍스트를 조직했다고 볼 수 있는 바, 이점은 당시 '관官 주도 민족주의'에 맞서 밑으로부터의 살아 있는 육성을 드러내려는 과정에서 조우하게 된 언어와 형식의 실험이었다고 할 수 있다. 즉 유신체제와 근대화의 개발 논리에 의해 억압된 민중들의 목소리를 귀환시키기 위해서는 그에 맞는 형식상의 창안이 필요했던 것이고, 지식인적 · 소시민적 주체의 해체를 통한 민중과의 합일을 지향하기 위해서는 과거 민중적 장르의 도입이 불가피했던 것이다. 그런 점에서 이 글에서 언급되는 민중시는 리얼리즘 차원에서 현실의 반영 · 핍진성 · 재현성 등으로 논의되는 장르 개념보다는 과거 민중들의 전통 구비

혁명에 비할 수 있는 하나의 실천이라고 본다. 그런 의미에서 텍스트는 언어적 실천이라고 명명된다. 이 언어적 실천은 오직 언어 속에서 모습을 드러내고, 언어를 통해서만 이해되는 실천이기 때문에 '의미 실천', 혹은 '의미화 실천(signifying practice)'이라는 용어와도 같은 뜻으로 쓰인다(줄리아 크리스테바, 김인환 옮김, 『시적 언어의 혁명』, 동문선, 2000, 11~17쪽; 김인환, 『줄리아 크리스테바의 문학 탐색』, 이화여자대학교 출판부, 2004, 118~119쪽).

양식을 통해 당대 민중들의 육성을 체현한 장르 개념에 가깝다.

이 글에서 다루고자 하는 연구 대상은 김지하의 '담시'와 신경림의 '민요시(민요적 경향의 시)', 그리고 고정희의 '굿시(굿 형식을 차용한 시)'이다.[22] 이 시인들의 작품 중에서도 '담시'나 '민요시', '굿시'에 한정[23]하여 보고자 하는 이유도 (사실 이 시인들이 담시나 민요시만을 쓴 것이 아니다. 김지하의 경우, 담시와 거의 동일한 시기에 서정시집 『황토』(한얼문고, 1970)나 『타는 목마름으로』(창작과비평사, 1982)를 써냈으며, 담시집 발표 이후에도 주로 서정시를 더 많이 쓴 바 있다. 신경림의 경우도 두 번째 시집 『새재』(창작과비평사, 1979) 이후로 『달넘세』(창작과비평사, 1985)나 『남한강』(창작과비평사, 1987) 등에서 본격적으로 민요를 도입한 민요시를 썼으나 민요시만이 그의 대표적인 시라고 할 수는 없다. 고

---

22) 이 글의 기본 텍스트는 다음과 같다.
　김지하, 『五賊』, 솔 출판사, 1993.
　신경림, 『농무』(증보판), 창작과비평사, 1975.
　　　　『새재』, 창작과비평사, 1979.
　　　　『달넘세』, 창작과비평사, 1987.
　　　　『남한강』, 창작과비평사, 1987.
　고정희, 『초혼제』, 창작과비평사, 1983.
　　　　『저 무덤 위에 푸른 잔디』, 창작과비평사, 1989.
　　　　『너의 침묵에 메마른 나의 입술』, 조형 외 엮음, 또 하나의 문화, 1989.
23) 여기서 언급하는 '담시'나 '민요시', '굿시'는 일반적인 장르 개념이라기보다는 문학 담론 내부에서 붙여진 수사적 차원으로 받아들여야 할 것이다. '담시'의 경우 김지하가 스스로 '단형 판소리계 시'라고 명명하면서(김지하, 『五賊』 서문, 솔 출판사, 1993) 붙여진 명칭이기 때문에 이를 그대로 차용하여 쓸 것이며, 신경림의 '민요시'의 경우에는 사실 '민요시'라는 하위 속성을 가진다기보다는 민요적 속성을 지녔다는 차원에서 '민요적 경향의 시'라고 불러야 한다고 본다(오수연, 「1970년대 민중시의 구술성에 대한 소론」, 『문예시학』 제19집, 45쪽). 그러나 일반적으로 '민요시'라고 분류되어 부르기도 하므로 앞으로 이 용어는 이 두 가지 뜻을 동시에 함의하는 차원에서 쓸 것이다. 또한 고정희의 '굿시'의 경우도 '굿 형식을 차용한 시'로 볼 수 있다(고현철, 『현대시의 패러디와 장르이론』, 태학사, 1997, 182쪽).

정희 또한 '굿시'(『초혼제』, 창작과비평사, 1983;『저 무덤 위에 푸른 잔
디』, 창작과비평사, 1989) 외에 열권이 넘는 시집을 상재하였다.) 이 텍스
트들이 과거 민중들이 공유했던 전통 구비 장르 형식을 통해 전통적 민
중문화의 미학적 강령이라고 할 수 있는 '집단적 신명'을 구현하고자 실
험적으로 제작한 것들이기 때문이다. 즉 일반적으로 민중을 위한, 민중
적 정서를 대변하는 차원의 민중시가 아니라 민중의 육성을 담아내는 언
어와 형식에 대한 새로운 양식을 실험적으로 보여주었기 때문이며, 이는
시사詩史적 측면에서도 현대시의 양식적 지평을 확대시켜 온 역할을 담
당했다고 판단했기 때문이다.

3. 기존 논의 검토와 문제제기

여기서는 민중시 일반에 관한 문학사적 논의와 시학적 차원의 논의를
먼저 살펴보고, 이어서 개별 시인들에 대한 기존 논의를 살펴보고자 한다.
먼저, 민중시 일반에 관한 문학사적 논의로는 1970, 1980년대 민족문
학 담론과 연계되어 거론되고 있는 것이 주류를 이룬다. 이 시기의 문학
사적 논의는 주로 민족문학 담론과 관련되어 언급되는데, 이들 입장의
대부분은 민족문학의 실천 주체로서 '민중'을 언급한다.[24] 이 입장에 따
르면 민족문학은 상위 체계로, 민중문학은 그의 실천 주체를 드러내는

---

24) 민중을 민족문학의 실천 주체로 언급하고 있는 입장으로는 서경석, 「민족문학론의 반
성과 전망」,『1970년대 문학연구』, 문학사와 비평연구학회 편, 예하, 1994; 채광석, 「민
족문학과 민중문학」,『민중적 민족문학론』, 풀빛, 1988; 백낙청, 「민족문학의 개념정
립을 위해」,『월간 중앙』, 1974년, 7월호; 김정환, 「민중문학의 전망에 대한 몇 가지
생각」,『한국문학』, 1985.2; 황광수,『80년대 민중문학론의 지향』, 창작과비평, 1987;
김용락,『민족문학 논쟁사 연구』, 실천문학사, 1997 등의 논의가 있다.

하위 체계로 설정되는데, 이들은 대체로 당대의 민중담론과 교섭하면서 '민중성'을 민족문학의 이념적 원리로 삼고자 하는 차원에서 민중시의 시사詩史적 입장을 언급한다. 즉 당대의 민족문학은 민족의 시대적 요구에 적극 부응해가는 실천적 의식을 소유한 것인데, 이 실천적 의식은 정당한 역사의식, 정당한 민중의식을 토대로 나타난다는 것이다.25)

이 같은 입장은 민중문학이나 민중시를 주로 이념적 차원에서만 접근 가능케 하는 시야의 일방성을 제공하는 토대가 되고 말았다. 물론, 민중시가 발표됐던 시대적 특성(산업화, 군부독재, 유신체제) 때문에 민중시의 사회적 실천에 더 많은 관심이 기울 수밖에 없었던 것은 불가피했다 손 치더라도 민중시에 대한 문학사의 이념적 경도는 그만큼 민중문학의 미학적 근거를 약화시키는 것이 되고 만 것이다.

문학은 하나의 제도적인 체계를 스스로 유지해 나가고 있기 때문에 그 제도와 체계에서 승인할 수 있는 요소를 어떻게 획득하여 문학사의 표면에 내세우냐가 중요하다. 민중문학도 민중의식의 문학적 형상성을 중시하지 않을 경우, 민중의식 그 자체의 승인만으로는 정당한 문학적 평가를 받기는 어려운 일이라 할 수 있다. 따라서 민중문학론에서 문학의 민중적 형식을 제시하지 못하고 그 형상성의 의미를 해명할 수 없다면, 민중문학론은 미학의 차원에 오르지 못하고 한 시대의 부산물로 전락할 위험에 빠지게 된다는 경고는26) 민중문학에 대한 이념적 경도의 입장에 적절한 충고가 되고 있는 것이다.

문학사적 차원에서 이루어진 민중문학 논의가 주로 민중적 세계관과 연관된 것이었다면, 민중문학의 시학적 차원으로는 리얼리즘 이론이 주류를 차지한다. 민중문학의 문학적 기법으로서의 리얼리즘에 대한 언급

---

25) 채광석, 「설 자리, 갈 길」, 『민중문학론』, 성민엽 편, 문학과지성사, 1984.
26) 권영민, 「민족문학론의 논리와 실천」, 『한국민족문학론 연구』, 민음사, 1991.

은 초기에는 주로 선언적 차원에서 거론된다. 이때의 리얼리즘 제시는 일정한 시학적 기준이 있다기보다는 기존의 모더니즘 시에 대한 이론적 정립의 필요성에서 선언적으로 언급되고 있는 측면이 강해 보인다. 특히나 1960년대 '참여시'와의 변별력을 확보하고 민중시를 정립시키기 위해서 리얼리즘이 언급된다. 따라서 민중시의 새로운 문학적 기법으로 리얼리즘을 선언적 차원에서 언급하는데, 그로 말미암아 민중시와 리얼리즘 시를 등가 관계로 해석하는 인식의 혼돈 상태를 초래하기도 했다.

백낙청의 경우는 시민문학이 지향해 나가야 할 문학적 기법으로서 리얼리즘을 언급하면서, 시민사회 · 시민문학을 형성하는 것은 현실에 대한 끊임없는 비판을 요구한다는 차원에서 리얼리즘의 중요성을 주장한다.[27] 신경림 역시 1970년대 우리 문학에서 가장 많이 논란된 문제는 역시 리얼리즘과 민족문학이었다고 하면서 1960년대의 참여문학이 방법론적으로 발전하면서 리얼리즘이 나타났듯이 리얼리즘이 주체적으로 파악되면서 민족문학론이 대두하게 되었다고 언급한다.[28]

이같이 선언적 차원에서 언급되던 초기 리얼리즘 논의가 1980년대 후반부터는 민중시의 문예학적 토대를 마련하기 위해 본격적인 이론으로 강화되어 나타난다. '시'라는 특정한 장르를 놓고 리얼리즘을 논의할 때는 시에서 리얼리즘 적용이 가능한가 하는 근본적인 질문에서부터, 가능하다면 과연 무엇을 논거로 삼을 것인가 하는 의문에 이르기까지 그 논의의 범위가 훨씬 넓어진다.

오성호의 경우는 리얼리즘에서 가장 핵심적인 형상화 원리로 거론되는 '전형'의 개념을 어떻게 시에 적용할 수 있는가 하는 문제에서 출발하여 시 장르의 형상화 원리와 전형화라는 창작방법의 결합을 시도한다.

---

27) 백낙청, 「시민문학론」, 『민족문학과 세계문학 I 』, 창작과비평사, 1978.
28) 신경림, 「무엇을 어떻게 쓸 것인가」, 『삶의 진실과 시적 진실』, 전예원, 1983.

이에 따라 시에서의 '전형'이란 소설과 달리 인물이나 상황의 그것이 아니라 '서정적 주체가 환기하는 정서'라는 결론에 이른다. 그러나 이러한 논리는 리얼리즘 소설에서의 전형 개념을 시에 대입한 결과로 '서정적 주체가 환기하는 정서'라는 고전적인 시성詩性에 대한 입장이 리얼리즘의 전형이론이라는 틀에 결박되는 결과를 낳고 말았다.[29] 윤여탁의 경우도 시에서 리얼리즘을 언급하면서 주로 시적 상황, 시적 화자, 생활의 진실성 차원에서 이를 다루고 있는데, 이런 문제 역시 주로 현실의 반영이라는 관점과 전형의 문제와 관련되어 논의되고 있다.[30] 한편, 이야기 시를 주로 언급하면서 시에 있어서의 리얼리즘 이론을 언급한 최두석은 사회현실에 대한 창작적 대응력을 신장하고 삶의 문제를 본격적으로 다루어내기 위해서는 서사성의 강화가 중요하다고 주장한다. 시 나름의 세부 묘사의 충실성이나 생활적 진실성을 확보하고 전형을 창출하기 위해서는 서사성의 강화가 매우 유효하다고 보는데, 이 역시 객관적 현실의 반영이라는 관점에서 시를 보는 리얼리즘 이론과 관련된다.[31]

이러한 입장은 초기의 선언적인 차원에서 언급된 리얼리즘 차원보다는 시적인 여러 요소와 밀착해서 꽤 디테일한 부분에까지 접근하여 시와 리얼리즘의 관계를 보여주고 있지만, 이 모두 전형성과 현실의 반영이라는 기본 틀에서 벗어나지 못하고 있다. 이런 차원에서 보자면 민중시에 대한 언급도 결국은 현실의 반영이라는 측면에서 반복될 수밖에 없는 것이고, 그렇기 때문에 민중시 텍스트가 갖는 시적 언어의 특성과 형식의 다양성은 놓치고 있는 것이다. 그럼에도 불구하고 이들은 리얼리즘 시라는, 모더니즘 장르와는 다른 시 장르를 새로운 장르 개념으로 제시하여 민

29) 오성호, 「시에 있어서의 리얼리즘 문제에 관한 시론」, 『실천문학』, 1991, 봄호.
30) 윤여탁, 「시에서 리얼리즘은 어떻게 실현되는가」, 『한길문학』, 1991, 가을호.
31) 최두석, 「리얼리즘 시론」, 『다시 문제는 리얼리즘이다』, 실천문학 편집위원회 엮음, 실천문학사, 1992.

중시라는 개념보다는 리얼리즘 시라는 개념으로 사용할 것을 제안한다.[32)]

그러나 이들의 이론적 입장에 맞춰 기존의 민중시를 리얼리즘 시로 명명할 경우, 리얼리즘의 스펙트럼이 아무리 넓다고 하더라도 민중시가 체현하고 있는 언어적 신명성, 역동성 등의 특성은 해명되기 어려운 부분이 있다. 따라서 민중시에 대한 연구는 그 장르 구분에 따른 이론의 틀에 가두기보다는 그 텍스트성에 주목하여 그 시적 특성을 최대한 살려주는 것이 우리 문학사의 시적詩的 자산을 풍부하게 하는 방법이 될 수 있을 것이다.

다음으로는 민중시와 관련하여 각 시편들에 관한 기존 논의를 살펴보자. 이 글에서 주목하고 있는 민중시 텍스트의 언어적 측면과 관련하여 이루어진 기존 논의는 각 시편들의 주제나 소재 차원의 논의에 비하면 절대적으로 부족한 편이다. 김지하 '담시'의 경우는 장르적 속성, 판소리와의 양식적 유사점에 주목한 것이 많고, 신경림의 경우는 '민요시'에 대한 것보다는 주로 서경이나 묘사적 측면에서 리얼리즘과 관련하여 주목한 논의들이 많으며, 후기 연작 장시집에 관한 논의도 대체로 서사적 측면에 초점이 맞추어져 있는 논의가 많다. 고정희의 경우에는 김지하나 신경림에 비해 후 세대에 속하는 작가라는 점에서 기존 논의 자체가 많지 않은 편이다. 기존에 나와 있는 논의들도 그가 여성시인이라는 점에서 비롯된 것일 테지만 대체로 페미니즘 연구 차원에서 이루어진 것들이 대다수이다. 이에 따라 고정희의 '굿시'를 해석하는 경우에도 여성적 글쓰기와 관련하여 언급되는 것이 대부분이며, 민중시 텍스트라는 포괄적인 층위에서 조명 받는 경우는 찾아보기 힘들다.

김지하의 담시에 나타난 언어적 양상에 주목한 대표적인 입장으로는

---

32) 류순태, 「민중시의 현실인식」, 『20세기 한국시의 사적 조명』, 한국현대시학회 편, 태학사, 2003.

염무웅, 김재홍, 오세영, 이숭원의 논의를 들 수 있다. 이 논의들은 주로 시사적 측면에서 담시의 의의를 언급하고 있는 성격이 강하다.[33] 이중 오세영의 논의는 담시의 장르적 속성을 서양의 '발라드'나 '이야기 시'와 비교하여 그 장르적 속성을 밝혀내고 있다는 점에서 이후 담시와 관련한 장르적 논의의 토대가 된다. 그러나 이러한 장르론적 언급은 기존의 고정된 장르 분류 관점에 입각하여 논의되고 있기 때문에 김지하가 담시를 쓰면서 기존 장르의 새로운 방향으로의 변용, 변혁, 재활성화의 측면에서 새로운 장르 개척의 필요성을 언급했던 차원에까지 이르지 못하고 있어 한계점으로 남는다.

이숭하의 논의는[34] 김지하 담시에 나타난 풍자적 속성이 다른 풍자시와는 어떤 점에서 변별되는 특성을 지니고 있었는가에 주목하여 볼 만한 논문이다. 그러나 이러한 풍자에 대한 언급은 김지하가 민중문학의 가장 중요한 형식원리라고 주장한 민중적 언어의 '신명'과 관련되지 못한 채 풍자 일반론으로 그치고 말아 시적 주체와 지시대상, 언어와의 상관관계 속에서 풍자의 공격성이 갖는 위상에 대한 해명은 찾아보기 힘들다.

고현철은[35] 패러디 차원에서 김지하 담시를 판소리의 변용과 변형으로 보아 판소리의 비동일화 담론을 패러디하는 과정에서 반동일화 담론으로 변용시켰다고 보고 있는데, 이는 시를 하나의 담론으로 보겠다는 전제 아래 진전시킨 논의의 결과로 보인다. 시를 하나의 담론으로 보겠

---

33) 김지하 담시에 대한 기존 논의 중 내용이나 주제적인 측면보다는 언어나 형식에 주목하여 언급한 것으로는 염무웅, 「서사시의 가능성과 문제점」, 『한국문학의 현단계 I 』, 백낙청 · 염무웅 편, 창작과비평사, 1982; 김재홍, 「한국 근대 서사시의 역사적 대응력」, 『문예중앙』, 1985, 가을호; 오세영, 「장르실험과 전통장르」, 『작가 세계』, 1989, 가을호, 세계사; 이숭원, 「해방 후 서사시, 장시의 정신과 형식」, 『현대시』, 1993, 10월호 등 논의를 들 수 있다.
34) 이숭하, 「한국 현대시에 나타난 풍자성연구」, 중앙대학교 박사논문, 1995.
35) 고현철, 『현대시의 패러디와 장르이론』, 태학사, 1997.

다는 입장은 시를 일종의 이데올로기 기호체로 간주하여 보는 것과 같은
데, 이렇게 되면 시 텍스트와 타 담론과의 변별력이 부각되지 못하기 때
문에 시적 언어와 형식적 측면에 대한 고찰은 뒤로 밀려날 수밖에 없게
된다.

  홍용희의 논문은36) 김지하 시세계의 전반을 아우르고 있다는 점에서
참고의 가치가 있다. 그는 이 논문에서 김지하의 시세계가 지속적으로
생명의 주체적 회복을 추구하고 있다는 차원에서 김지하 시세계 전반을
고찰하면서, 담시도 이러한 연속성을 확보하기 위한 대립과 갈등의 한 양
상이라고 본다. 이 점은 김지하 담시를 인식적 차원에서 살펴볼 수 있는
중요한 열쇠가 되지만, 담시 특유의 언술 양식과 형식적 측면은 크게 부
각되지 못한 채 작가의 정신세계의 한 측면으로만 언급되고만 아쉬움이
따른다.

  한편, 임동확은 김지하가 민중적 언어의 특성으로 언급했던 '신명'에
주목하여 김지하 담시의 언어적 특성을 논한다.37) 그는 '코라적 리듬' 개
념을 도입하여 담시의 언어적 특성을 상징계에 대한 전복의 전략이라고
본다. 이는 풍자나 해학 차원에서만 담시를 바라보았던 기존의 관습적인
시각에서 벗어난 것이기는 하나 김지하 시 전체의 논의 중에서 일부분만
을 차지하고 있기에 논의의 소략함이라는 아쉬움을 남긴다.

  다음으로 신경림의 '민요시'와 관련된 논문들을 살펴보겠다. 신경림의
시세계와 관련하여 가장 많이 언급되고 있는 것은 주제적 차원에서 민중
성과 관련된 부분이고, 그 다음 형식적 차원으로는 서사성과 관련된 부
분이다. 서사성과 관련하여서는 주로 서사시의 기법적인 차원이나 서사
시 구성 양식을 언급하고 있는 논의들이 많다.

---

36) 홍용희, 「김지하 문학 연구」, 경희대학교 박사논문, 1998.
37) 임동확, 「생성의 사유와 '무'의 시학」, 서강대학교 박사논문, 2003.

유종호는[38] 신경림의 시세계를 기존의 난해시를 '추문화'시킨 '평명성 平明性의 언어'로 보았다. 이는 신경림이 왜 '쉬운 시'를 지향했으며 그 방법론으로 '민요시'를 추구했는지 알 수 있는 열쇠가 된다. 김현은[39] 신경림 시의 핵심을 '울음'으로 보았으며, 이것이 사회적 차원으로 확대될 때 '통곡'의 형태로 나타난다고 보아 신경림 시세계의 기조 정신을 밝혀낸다. 그러나 그는 신경림의 시가 '울음'을 지향할 때는 시적 긴장을 유발하지만, '통곡'으로 전환되어 나타날 때는 구체성이 결여되고 보편성이 부각되면서 오히려 시적 긴장을 놓치고 있다는 비판도 잊지 않는데, 이점은 신경림이 민요의 도입을 염두에 두면서 시창작에 임하는 것이 독창적인 리듬의 창조로 나아가기보다는 기존 민요의 운율에 기대었기 때문에 나타나는 생명력의 감소 현상을 비판한 것으로, 민중적 언어의 실천이 기계적인 운율만으로는 될 수 없다는 간접적인 시사로 볼 수 있다.

윤영천의 글은[40] 신경림의 시가 『새재』와 『달넘세』, 장시집 『남한강』에서 민요나 무가의 창조적 수용을 통한 민중현실의 깊이 있는 탐색을 보여준다고 평한다. 그는 『남한강』이 서정과 서사 및 서경의 효과적인 배합, 민요·무가의 도입에 따른 득실, 시적 화자의 적실성, '듣는 시'와 '읽는 시'의 경계 문제를 실험하는 시금석의 성격을 띠고 있는 것이라고 본다. 이런 전제에 따른 『남한강』의 분석은 그러나 형식적 차원보다는 내용적 차원의 해설이 되고 있어 장르 문제, 시적 형식 문제에 대한 깊은

---

38) 유종호, 「슬픔의 사회적 차원—신경림의 시」, 『동시대의 시와 진실』, 민음사, 1982.
39) 김현, 「울음과 통곡」, 『분석과 해석/보이는 심연과 안 보이는 역사 전망』, 문학과지성사, 1992.
40) 윤영천은 「시의 리얼리즘적 성취에 대하여: 신경림의 연작장시 『남한강』을 중심으로」 (인하대학교 인문과학연구소, 『논문집』 제22집, 1995.1)와 「농민공동체 실현의 꿈과 좌절—남한강론」(구중서 외 편, 『신경림 문학의 세계』, 창작과비평사, 1995)에서 신경림 시에 나타난 리얼리즘적 요소를 주로 다루고 있다.

천착을 이루고 있지 못하다. 특히, 민요시에 대한 언급에서도 기존의 전통적인 운율체계인 4·4조나 정형률에 입각하여 분석을 하고 있기 때문에 신경림의 민요시에서 드러나는 살아 있는 리듬감을 부각시켜내지 못하고 있다.

윤호병은[41] 먼저「농무」에 대한 분석을 통해 이 시의 기조 정신으로 드러나고 있는 '자학'의 정체를 상당히 설득력 있게 해명함과 동시에 굿 모티브 시에서 나타나는 진혼과 원혼의 순환성을 구조적으로 밝혀내어 흥미로운 논의를 펼친 바 있다. 또한『남한강』을 서사성과 서정성, 집단적 주체의 차용과 여러 문학적 양식의 도입 및 변용 등을 통해 읽어낸 점에서도『남한강』연구의 초석이 된다. 그러나『농무』나『달넘세』의 시편만큼 치밀한 분석이 되지 못하고 민중적 양식과의 접합점이 빠진 채 논평 차원으로 글을 마감하여 아쉬움이 남는다.

신경림 시의 서사성과 관련하여 주목하여 볼만한 연구로는 고형진의 글과 강정구의 박사논문을 들 수 있다. 고형진은[42] 신경림 시의 서사적 수용 양상을 백석시와 비교하여 시사詩史적 차원에서 밝혀내고 있다. 한국 시가 주로 모더니즘의 이미지 중심을 한 축으로 하여 왔다면 이에 반하는 한 축이 바로 서사적 양식의 서술시인데, 이는 1930년대 백석으로부터 비롯되어 1970년대에는 신경림이 그 시사적 위치를 이어받고 있다는 점을 강조한다. 이 논의에 따르면 신경림 시의 시사적 위치를 가늠할 수 있게 된다. 한편, 강정구의 논문은[43] 서사 이론을 바탕으로 신경림 시에 나타난 서사성을 분석하고 있는데, 서사 이론에 기대어 시를 분석하다보니 시적인 측면보다는 서사 측면의 논의에 비중을 두게 되어 신경림

---

41) 윤호병,「치열한 민중의식과 준열한 서사의 힘」,『시와 시학』, 1993, 봄호.
42) 고형진,「서사적 요소의 시적 수용-백석과 신경림을 중심으로」, 고려대학교『한국 어문교육』제13호, 1988.
43) 강정구,「신경림 시의 서사성 연구」, 경희대학교 박사논문, 2003.

시세계의 특성을 지나치게 서사성에만 가두는 한계를 드러낸다.

고정희의 시세계에 대한 언급은 페미니즘과 관련된 부분이 대부분을 차지한다. 이 글에서 주목하고 있는 고정희의 '굿시'와 관련해서도 이를 민중적인 시가 형식 차원에서 보기보다는 모성적, 혹은 여성적 글쓰기와 관련된 양상으로 보는 경우가 많다. 물론, '굿시'의 시적 주체가 무녀라는 여성 화자라는 점을 감안한다면 당연한 것이지만, 이를 당대 민중 담론과 연계하여 민중담론의 스펙트럼으로 조망하여 보는 경우는 드물다. 이 점은 최근에 이르러 '탈식민성'이나 '타자성'으로 연구되는 경향으로 나타난다.

김승희 글은[44] 고정희의 언어적인 측면에 주목하여 그녀의 시가 타자화된 여성의 위치로부터 벗어나 기존의 남성적인 언어를 전복하는 전략적 차원에서 여성시의 영역을 넓혔다고 봄으로써 고정희의 언어적 양상을 보는 데 독보적인 시사점을 제공한다. 특히나 구어체나 굿거리 리듬을 통하여 귀족주의적, 단아한 형식주의적 미학을 해체하고 남성 중심의 언어보다는 구어체 어머니의 말들을 시의 중심부에 위치시키는 혁명을 감행했다는 평가는 고정희의 '굿시'가 지닌 언어적 특성을 민중적 장르와 연관시켜 살펴볼 수 있는 하나의 지평이 된다.

나희덕은[45] 고정희의 시에 대한 단편적인 이해를 넘어서기 위해서는 기독교, 민중, 여성이라는 세 층위들 간의 갈등 양상과 그것이 통합·변화되어가는 역동적인 과정을 간과해서는 안 된다고 언급한다. 기독교적인 세계관의 전형을 보여주고 있는 초기시들은 공동체 의식과 역사의식,

---

44) 김승희, 「상징질서에 도전하는 여성시의 목소리, 그 전복의 전략들」, 『여성문학 연구』 제2호, 한국여성문학학회, 1999.12.
45) 나희덕, 「시대의 염의를 마름질 하는 손: 고정희론」, 『창작과비평』 112, 창작과비평사, 2001.6.

현실에 대한 비판의식과 결합되고 있으며, 『초혼제』, 『저 무덤 위에 푸른 잔디』 등에서는 굿 양식을 차용하여 죽음의 제의를 통한 삶의 정화를 시도하고, 여성문제를 본격적으로 다룬 후기시들에서도 억압받는 여성의 대명사인 '어머니'의 삶과 죽음의 과정을 통해 기독교, 민중, 여성이라는 중심 화두를 하나로 융합시키려는 노력을 보여주고 있다고 보았다. 이는 고정희 시세계에 대한 전체적인 조망을 얻을 수 있다는 점에서 주목을 요하는 글이다.

한편, 고현철의 글은[46] 양식적 차원에서 고정희의 '굿시'를 이해할 수 있는 지평을 제공한다. 그러나 고정희의 '굿시'를 민중시가의 양식적 차원에서 언급하면서도 이를 굿 양식의 패러디 차원에서 바라봄으로써, 고정희의 '굿시'가 갖는 특수성이 패러디 차원으로 흡수되어 버리는 한계를 지닌다.

학위논문에서 주목할 만한 논의는 박유미의 화자 연구가 고정희 시에 나타난 시적 주체의 변모 양상을 살펴보는 데 도움이 되며,[47] 고정희 시의 형식적 측면에 주목한 김영순의 논의도 고정희 시의 형식적 측면을 살펴보는 데 도움이 된다.[48] 특히 고정희 시의 언술 양상에 주목한 박현정의 논문은 아직까지 부족한 고정희 시의 언어적 측면을 살펴보는 데 도움이 된다.[49] 그러나 열 권이 넘는 시집을 상재한 고정희의 시세계 전체를 아우르고 조망하는 논의가 진전되지 못하고 있는 점이 고정희 시 연구의 실상이라고 할 수 있다.

---

46) 고현철, 『현대시의 패러디와 장르이론』, 태학사, 1997.
47) 박유미, 「고정희 시의 화자 연구」, 전남대학교 석사논문, 2003.
48) 김영순, 「고정희의 페미니즘 시 연구: 형식적 특성을 중심으로」, 동국대 문화예술대학원 석사논문, 2000.
49) 박현정, 「고정희 시 연구: 상상력과 언술 방식을 중심으로」, 이화여자대학교 석사논문, 2002.

이상의 기존 논의를 살펴본 결과, 문제점으로 지적할 수 있는 것은 각 시인의 텍스트가 주제적 측면, 혹은 양식과 장르적 차원, 혹은 작가론적 차원에서만 다루어져 왔을 뿐이지 심층적 차원에서의 언어적 고찰에 대한 연구는 부족하다는 점이다. 그렇기 때문에 이들 시 텍스트에서 민중성을 읽어낸다고 하더라도 이는 주제론이나 작가론 등 단편적인 차원에서 동어반복이 될 수밖에 없었던 것이다. 따라서 언어적 차원에서 이들 시가 갖는 사회적 실천과의 등가성을 규명해보지 않으면 단편적인 동어반복은 불가피해 보인다. 이에 따라 이 글에서는 기존 논의 과정에서 제외되거나 부족한 차원으로 드러나는 민중시 텍스트의 언어적 실천 양상을 시적 언어가 지니는 '부정성'이라는 특성을 통해 살펴보고자 한다.

제2장

김지하 '담시'에 나타난 부정성과 의미화

1. 죽음 충동의 표지화와 공격성의 분출

김지하는 「풍자냐 자살이냐」라는 글에서 김수영의 '풍자냐 해탈이냐'를 '풍자냐 자살이냐'로 오독하는 가운데, 두 가지 문제를 제기한다. 첫째는 현실의 물신주의적 폭력에 저항하지 못하고 자멸적인 시로 전락해버린 암흑주의적인 시에 대한 비판이요, 둘째로는 김수영처럼 현실에 대한 공격이 옳기는 하나 그 풍자 방향이 자신으로 돌려져서는 안 되고 적에게 돌려져야 함을 지적하면서 김수영 시의 한계점을 지적한 점이다.[50] 김수영의 '풍자냐 해탈이냐'가 '풍자냐 자살이냐'로 변하게 된 이유를 푸는 열쇠는 김지하가 언급한 '고양된 생명에너지의 충족'으로서의 '신명'론을 통해 찾아볼 수 있다. 살아 있는 생명체가 지니고 있는 에너지, 즉 자유로운 에너지가 그 생명력의 발전과 운동을 가로막는 물신폭력에 의해 가로막힐 때 시인은 '시적 폭력'으로 대항할 수밖에 없다는 것인데, 이는 생명체가 본질적으로 지니고 있는 '삶 충동'과 '죽음 충동'의 이원적인 투쟁의 속성과 궤를 같이 하는 것으로서, 프로이트가 「쾌락의 원칙을 넘어서」에서 생의 충동(에로스)과 죽음 충동(타나토스)의 이질적 갈등과 긴

---

50) 김지하, 「풍자냐 자살이냐」, 『민족의 노래 민중의 노래』, 동광출판사, 1984.

장 상태가 생의 조건[51]이라고 언급한 주장에서 해석의 열쇠를 찾아볼 수 있는 것이다.

프로이트가 언급한 죽음 충동은 살아 있는 생명체가 원래의 무기질 상태로 돌아가려는 충동으로서, 이 충동의 주요 부분이 외향적으로 투사될 때는 공격적인 성격을 띠는 반면, 내부로 투사되면 자기 파괴적 성격을 띠는 것으로 나타난다고 한다.[52] 이를 김지하 식으로 언급하자면, 내부로 향한 죽음 충동의 투사가 자기 파멸의 암흑시로 나타나는가 하면 외부로 향한 죽음 충동의 투사는 공격적인 풍자시로 기능한다는 것을 알 수 있다. 이때 풍자의 방향은 김수영처럼 자기 자신에게나 소시민에게 돌려질 것이 아니라 민중 위에 군림하는 특수집단의 악덕에 돌려져야 함을 역설하는데, 이것은 올바른 민중관에 입각한 시라면, 즉 올바른 생명력을 추구하는 시라면, 공격의 방향은 외부의 적을 향한 것이어야 한다고 주장한 것이다. 왜냐하면 억압으로 인한 왜곡된 생명력을 회복하기 위해서는 외부의 적을 향한 공격적인 풍자는 당연한 것이 될 수밖에 없으며 이는 생명체가 스스로를 보존하기 위해 외부의 물신폭력에 의해 차단된 에너지, 힘을 찾기 위한 투쟁에 다름 아니기 때문이다. 즉 본래적 생명의 발전과 운동을 방해받는 생명체가 장애를 극복하고자 행하는 공격행위가 자연스런 움직임이듯이 현실의 물신폭력에 의해 퇴적된 비애와 증오의 응어리를 풀기 위한 공격성은 현실의 질곡을 뚫고 나가는 힘이 된다는 것이다.

그렇다면 이러한 죽음 충동은 텍스트에서 어떻게 발현되는가? 생명체의 이원성으로 파악된 삶 충동과 죽음 충동 간의 갈등과 긴장상태는 프

---

51) 지그문트 프로이트, 윤희기 · 박찬부 옮김, 「쾌락의 원칙을 넘어서」, 『정신분석학의 근본 개념』, 열린책들, 2003, 310쪽.
52) 지그문트 프로이트, 위의 책, 330~331쪽.

로이트에게는 의미를 만들고, 의미를 나타낼 수 있는 물질성으로 파악된다. 그리고 그 물질성의 계속적인 충돌은 비약과 단절, 분리와 부재의 계기에 의한 의미화 기능을 산출한다. 이를 좀 더 상술하자면, 발생론적으로 생물에 고유한 '거부(생물체의 유기체성으로부터 분리, 분열, 파열되고자 하는 운동)'는 생체를 운동성으로 가로지르고, 그 생체에게 욕구와 사회적 구속이 조직하고자 하는 몸짓에 의한 표현을 전달한다. 프로이트는 이 과정을 '포르트-다' 놀이를 통하여 충동의 거부가 이미 운동으로, 몸짓으로 귀환한다는 것으로 보아 생물학적인 물질의 거부가 의미화 공간, 아니면 실천적 공간을 형성하는 거부 속에 투사된다는 것을 보여준다. 즉 유기체적인 물질은 생체를 운동성으로 가로지르고, 그 생체에게 욕구와 사회적 구속이 조직하고자 하는 몸짓에 의한 표현을 전달한다는 것이다.

김지하 담시 텍스트에서 공격성의 표지화로 드러나는 죽음 충동도 이러한 기호계적 거부의 방식으로 드러난다. 이때의 거부는 어휘, 통사, 리듬상의 제 특수성을 통하여, 언어 상징 혹은 의미의 통일성을 파열하는 특수한 경로들을 구축하는데, 아래의 텍스트들 속에서는 반복 구문, 의성어·의태어 등 어휘상의 특수성 속에서 거부 특유의 체계를 형성하고 있음을 알 수 있다.

첫째 도둑 나온다 狗盜이란 놈 나온다
돈으로 옷해 입고 돈으로 모자해 쓰고 돈으로 구두해 신고 돈으로
장갑해 끼고
금시계, 금반지, 금팔찌, 금단추, 금넥타이 핀, 금카후스보턴, 금박
클, 금니빨, 금손톱, 금발톱, 금잭크, 금세계줄,
디룩디룩 방댕이, 불룩불룩 아랫배, 방귀를 뿡뿡뀌며 아그작 아그

작 나온다

저놈 재조 봐라 저 재벌 놈 재조 봐라

장관은 **노랗게** 굽고 차관은 **벌겋게** 삶아

<u>초치고</u> 간장<u>치고</u> 계자<u>치고</u> 고추장<u>치고</u> 미원까지 **톡톡**쳐서 실고추 파 마늘 곁들여 날름

세금받은 은행돈, 외국서 빚낸 돈, 왼갖 특혜 좋은 이권은 모조리 **꿀꺽**

이쁜년 꾀어서 첩삼아 밤낮으로 **직신작신** 새끼까기 여념없다

(중략)

포도대장 물러선다 포도대장 거동봐라

울뚝불뚝 돼지코에 술찌꺼기 허어옇게 묻은 메기 주둥이, 침은 **질 질질**

장비사돈네 팔촌 같은 텁석부리 수염, 사람여럿 잡아먹어 피가 벌 건 왕방울 눈깔

마빡에 주먹 혹이 뙬때마다 **털렁털렁**

열십자 팔벌리고 멧돌같이 좌충우돌, 사자같이 **으르르릉**

이놈 내리훑고 저놈 굴비 엮어

종삼 명동 양동 무교동 청계천 쉬파리 답십리 왕파리 모두 쓸어모 아다 꿀리고

<u>치고 패고 차고 밟고</u>

<u>꼬집어 뜯고 물어뜯고 업어메치고 뒤집어던지고 꼰아추스리고 걸 어팽개치고</u>

<u>때리고 부수고 개키고 까집고 비틀고 조이고</u>

직신작신 <u>조지고 지지고</u> 노들강변 버들같이 **휘휘 낭낭** <u>꾸부러드 리고</u>

육모방망이, 세모췻장, 갈쿠리, <u>긴칼, 짧은 칼, 큰칼, 작은 칼</u>

오라 수갑 곤장 난장 곤봉 호각개다리 소다리 <u>장총 기관총 수류탄 최루탄 발연탄 구토탄 똥탄 오줌탄 뜸물탄 석탄 백탄</u>

모조리 늘어놓고 **어흥**-

-「五賊」중에서

당대 부정한 관리들의 부패상을 고발한 시로 널리 알려진 이 텍스트에서는 오적五賊 중의 가장 으뜸인 재벌과 그 오적을 잡는답시고 오적의 무리들과 한통속으로 놀아나는 포도대장의 모습이 그려지고 있지만, 이는 단순한 묘사로 그치지 않는다. 재벌의 부유한 모습과 포도대장의 권위적인 모습에 대한 지시적인 의미체계는 반복 구문에 의해 형성된 리듬과 의성어, 의태어 등에 의해 해체되고 이에 따라 재벌의 부정행위와 포도대장의 무자비한 가혹행위라는 지시체계는 이러한 기호계적인 충동의 침입에 의해 일의적인 의미가 아닌 다의적인 의미생성 작용을 낳고 있다.

묘사라는 시각 체계는 과거의 기억을 살아 있는 이미지들로 재현하는 것인 바, 이는 정립의 첫 번째 단계에 해당하는 거울단계로부터 출발한다. 즉, 상징계 진입으로의 첫 단계로 볼 수 있기 때문에 이 틀 안에서의 기호계적 리듬의 작용은 표상, 상기, 기호의 소통을 막는 일종의 거부(부정성)로 볼 수 있다. 이것은 자기의 경험을 시각화하여 재현하는 것과 반대로, 즉 정립적인 상징계에 의한 재현과는 반대로 시각체계를 파괴하는 육체적 충동성을 불러와 시각화된 전체성을 파괴하는 의미생성을 하고 있는 것이다.[53] 이는 억압적인 외부대상으로부터 자신을 보존하고자 하는 죽음 충동이 강한 공격성을 띠고 드러나는 거부의 표지로 볼 수 있다.

"금", "돈으로"의 반복구문에서 나타나는 연결조사 "~으로"의 반복과 "초치고 간장치고 계자치고 고추장 치고" 등에서 두드러지는 연결어미

---

53) Julia Kristeva, *Revolution in Poetic Language*, Columbia University Press, New York, 1984, pp.102~103.

"~고", "꼬집어 뜯고 물어뜯고 업어메치고 뒤집어던지고 걷어팽개치고 때리고 부수고 개키고 까집고" 등에서 나타나는 격음의 반복은 묘사에 의한 시각적 형상을 뚫고 드러나는 공격적 충동성을 드러내는 기호계적 표지로서, 당시 지배층의 물신주의적 폭력에 대한 시적 주체의 거부의 투여인 것이다.

또한 "불룩불룩", "뿡뿡", "톡톡", "꿀꺽", "털렁털렁", "직신작신" 등의 의성(태)어는 모두가 대상에 대한 부정적인 가치를 드러내는데, 의태어와 의성어들은 본래 사물의 물질성에 가장 밀착해 있는 기호들이다. 이것들은 사물의 양태와 형식을 강화할 뿐, 그 자체로 지시적인 의미를 강화하는 것은 아니다. 이들은 특정한 파토스가 아니라 특정한 자극에 대한 유기체의 반응 양식에 가깝다.[54] 특히, "날름", "꿀꺽", "질질질", "직신작신" 등의 의성(태)어 등이 촉각과 관련돼 있는 사실도 주목을 요한다. 촉각은 감각 작용 가운데 가장 심오한 것으로서, 그것으로부터 신체와 영혼들의 정념들이 전개되며, 궁극적으로는 주체와 대상의 결속을 조준한다고 한다.[55] 마찬가지로 위 텍스트에서 드러나는 촉각성은 시적 주체가 대상에 대해 갖는 부정적 인식에 대한 가장 구체적인 정보를 전달하는 기호로 작용하는데, 이는 상징계의 의미맥락을 뚫고 나오는 거부의 분절화 방식이며, 이를 통해 드러나고 있는 시적 주체의 육체적 충동성은 상징계적인 억압에 저항을 하는 부정성의 발현인 것이다. 상징화 과정에서 억압되었던 육체적 충동을 언어 속에 자리 잡게 함으로써 조직화시켜내고 있는 것이다. 김지하 담시에서 우세하게 드러나는 이 같은 구문의 반복과 의성(태)어의 남발은 신체 속의 자유로운 에너지가 표상체의 구조 자체 속으로 침입하면서 감행되는 이질적 요소의 충돌 과정에서

---

54) 권혁웅, 『미래파』, 문학과지성사, 2005, 48~49쪽.
55) 김성도, 『기호, 리듬, 우주』, 인간사랑, 2006, 319쪽.

일시적으로 표지화된 것으로 볼 수 있다.

김지하 시 텍스트에서 드러나는 이 같은 강렬한 공격성의 표지는 그만큼 시적 주체가 경험한 억압의 강도가 높다는 것이고 이에 따라 그 억압으로부터 풀려나오려는 충동의 욕구도 그만큼 거세질 수밖에 없는, 그래서 현실의 폭력에 맞선 시적 폭력의 강도도 그만큼 격렬해질 수밖에 없음을 보여준다. 김지하 담시에서 파괴의 이미지로 자주 드러나는 '불'의 이미지도 사실은 시적 주체의 죽음 충동과 관련해서 살펴볼 수 있다.

김지하는 '신명'이 민중의식의 핵심이라고 강조하면서 이는 민중적 삶의 본디 성품인데, 그것은 죽음과의 접촉을 통해 죽임으로부터 '인위적으로 살려지고 죽임과의 관계에서 새롭고 또 힘차게 살아나는' 민중적 삶의 살아 생동하는 자유라고 주장한다. 즉 신명이 죽임 아래 억눌리면서 삶의 본디 성품이 파괴당하고 본디 성품대로 자유롭고 통일적이며 창조적으로 살지 못하는 삶을 살 때는 이미 그것은 죽임당한 삶이라고 할 수 있는데, 삶의 중심적 전체로서 활동하는 자유가 제약, 감금, 분단, 냉동, 분열, 왜곡, 약탈, 억압, 고립, 변질, 오염, 변형되거나 파괴되었을 때의 삶이 바로 죽임당한 삶이다. 그리고 그와 같은 죽임은 민중적 삶의 에너지의 소모요, 왜곡이기 때문에 그러한 인위적인 죽임에 맞서서 저항하고 싸워 넘어섬으로써 억눌린 '신명'을 더욱 넓게 확장하고 드높이는 것이 '신명'의 충족을 가져오는 것이라고 주장한다.[56] 그렇다면 김지하 텍스트에서 드러나는 죽임의 세력들에 대한 절대적인 파괴, 부정, 거역의 이미지를 지닌 '불'의 이미지도 바로 죽임에 맞서서 본래의 자유로운 생명 에너지를 충족하고자 하는 '생명력의 고양된 활동'과 관련된 것으로 볼 수 있는 것이다.

---

56) 김지하, 「민중문학의 형식 문제」, 『남녘땅 뱃노래』, 두레, 1992, 285쪽.

그 곁에 계집년은 공연히 방귀를 **뿡뿡** 뀌며 **배실배실배실배실** 웃고
자빠졌고, 불이얏! 불이얏! 불이얏! 소리만 지르면 불꺼지
는 줄 알고 그저 이놈도 불이얏! 저놈도 불이얏! 천방지축 부끄
럼도 없이 왼통 벌거벗은 년놈들이 이리 **와크르르** 저리 **와크르**
르르 몰리고 쏠리고 얽히고 설켜 **와글와글와글와글와글−−** 옷장
속에 대가리 처박고 두다리 흔들흔들 교통정리하는 **년**, **불알** 잔뜩
움켜쥐고 **따다다다닥닥닥** 장단맞추어 이빨 부딪치는 **놈**, 알몸에
공무원 개패만 찬놈, 알몸에 진주목걸이만 두른 **년**, 알몸에 권총만
찬놈, 이놈저놈 붙들어놓고 내가 내일 미국무성 초청으로 노스
웨스트를 타야 하는데 어떻게 하죠? 묻는 **놈**, 쌩똥을 **뿌락뿌락** 내
싸지르고 나자빠지는 **놈**, 뻔질나게 **질질질질** 디립다 오줌만 퍼싸는
년, 우거지 상으로 우는 **년**, **빽빽** 악을 쓰는 **년**, **빤쯔**만 입고 **빤쯔**
위에 급한 중에도 대학 뱃지는 단단히 달아 분명히 찬년, 돈주고도
못산다고 알몸에 도쿄 핫문만 단정히 쓰고 내닫는 **놈**, 돈을 잔뜩
움켜쥐고도 <u>내돈내돈내돈</u> 찾으러 다니는 **놈**

(중략)……

우왕좌왕 악을 **빽빽** 쓰며 돌아치는데 **펑펑** 전구, **쨍쨍** 술병, **쨍그**
랑 쨍 유리, **휘딱휘딱** 철근, **피픽** 불덩이, **번득번득** 전광, **뿌지직**
나무, **꽈당꽈당** 회벽, **지지지지직** 주단, **훨훨** 불붙는 소리 우주가
바뀌고 벽력이 진동하니 허허, 허무구나! 阿房宮, 철옹성이 초
가집보다도 못하구나! 사방에서 무너<u>지고</u> 깨<u>지고</u> 터<u>지고</u> 짜그라
<u>지고</u> 떨어<u>지고</u> 휘어<u>지고</u> 짤라<u>지고</u> 끊어<u>지고</u> 일그러지고 비틀어<u>지</u>
<u>고</u> 자취없이 사라<u>지고</u> 여지없이 불타 없어지는데도 불끌 방도는커
녕 불피할 쥐구멍 하나 뚫린 곳 없이 사방 **콱콱** 막힌 중에 **딱−**
서로 마빡을 부딪친다.

−「蝄語」 중에서

당시 대연각 호텔 화재 사건을 배경으로 한 특권층의 추태를 다룬 시로 알려져 있는 이 텍스트에서는 불이 나서 아수라장이 돼버린 화재 현장에서 계집년의 방귓소리인 "뽕뽕"과 "배실배실배실배실"의 근육적인 움직임을 나타내는 반복구문은 지배층의 권력에 빌붙어 봉변을 당했지만 그 와중에서도 자신의 체면과 감투만을 먼저 챙기는 그들의 파렴치한 속성을 조롱하는 공격적인 충동으로 배치된다. 게다가 "와크르르르르", "와글와글", "따다다다닥닥닥" 등 의성어의 반복은 불이 난 호텔에서 벌어진 난장판에 대한 언어의 육체성을 극대화시키는 장치이다. 또한 "빽빽", "뿌락뿌락", "꽝꽝", "휘따휘따" 등 격음의 연쇄는 감금된 육체적 충동이 상징계적 의미장치를 뚫고 폭발하는 죽음 충동의 언어적 분절화, 그 자체이다. 아울러 "년"과 "놈" 등 욕설의 반복은 외부에 대한 공격과 파괴를 극대화시키는 에너지의 방출로서, 이를 통해 억압된 적대 감정은 분출되고 있다. 특히, 휘몰이 장단의 급박한 리듬과 휴지의 연속적인 침입은 오염되고 추악한 지배층에 대한 공격적인 폭력성으로 작용하는 바, 억압된 주체의 공격성은 위와 같은 죽음 충동의 기호계적 표지를 통해 분출되고 있는 것이다.

> 에잇 이 머저리동네 반장아, 벌거벗고 腹上에서 焚身他殺이다
> 불 속에 타서 죽고, 데어서 죽고 밟혀죽고, 눌러죽고, 끼여죽고, 졸려 죽고, 감전돼 죽고, 엎어져 죽고 자빠져 죽고, 기막혀 죽고 숨막혀 죽고, 창터져 죽고 등터져 죽고, 창에서 뛰어내리다 팔 부러져 죽고 다리 부러져 죽고, 피 토하며 죽고 똥싸고 죽고, 웃다 죽고 울다 죽고 소리지르다 죽고, 앉아 죽고 서서 죽고, 가다 죽고 오다 죽고, 장담하다 죽고 호기부리다 죽고, 이갈며 죽고 주먹쥐고 죽고, 배 위에서 죽고 배아래서 죽고, 입맞추다 죽고 배맞추다 죽고, 빨다 죽고 핥다 죽고, 실없이 죽고 어이없이 죽고, 당당

하게 <u>죽고</u> 창피하게 <u>죽고</u>, 불쌍히 <u>죽고</u> 시원히 <u>죽고</u>, 그중에 어떤
일본놈은 고래고래 악을 쓰며 **이것이노 근대화데스까?** 비상구
없는 것이노 근대화데스까? 똥이나 먹어라 **빠가야로 근대화데
쓰!** 하면서 휙 떨어져 <u>죽고</u>, 어떤 놈은 창꼭대기로 기신기신 올
라가서 아이구, 스위스 은행에 예금한 십억을 한푼 못써보고 내 죽
는구나―

―「蜚語」 중에서

1970년, 11월 13일, 근로기준법을 지키라며 분신자살한 가난한 노동
자인 전태일의 분신자살과 빗대어 특권층이 호텔에서 온갖 추태를 부리
다가 불에 타 죽는 장면은 焚身自殺이 아니라 焚身他殺이 된다. "이것이
바로 근대화의 실상이냐"는 악에 찬 질문은 죽음과 근대화를 등치시키는
의미를 생성시키면서 당대의 일방적인 근대화 논리에 타격을 가하는 공
격성을 보여준다. 대상에 대한 시적 주체의 공격성이 격렬한 세미오틱을
향한 통로가 되어 위의 텍스트는 온통 기호계적 충동의 도가니를 이루고
있다.
　이러한 시적 폭력으로서의 언어적 조정은 사회―언어적 상징적 질서
를 확립하는 정립을 분쇄시키고 이에 대한 주체의 격렬한 거부를 드러낸
다. 주체의 격렬한 거부를 드러낸다는 것은 사회질서의 조정과 동시대적
인 주체의 조정에서 가장 심오한 단계에까지 이를 것을 요구한다. 그것
은 언어 속에 든 정립의 구조적 조정에까지 하강하는 것이다. 그렇게 함
으로써 이 격렬함은 언어의 음성적, 통사적 그리고 논리적 질서를 통하
여 부상하면서, 언어 상징적 질서와 사회의 지배적 이데올로기에 타격을
가한다. 시대를 파고들기 위해서는 그 시대가 질서를 지배하게 하는 논
리에 타격을 가해야 한다. 그것은 논리의 조정, 논리의 종합형태, 그리고

논리가 조정하는 이데올로기까지 인수하여 개진하면서 논리 자체를 관통하는 것이다.[57] 즉, "주체와 객체, 의식과 물질, 언어와 언어 관계들 사이에 위치한 여러 가지 형태의 구별 밑에서, 구별 속에서, 그리고 그것들을 넘나들면서 그것들을 다 싸잡아 끊임없이 왜곡된 생명의 옮김 또는 죽임으로부터 해방"[58]되는 '신명'의 과정 그 자체인 것이다.

위 텍스트에 드러나는 "죽고"의 반복과 휴지부의 반복, "근대화데스까"라는 새로운 혼성어의 반복은 모두 언어적 상징체계가 지니고 있는 정지의 기능을 왜곡시키고 거부하면서 충동의 격렬함을 의미화하고 있는 것들이다. 이는 언어적 상징 질서 속에서 의미의 페티시로 코드화되어 버린 기존의 관습적인 시적 가능성과의 투쟁이자 이를 은폐하는 사회적 압박에 대한 저항으로 기능한다. 이 과정을 통해 시는 마치 희생제의와도 같은 정화적 기능을 행사하는 것이다. 즉 억압과 규제로부터 벗어나 '생명의 자유로운 에너지의 충족'을 향해 나아가는 '신명'의 과정으로서, 이를 통해 지배층에 저항하는 집단적 '신명'이 지펴지는 것이다. 지배층에 의한 민중들의 자유로운 생명의 억압은 "한없이 축적된 비애"를 낳게 되는데, 이것이 임계점에 이르면 이에 저항하는 에너지의 흐름은 이 억압을 뚫고자 하는 공격성으로 분출될 수밖에 없는 것이고, 이것은 고정된 에너지를 자유로운 에너지로 교체하려는 움직임이자 거부인 것이다.

한편, 김지하 텍스트에 나타나는 대상에 대한 공격성은 항문 충동, 즉 항문기의 사드적 요소와도 연결시켜 볼 수 있다. 상징계의 확립에 선행하는 이 거부는 상징계 확립의 조건이자 억압된 요소이기도 하다. 주체

---

57) Julia Kristeva, *Revolution in Poetic Language*, Columbia University Press, New York, 1984, p.152.
58) 김지하, 「민중문학의 형식 문제」, 『남녘땅 뱃노래』, 두레, 1992, 285쪽.

의 과정은, 그의 언어와 혹은 상징기능 그 자체의 과정과 관련되기 때문에—그 지주인 신체의 체제 속에서—항문성의 재활성화를 가정한다. 텍스트가 언어를 통하여 표방하는 파괴의 향락은 억압—승화된 항문성의 발굴을 경유한다. 이것이 의미하는 것은, 기호계적인 망으로 배치되기 이전, 아직 언어적 상징화가 되지 않은 충동과 '일차 상징화의 잔해'들은 발굴된 항문성을 통하여 의미생성과정들의 모든 정지(기호 · 언어 · 자기를 확립하는 가족 구조)를 공격하는 것이다.[59]

김지하 담시 텍스트에서 드러나는 '배출성'은 이러한 의미생성과정을 가로막는 기제에 저항하는 부정성의 표지로 해독된다. 승화를 거부하는 항문기의 공격성은 배출욕구를 그대로 실어나르는 표지화로 작용하면서 억압에의 강력한 저항을 드러낸다.

> 아아 똥!
> 똥!
> 똥이로다! 또똥똥똥똥똥!
> 뿌지직!
> 뿌지지지직!

---

[59] 일반적으로 정신분석에서 항문기라고 하는 것은 오이디푸스 콤플렉스의 갈등 이전에 위치하고, 프로이트의 학설에 의하면 항문기는 '자아'와 '이드'의 분리 이전에 위치한다. 그것은 유아적 리비도에게는 보다 광범위하고 기본적인 한 시기를 전부 포괄하는 단계로, 오이디푸스 콤플렉스가 시작되기 이전에 우세한 사디즘의 시기이다. 항문이 최후에 억압되는 것이고, 또 그러한 의미에서 가장 중요한 이 모든 형태 속에서 표면화되는 것은 에너지의 압축과 충전이 만들어 낸 구강, 요도, 항문, 괄약근과 근육운동 체계의 에로스화이다. 이 욕동들은 괄약근을 관통하고 이끌면서 신체에 속해있던 물질들이 몸에서 분리되어 외부로 내던져지는 바로 그 순간에 쾌락을 불러들인다. 상실, 신체의 분리, 그리고 신체 바깥으로 대상을 격리시키기와 일치하는 강력한 쾌락을 불러들이는 것이다. 이 분리는 결여가 아니라 방출이고, 박탈적이기는 해도 쾌락을 불러들인다. 정신분석가는 이 환희적 상실이 배척된 대상에 대한, 외적인 모든 대상에 대한 공격처럼 느껴지는 것이라고 가정한다(Julia Kristeva, 앞의 책, pp.148~150).

뿌지지지지지지지지지지지지직

홍똥, 청똥, 검은똥, 흰똥

단똥, 쓴똥, 신똥, 떫은똥, 짠똥, 싱거운 똥

다된똥, 덜된똥, 반된똥, 반의반된똥, 너무 된똥

너무 안된똥, 물똥, 술똥, 묽은똥, 성긴똥, 구린똥

고린똥, 설사똥, 변비똥, 피똥, 똥 같지 않은 똥, 똥 같지 않지만

똥임이 분명한 똥

지렁이 섞인 똥, 회충 촌충 십이지장충 섞인 똥, 똑똑 끊어지는 똥,

(중략)

미국놈 빠다기름이 빙빙 도는 똥, 월남놈 까칠까칠한 살갗 쪼가

리가 섞인 똥, 씹히면서 악쓰는 조선놈 목소리를 내며 삐죽삐죽

힘들게 빠져나오는 똥, 태국계집 精液 빙빙 도는 똥, 대만 계집,

마레이 계집, 필리핀 계집, 라오스, 캄보디아, 인도네시아, 버마

계집, 조선 계집 精液들이 부글부글 끓는 똥, 딸라 똥, 루블 똥, 마

르크똥 프랑똥, 리라똥, 피아스타 똥, 원화똥, 黃金똥, 주석똥,

망감똥, 石油 휘발유똥, 텅스텐똥, 강철똥, 알미늄똥, 프라스틱

똥, 합성섬유똥, 금똥, 은똥, 수은똥, 똥이야 똥이야 똥이야 똥

이야!

여기저기서 와크르르르

똥이야!

이 거리 저 거리에서 우르르르르

똥이야! 똥 봐라 저 똥 봐라!

─「똥바다」 중에서

　　패망한 일본인 糞三寸待가 그동안 참았던 분糞을 한반도에 다시 나와
서 한꺼번에 배설하는 장면이다. 糞三寸待가 지금껏 참아왔던 똥을 광화
문 한복판에 강렬하게 내지르면서 온통 똥바다가 되어버린 한반도의 정
황을 보여주고 있는 대목인데, 시적 주체의 승화를 거부하는 항문적 공

격성의 분출은 격음의 반복 구문과 연속적인 휴지, 긴장과 이완의 장단 변화 등을 통해 이루어지고 있다. 또한 시각뿐 아니라 후각, 미각, 촉각 등 온갖 감각의 배치는 대상과 분리되기보다는 대상과 뒤섞이며 대상과의 분리 이전의 육체적 충동을 강하게 드러낸다. 이는 당시 한반도에 대한 일본의 신식민화의 억압기제에 대한 시적 주체의 강력한 거부가 충동의 배치변형을 통해 이루어내고 있는 텍스트 실천으로 볼 수 있다. 의성어의 반복, 구문의 점층반복법, 대상의 열거 등으로 드러나는 위 텍스트의 기호계적인 표지들은 항문 충동에 의한 강한 공격성을 드러내면서, 억압에 대항하는 항문성의 투쟁을 표현한다. 이는 죽음 충동의 공격성이 항문기적인 사드적 요소로 발현되어 드러난 생명체의 이원적인 갈등과 투쟁의 현장이기도 하다.

> 1)
> 눈, 코, 귀, 입 막고 펄쩍펄쩍 뛰어서 모조리 모조리 모조리 사람이
> 란 사람은 왼통 다
> 기어나와 악을 악을 쓰고 뛰고
> 똥이야 똥이야 똥이야 똥이야!
> 이리 가도 이크 똥이야! 저리 가도 이크 똥이야!
> 여기가 우당탕 무너지며 똥이야! 저기가 와장창 부서지며 똥이야!
> 아이쿠 나 죽는다 똥이야! 어이고 나 살려라 똥이야!
> 방안에도 광장에도 거리에도 골목에도 집이란 집, 건물이란 건물,
> 그릇이란 그릇, 통이란 통
> 왼갖 빈 데, 갖은 낮은 데는 온통 똥덩어리가 가득가득, 가득 넘쳐
> 서 질질 질질 질질 질질
> 질질 흘러 이리 몰리고 저리 몰리고 온 세상 천지
> 어허, 똥바다로구나!
>
> —「똥바다」중에서

2)
칼노래를 수천 수만 수십 수백만 수수천만이 함께 부르듯 왕왕 터
지며

수운 목구멍에서 왼갖 중생 갖은 바닥쌍것들이 수도 없이 꾸역꾸
역 기어나오는데

팔도 농투산이란 농투산이는 다 기어나와

(중략)

백정이며, 사당이며 딴다라, 기생, 화심이, 영자, 춘자, 때밀이, 안
마쟁이, 니나노, 공순이,

공돌이, 뽀돌이, 식순이, 호순이, 화적떼, 비렁뱅이, 머슴, 시라이,
양아치, 작두날림, 종놈 종

넌들이 와크르르 쏟아져 나와

『사람 섬기기를 한울같이 하렷다! 네 이놈들 우리가 네놈들 섬기
는 것 좀 보아라!』

소 잡는 토끼, 사당패 물미장, 가야금, 장구통, 뿔 방망이, 작대기,
부지깽이로 우당탕 쿵쾅

땅 따당 탕 퉁 쾅 땡 똥 띠딩 온갖 잡그릇 박살나 와삭와삭 바삭바
삭 쨍그랑 짱 꽝 똥 땡

왈자패 주먹, 각다귀패 뒷발질, 들병장수 술병, 도붓장수 담뱃대,
빵쟁이 꿀통, 용접쟁이 쉿쉿쉿,

(중략)

앉은뱅이 문둥이 귀머거리 벙어리 곱추 폐병쟁이 성병쟁이 미치광
이 캄캄소경 청맹과니 꼽사등이

곰배팔이 쌍언청이 전동다리 훼젖이 두룸박이마빡 송곳턱 주먹상
투 빈대코 다 튀어나와 감영마

당 꽉꽉 차고 마루고 누각이고 댓돌이고 방이고 뒤뜰이고 지붕이
고 문안이고 문밖이고 이리 우루루루 저리 우루루루

                                        ―「이 가문 날에 비구름」 중에서

1)에서는 일본의 신식민화와 이에 야합하여 자신들의 잇속을 챙기는 한반도 지배세력에 대한 공격성이 억눌렸던 억압의 덩어리를 한꺼번에 분출하는 배출성으로 드러난다. 억제되었던 항문 충동의 배출로 인해 온 통 똥으로 뒤덮인 도시의 모습은 지배층의 위선과 거짓의 탈을 벗기고, 그들의 근대화 담론을 무력화시키는 장치이다. 이 텍스트에서 드러나는 항문충동의 배출성은 직접 감각을 향해 거침없이 나아간다. 동일 구문의 반복과 각종 의성(태)어의 남발은 오감을 통한 충동성을 텍스트 공간에 진동케 하여 청자의 감각을 일깨우고 억압에 저항하는 강력한 힘에 감염시키는 효과를 불러온다. 이 텍스트에서는 단어들의 형태와 질감과 움직임들이 직접 표출되어 감각을 송두리째 휘감으면서 억압에 저항하는 힘을 보여주고 있다. 이 과정을 통해 시적 주체는 상징계적 언어가 은폐시킨 강렬한 육체적 충동을 체현함으로써 구속된 에너지를 맘껏 방출하고 있는 것이다.

2)를 보면, 수운 최제우가 동학 포교 활동을 하던 중 체포되어 사형을 당하는 장면을 다루고 있는데, 여기서는 최제우의 목을 베자 온갖 중생들이 튀어나와서 한 무더기의 인산인해를 이루고 있다. 인물들, 사물들, 의성어·의태어의 나열과 휴지부의 반복들로 나타나는 '배출성'의 표지는 억눌렸던 에너지를 한꺼번에 방출하는 시적 주체의 억압에 대한 해소 기능으로 볼 수 있다. 강력한 억압에 저항하는 육체적 충동의 발산인 것이다. 이를 통해 억압에 저항하는 힘을 복구시키며, 이 힘은 억압적이고 모순된 상황에 대한 보다 직접적인 부딪침, 충동의 분출로 텍스트에 각인된다.

2. 모순의 놀이화와 지배가치의 찬탈

김지하는 '추醜'와 관련하여 자신의 풍자론을 내세웠는데, 그는 사회가 병들고 감수성이 퇴폐함으로써 미가 그 본래의 활력을 잃어버릴 때 추가 예술의 전면에 나타난다고 본다. 추는 장애에 부딪친 감수성의 산물로서, 참된 미는 이러한 추의 대립과 그 해소 과정에서 비로소 회복된다는 것이다.[60] 추의 예술은 한과 폭력의 예술적 반영물로서 현실에의 도전, 즉 사실적 추에 대한 예술적 추의 도전이 바로 풍자라고 보는 것이다. 사실적 추를 예술적으로 왜곡, 과장하고 사실의 폭력을 찬탈하거나 폄출하는 방법에 의하여 그 모순을 전형적으로 폭로하고 규탄하는 비판의 예술이 바로 풍자인 셈이다. 이때 모순을 표현하려면 대립의 표현, 즉 갈등을 핵심적인 원리로 삼아야 하며, 원형과 변형 사이의 대조, 변형 내부의 부분과 부분, 부분과 전체 사이의 충돌, 갈등을 중요한 방법으로 삼아야 한다고 강조한다. 그러나 이 요소들 간의 균형, 상호침투, 응결 등의 조화관계를 간과해서는 안 되는데, 풍자는 요소 사이의 충돌과 가파른 대립의 갈등을 핵심으로 하고 요소 사이의 상호 친화, 침투의 연속성을 광범위하게 배합하는 표현이어야 한다고 주장한다.[61]

이러한 부분과 부분, 부분과 전체 사이의 충돌, 상호침투, 응결 등을 통한 모순의 표현은 두 개의 의미가 맞부딪쳐서 제3의 의미를 생성하는 시적 언어의 특성이다. 이는 로고스적인 논리질서와 인과질서를 파괴하는 것으로서, 상징질서를 교란시키는 언어의 변혁이기도 하다. 그렇게 함으로써 지배질서의 가치를 '찬탈'하거나 '폄출'한다는 것인데, 현실의 모순을 폭로하는 시적 폭력으로서의 모순을 드러내는 이 같은 입장은 크리스

---

60) 김지하, 「풍자냐 자살이냐」, 『민족의 노래 민중의 노래』, 동광출판사, 1984, 187쪽.
61) 김지하, 위의 책, 187쪽.

테바가 언급한 시적 언어의 비논리성, 의미의 무한성 차원에서 해석 가능하다.

크리스테바에 의하면, 시적 언어는 단순히 소통의 기능을 강조하는 것이 아니라 소리, 리듬, 어조, 도상 같은 기호계적 언어의 물질성에 초점을 둔다. 따라서 시적 언어란 고정된 의미를 가진 것이 아니고 불안정한, 이중적, 혹은 다의미적인 언어가 된다. 따라서 시적 언어는 0-1 연속에 기반하는 논리적 체계의 무능함(논리가 A이거나 not A 둘 중 하나라는 아리스토텔레스의 주장에 기반을 둔 것이라면, 논리는 한꺼번에 한 가지 것이 될 수 없다는 것을 가정한다. 이에 대해 크리스테바는 숫자를 사용하여 0-1이라고 부른다. 0은 nothing이거나 같고 1은 단일성이다) 이 아니라는 기반에서 그녀는 소쉬르의 아나그람anagram 개념을 재전유한다.[62]

소쉬르가 말하는 시의 아나그람은 제로에서 2로 확대된다. 다시 말해 정의, 결정론, 부호, =, 시니피앙/시니피에의 수직적(계층적) 구분을 가정하는 기호 개념 자체는 시적 언어에 적용될 수 없음을 의미하는데 시적 언어는 무한히 확대되어 가는 조합이자 결합이기 때문이다. 여기서 크리스테바는 다음과 같은 시적 언어의 특성을 도출한다. 즉 제로에서 1까지 (참-진, 유-무)를 논리 기반으로 하는 논리 체계는 시적 언어의 기능과 양립할 수 없다는 것이다.

시적 언어의 특성 자체가 논리적이고 인과적인 체계를 위반하는 것으로 존재한다고 볼 때, 김지하 시 텍스트에서 드러나는 모순 어법이라든가, 파라그람 등은 개념적 통일성을 파열시키는 논리적 뒤틀림, 혹은 창의적인 통사의 개발을 통해 언어가 지닌 상징적인 질서를 거부하는 일종

---

62) G. Allen, *Intertextuality*, Routledge, London and New York, 2000, p.44.

의 쾌락을 불러옴으로써 현실의 모순을 폭로하는 '시적 언어' 그 자체가
된다.

> 마키아벨리 的 民主主義, 프롤레타리아 神秘主義, 入憲共産
> 主意, 中東平和主義, 日韓聯邦制倂合論, 토로쯔키 著 마리
> 화나의 혁명적 효과, 쏘렐 著 재크 나이프의 혁명적 위대성,
> 카스타네다 著 抵抗 없이 계집 먹는 법, 毛澤東 著 遊擊戰
> 術의 企業的 活用, 체 게바라 著 게릴라討伐法, 레닌 著 革
> 命的 行動을 如何히 出世와 蓄財에 轉用할 것인가? 파농 著
> 白人女의 强姦이 주는 土民의 快感分析, 슈바이처 著 後進國
> 民들을 如何히 人道的으로 滅種시킬 것인가?
>
> —「똥바다」중에서

앞서 살펴보았듯이 「똥바다」는 일본의 신군국주의적 풍조와 경제 침
략 및 일본인에 빌붙는 친일군상의 추악상을 비판한 풍자시이다.[63] 일본
인 糞三寸待를 희화화하여 이야기를 전개시켜 가고 있는데, 이 제목 역시
모순어법[64]으로 시작하고 있다. 이야기의 내용으로 보면 제목「똥바다」
는 일본인과 친일인사들에게 "똥"을 퍼붓고 싶다는 뜻에서 붙인 것 같으
나 이것이 "바다"와 결합하여 제3의 의미를 탄생시키고 있다. 오염과 배

---

63) 이승하, 『한국의 현대시와 풍자의 미학』, 문예출판사, 1997, 154쪽.
64) 모순어법은 보통 역설(paradox)의 하위 개념을 말한다. 겉으로 보기에는 자기 모순이
   거나 불합리한 것 같지만, 나중에 보면 이치에 맞는 진술을 역설이라고 하는데, 역설
   적인 발언이 일상용법에서 반대말인 두 용어를 결합시키면, 그것을 모순어법(oxymoron)
   이라 부른다. 예를 들어 '기분 좋은 고통'이라든지, 서로 다른 개념의 단어들이 서로
   결합한 경우이다. 둘 모두 모순을 통해서 새로운 의미를 형성해내고, 새로운 관계를
   구현한다는 공통점이 있다. 일반적으로는 상위개념인 역설과 하위 개념인 모순어법
   모두를 지칭하는 말로 모순어법이라는 용어를 쓴다(이정호, 「모순어법에 대한 포스
   트모던적 조명」, 『인문논총』 제27집, 서울대학교 인문과학연구소).

설을 의미하는 "똥"과 정화와 탄생을 상징하는 "바다"의 조합이 이루어
낸 이 합성어는 일종의 모순어법으로 각각의 단어들이 가지고 있는 기존
의 상징적 의미에서 벗어나 새로운 의미생성을 하고 있는 것이다.

　여기서 마키아벨리는 군주론을 주창했던 사람인데 "마키아벨리的 民
主主義"라는 모순어법이 등장하며, 프롤레타리아는 인민의 아편이라고
할 만큼 종교를 멀리하는데 "프롤레타리아 神秘主義"가 나온다. 트로츠
키의 영구혁명론은 "마리화나의 혁명적 효과"로, 모택동의 유격 전술은
"企業的 活用"으로, 체게바라의 게릴라 전법은 "게릴라討伐法"으로, 레
닌의 혁명적 행동은 "出世와 蓄財에 轉用"하는 것으로 전도되어 각 단어
가 지니고 있는 원래의 의미는 반대의 의미와 충돌하여 각자의 의미는
소멸되고 정 반대의 요소 바깥인 제3의 새로운 의미가 생성된다. 여기서
는 한 단어가 지니고 있는 의미가 소멸과 해체로 끝나는 것이 아니라 더
포괄적인 의미의 재창조로 연결되기 때문에 모순을 통한 의미생성 효과
를 낳는다. 이는 기존의 언어가 지니고 있는 가치체계를 폄훼, 찬탈함으
로써, 전도된 현실을 조롱하고 모순을 폭로하고 있는 것이다.

> 민주주의 같이 생긴 파시즘 똥, 공산주의 같이 생긴 자본주의
> 똥, 자유주의 같이 생긴 전체주의 똥, 평화주의 같이 생긴 제
> 국주의 똥, 四海동포주의 같이 생긴 식민주의 똥,
> 大東亞共營性 第五인터네쇼날의 깃발이 달린 똥,
> 체게바라 초상화를 들고 있는 자본가의 똥, 모택동 어록을
> 들고 있는 자위대 간부의 똥.
>
> 　　　　　　　　　　　　　　　 ―「똥바다」 중에서

이 역시 서로 모순적인 의미의 충돌과 혼합을 통한 새로운 의미생성을

보여주고 있는 대목이다. "민주주의", "파시즘", "자본주의", "공산주의" 등의 개념어가 "똥"과 등치됨으로써 개념어의 파열을 가져오는가 하면, "체게바라의 초상화를 들고 있는 자본가의 똥", "모택동의 어록을 들고 있는 자위대 간부의 똥"은 혁명가들에 대한 존경과 이들을 자기 식대로 받아들이고 있는 자본가, 군부에 대한 경멸, 조롱을 함께 혼합시켜 각각 의 단어를 재맥락화하고 통합하면서 존경과 경멸의 양쪽을 모두 다 차 단시키고 있다. 그러면서도 "똥"의 반복은 하나의 등가성을 획득하여 새 로운 의미를 생성하는데, 이는 해체와 창조를 동시에 담보해내는 모순성 으로, 일본제국주의의 배설물인 "똥"에 대한 의미의 다중성을 보여주고 있다.

> 三井物産 特製의 五臺山 殺母蛇 가루 발라 아지노모도 친 三千浦
> 꼼장어 구이, 전라도 콩 미소
> 시루, 廣州 무우 다꾸앙, 왕십리 나라스께,
> 黑山島에서 잡아 對馬島에서 검사한 뒤 한국 햇볕에 말려 東京에
> 서 빻아 그 가루를 한국에서 東
> 海물에 섞어 통에 넣은 뒤 일본에서 제품한 三菱製 紅蔘젓을 곁들
> 인 날배추에다 正宗을 따끈하게
> 걸쳐가며 아리랑 쬬이나 아라리요 도꼬샤,
> 東京 아리랑, 玄海灘 아리랑, 부루라이또 釜山, 잘있거라 요꼬하마,
> 패티김의 東京 처녀, 최희준의 東京塔,
> 馬山 엘레지, 무교동 浪花節, 金浦 楢山節에다 忠武의
> 波止場을 울며 떠난다, 사라바 라바우루요, 아라리요, 갓데
> 구루조도 이사마시꾸 쬬이나, 軍艦 마아치에 아라리요
>
> 　　　　　　　　　　　　　　　　　　　-「똥바다」 중에서

언어의 모순성이 가장 화려하게 드러나고 있는 이 부분은 일본의 지명과 한국의 지명, 일본의 특산물과 한국의 특산물, 한국의 전래 민요 가사와 일본의 대중가요 가사가 온통 뒤범벅이 되어 당시 한국의 문화적 식민 상황을 폭로하고 있는 대목이다. 일반적으로 풍자적 텍스트가 지니는 메시지 중심의 지시적 의미가 여기서는 이항 대립의 경계를 허무는 모순 어법으로 인해 이분법적인 구도가 깨지고 있다. 따라서 지시적 의미의 통일성은 깨지고 이러한 이질성에 의한 새로운 현실이 지각된다. 이 새로운 구조를 통하여 언어 상징, 혹은 의미의 통일성이 파열되고 있는 것이다. 이를 통해서 형성되는 것은 새로운 언어 상징의 장치, 즉 새로운 이질적 대상에 대응하는 새로운 현실이다. 그렇기 때문에 이러한 장치는 과거의 상징체계를 전복시키는 표상체계의 변환이자, 현실의 지배적 가치를 거부하는 시적 주체의 충동성이 투여된 논리적 뒤틀림, 언어 놀이가 되고 있는 것이다.

기존의 상징체계가 형성한 지배가치에 대한 찬탈은 파라그람65)을 통한 시적 실천에서도 찾아볼 수 있다. 파라그람이라는 용어는 페르디낭드 소쉬르가 아나그람66)에서 발전시킨 몇 가지의 원칙에서 크리스테바

---

65) 파라그람(paragram)은 본래 철자의 오류를 의미하나 크리스테바가 말하는 파라그람은 단어의 시니피앙이 그 단어와 철자가 다르면서 같은 시니피앙을 가진 단어의 시니피에를 나타내는 경우를 말한다. 가령, 'saint(성스러운)'은 파라그람에 의하여 그와 같은 시니피앙을 가진 'sein(젖가슴)'을 연상할 수 있다. 그녀는 파라그람의 망을 "시적 언어 활동에서 문학적 이미지를 고안한 표 모델(선적이 아닌), 의미의 중층 결정을 지칭하는 역동적이고 공간적인 도표(사용 언어의 의미론적 · 문법적 규범들과 상이한)"라고 부른다(줄리아 크리스테바, 서민원 옮김, 『세미오티케』, 동문선, 114쪽).

66) 아나그람(anagram)은 다른 단어를 이루는 문자들의 위치를 바꿈으로써 얻어지는 단위로서, 예컨대 chien(개)과 niche(개집)은 서로가 서로의 아나그람이다. 이것 외에도 텍스트에 일정한 빈도로 계속 나타나는 철자, 혹은 두 상으로 세 상으로 연이어 나타나는 철자도 아나그람의 일종이다. 우리말의 예를 들어 가령 이순신을 노래한 시에 이, 순, 신으로 각각 시작되는 단어가 계속적으로 나타날 때, 이것도 일종의 아나그람

가 전유한 용어인데, 그녀는 이 파라그람을 개념적 통일성을 파열시키는 창의적인 통사의 개발 등과 같은 의미생성 장치의 하나로 본다. 따라서 시적 언어에 나타나는 파라그람은 주체가 언어적 상징질서를 거부하는 일종의 이질적 요소이며, 그것은 의미생성과정에서 이질적 모순(상징계와 기호계의 교호작용)을 드러내는 일종의 쾌락이 되는 것이다. 이러한 이질적 모순의 한 형태로 의미생성 기능을 하는 파라그람은 본질적으로 표상체와 단일 주체의 울타리를 열어주는 의미실천의 한 양상이 된다. 이 지점에서 김지하 시 텍스트에 나타난 파라그람은 지배 계층의 이데올로기를 전복시키고 현실의 모순을 폭로하는 언어적 실천이 되는 것이다.

> 남녘은 똥덩어리 둥둥
> 구정물 한강가에 동빙고동 우뚝
> 북녘은 털빠진 닭똥구멍 민둥
> 벗은 산 만장 아래 성북동 수유동 뾰쪽
> 남북간에 오종종종 판잣집 다닥다닥
> 게딱지 다닥 코딱지 다닥 그 위에 불쑥
> 장충동 약수동 솟을 대문 제멋대로 와장창
> 저 솟고 싶은대로 솟구쳐 올라 삐가뻔쩍
> 으리으리 꽃궁궐에 밤낮으로 풍악이 질펀 떡치는 소리 쿵떡
> 예가 바로 獅猔 劷獪 狖猿 跍礋 功無獤 長猩, 瞳搓矓이라 이름하는,
> 간뎅이 부어 남산만 하고 목질기기 동탁배꼽 같은
> 천하 흉폭 五賊의 소굴이렷다.
>
> —「五賊」 중에서

이 된다. 즉 '단어나 명사의 음성적 환원관계'라고 볼 수 있다(조너선 컬러, 이종인 옮김, 『소쉬르』, 시공사, 1999, 163쪽).

김지하 텍스트에서 가장 기본적으로 나타나는 파라그람의 일종은 동음이의어에 기반한 한자의 철자 바꾸기이다. 위의 표기법에 의하면 각각의 오적五賊은 재벌, 국회의원, 고급공무원, 장성, 장차관이 나타내는 본래의 뜻은 사라지고, 재벌은 '엮어놓은 미친개'들이고, 국회의원은 '교활하고 으르렁거리는 원숭이들'이며, 고급공무원은 '교만하게 걸터앉아 무위도식하는 돼지들', 장성은 '열대지방에 사는 꼬리 긴 원숭이', 장차관은 '예막이 생긴 눈을 비비면서 부릅뜨는 형상'을 하는 모습으로 표상된다. 이 표상체계의 변환은 당대 권력가들의 표상을 조롱하는 것인데, 이는 나와 남의 시각이 상관적 관계를 맺으며 생성되는 사회적 시각의 잉여가치를 사용한 것이다. 그렇기 때문에 동일화되지 못한 비동일성의 차이에서 일종의 웃음이 생겨난다. 그것은 권력에 봉사하며, 위계적이며 권위적이고 독백적인 권력의 표상을 훼손하고 격하시키면서 현행 가치를 조롱하는 상징질서의 와해이다.

이러한 파라그람은 「소리 來歷」에서 죽도록 고생만 하다가 억울하게 사형당한 주인공의 이름이 '安道'로 나타나고 있는 것과 고관高官들의 타락상을 풍자하기 위해 고관을 '尻觀'으로 바꿔 쓴 것에서 나타나고 있듯이 의미의 변환을 확보한다. 하루하루 살아가기가 지옥 같았던 '安道'에게는 그의 죽음이 차라리 '安道'였음을, 꼬리 달린 간첩을 보면 상금을 내린다는 '高官'은 대연각 화재에서 드러난 본색을 통해 그 자신이 바로 꼬리달린 간첩 '尻觀'이었음을, 「六穴砲 崇拜」에서는 '임금'이 '妊禽'으로 표기되어 시적 언어의 파라그람화를 드러낸다. 의미를 달리하는 한자어(동음이의어)의 사용은 일종의 언어유희인데 청각과 시각의 다름에서 파생하는 의미생성이 기존의 의미체계를 전복시킨다. 이는 서로 다른 청각적 재료와 시각적 지시 내용이 융합되어 제3의 의미를 생성해내는 이질성의 충돌에 의한 가치성의 전복인 것이다. 이 가치성의 전복(폄훼와 찬탈)

은 현실의 폭력에 대한 시적 폭력이자 전도된 현실에 대한 시적 주체의 거부에서 기인하는 '창의적인 통사의 개발'이다.

> 에잇
> 개같은세상!
> 이 소리가 입밖에 떨어지기가 무섭게 철커덕
> 쇠고랑이 안도 놈 두손에 대번에 채워지고 질질질 끌려서
> 곧장 재판소로 가는구나
> 땅땅땅—
> (중략)
> 건방지게 無許可着足罪, 제가 뭔데 肉身休息罪, 싹아지
> 없이 心氣安定罪, 가난뱅이 주제에 直立的人間本質奪取劃策
> 罪, 못난 놈이 思惟時間消費罪, 가당찮게 倦怠罪, 제가 무슨
> 뜬구름이라고 現實傍觀罪, 부끄러움 없이
> 仰天罪, 불온하게 胸廓膨脹罪, 분수 모르고 特殊層限定直立
> 有閑勸侵害罪, 무엄하게도 寸分無休增産輸出建設의國家政策
> 忌避罪, 三不五無七非九勿違反罪, 惑世誣民의流言蜚語思出
> 罪, 同發音意慾罪, 同發音罪, 同撤布意慾罪, 同撤布罪
>
> —「소리 來歷」 중에서

'安道'가 고달픈 서울 생활을 참다못해 내지른 "개같은 세상"이라는 한 마디에 쇠고랑을 차고 재판을 받는 대목이다. 재판장이 그에게 뒤집어씌운 죄목은 "건방지게", "싹아지 없이", "못난 놈이", "가당찮게" 등의 비속어에 "無許可着足罪", "肉身休息罪", "心氣安定罪" 등 온갖 한자어로 합성된 것들이다. 그 죄목은 사실상 존재하지 않는 죄목이지만 한자어로 합성하여 '安道'의 억울한 정황을 더욱 실감나게 부풀리는 효과를 갖는다. 동시에 '安道'의 하찮은 욕 한마디가 얼마나 많은 사회적 함의를 불러오

는가를 보여주고 있는 것이다. 즉 현실의 모순을 기존의 표상체로 유지하여 봉합하는 것이 아니라 그 모순을 드러내는 표상체계의 전환 장치로서 기능하고 있는 것이다. 비속어와 한자어의 복잡한 표상체계 변환은 상징계의 기호를 파괴하고 재구성함으로써 당대 사회의 지배적인 이데올로기를 분쇄하면서 그 이데올로기의 허구성을 폭로하는 시적 언어의 부정성으로 기능한다. 즉 현실의 지시체계를 교란시킴으로써 현실의 폭압 상황을 훨씬 더 강하게 폭로하고 있는 것이다.

> 유신이다! 유신이다!
> 이런 놈은 가차없이 즉각쟁깍 처치하라
> 세무사찰! 공짜돈 싫어하는 놈에겐
> 여행금지! 공짜 고무신 싫어하는 놈에겐
> 급수중단! 공짜 막걸리 싫어하는 놈에겐
> 선거권 몰수! 표 제 좋은대로 찍는 놈에겐
> 주둥이를 뽑아 똥구멍에 박아라! 「유」짜를 「요」짜라 발음하고
> 「신」짜를 「상」으로 발음하는 놈은
> 눈깔을 뽑아 발바닥에 박아라! 유신을 신유라고 읽고, 유신을
> 무신의 반대라고 풀이하는 놈은
> 유신이다! 유신이다!
>
> — 「五行」 중에서

> 위대한 말싸스주의 만세 — 아니다
> 위대한 싸말스주의 만세 — 아니다
> 위대한 스말싸주의 만세 — 아니다
> 위대한 싸스말주의 만세 — 아니다
> 위대한 스싸말주의 만세 — 아니다 아니다 아니다
> 아이고 고 잡것이 무엇이더라? 좌우당간 덮어놓고 만세 —
>
> — 「櫻賊歌」 중에서

여기서는 상징계적 지배질서가 요구하는 이데올로기적 단어를 전복시키는 시적 변형이 "유신=요상"으로 나타난다. "유신"을 "요상"이라고 읽고 "유신"을 "무신의 반대"라고 읽는 것은 지배질서가 형성시킨 상징질서를 전복시키는 행위이다. 이러한 파라그람화는 상징체계를 전복시키고자 하는 시적 주체의 강력한 거부의 발로이다. "말싸스주의"에 대한 철자바꾸기 놀이도 마찬가지이다.

라캉의 설명에 따르면 억압은 시니피에와 시니피앙 사이의 일종의 불일치이고, 그것을 한정하는 것은 사회에 기원을 둔 모든 검열이 된다고 한다.67) 상징기능의 확립은 이러한 억압을 강력히 요구하고 삭제된 실재의 진리가 오직 '행간에' 만, 다시 말해서 언어 구조 속에서만 도입될 수 있기를 강요한다. 그렇게 본다면 위 텍스트에서 나타나는 파라그람은 시니피앙과 시니피에 사이의 불일치를 있는 그대로 폭로하는 예술적 실천이 된다. 그렇게 함으로써 텍스트는 부정의 상징에 의해 확립되고, 사회에 기원을 둔 모든 검열을 한정하는 시니피앙과 시니피에 사이의 불일치를 일시적으로 해소하고 그것을 재조정할 뿐만 아니라 다른 식으로 재분배한다. 텍스트는 언어 체계(시니피에−시니피앙으로 분절된)를 하나의 상징체계로 확립하는 상징적·사회적 검열의 장 그 자체에서 거부를 증언하고 있는 것이다.

3. 지속(持續)과 단속(斷續)의 중층화와 '엇'의 발현

앞서 살펴보았듯이 크리스테바는 기호계와 상징계 사이의 교호 작용

---

67) Julia Kristeva, *Revolution in Poetic Language*, Columbia University Press, New York, 1984, p.162.

에 의해 의미생성이 이루어진 것이라고 보았으며 이때의 상징계는 정립적 국면(phase thetic)과 주체의 동일시, 대상으로부터의 구분과 기호 체계들의 성립을 내포한다. 상징적 과정들은 기호와 통사론, 문법적이고 사회적인 속박들, 상징적 법칙들의 성립에 대응되는 것이다. 반면, 기호계는 상징계 이전의 육체적인 움직임과 순간적으로 이루어진 유동적인 분절의 장이다. 이 두 구성 요소가 교차하면서 기호화하는 과정에서 의미생성이 이루어진다는 것인데, 이때 시적 언어의 부정성은 상징계에 의해 은폐된 기호계의 도입이라고 볼 수 있다. 이것은 상징화 과정 속에 삭제된 육체적 충동을 언어 속에 자리 잡게 하는 것으로서, 이것이 바로 시적 언어의 부정성이 된다. 즉, 상징계적 언어질서에 대한 일시적인 거부이자 분절인 것인데, 이 부정성은 이질혼성적(heterogeneous)이다(기호계가 비합리적이고 비논리적이고 충동과 리듬의 질료라면 반대로 상징계는 논리와 통사, 통일성을 강조하는 것이기 때문에 이 두 양태의 교호작용은 이질혼성적인 것일 수밖에 없다).

상징계와 기호계의 교호작용, 상징계에 은폐된 기호계의 침입으로 인한 이질혼성적(heterogeneous) 작용은 상징질서의 논리 정연한 정립상을 해체하는 역할을 한다. 상징계는 주체와 그 대상의 동일화를 조정성의 조건으로 창설하면서 모든 언술행위는 하나의 동일한 선조성을 지니게 된다. 이는 의미생성과는 다른 의미작용의 영역으로서, 이 의미작용의 영역은 언제나 명제 아니면 판단의 영역, 즉 조정의 영역이다. 이때의 모든 언술행위는 단어의 언술이든, 문장의 언술이든 간에 정립적이다. 즉 모든 언술행위는 하나의 동일화를 요구하는 것이다. 다시 말하면 주체를 자기 이미지로부터, 그리고 그 이미지 내에서 분리하는 것을 요구하는 것이다. 따라서 이 정립 속에는 바로 주체가 부재중일 수밖에 없다. 그러나 말하는 주체가 다시 나타날 적에, (즉 코라 세미오틱이 시니피앙의 질서를 재편성하면서 정립의 조정을 교란시킬 때에) 피지시 대상과 통사관계도 교란되었음을 확인하게 된다. 즉 말하는 주체의 회귀는 코라 세미오틱이 정립의 조정을 교란시킬 때에 가능하다는 것이다. 따라서 상징계에 대한 저항은 정립상에 대한 거부로 나타난다. 이때 세미오틱의 회귀운동은 연속성을 분절하는 불연속적인 성격을 띠며 나타난다.[68]

이러한 이질성의 충돌로서 드러나는 상징체계의 교란은 이성으로 논리적 통일성을 만든 것이 아니라, 분리 상태에 있는 것—단어들과 사물들, 사물들 사이의 사물들과 단어들 사이의 단어들, 한 단어가 말하는 사물의 거부, 말해지거나 말해지지 않은 하나의 다른 단어의 거부로서의 단어—을 다함께 말하는 분할된 진술, 반—론(counter-speech)을 만든다. 이는 로고스와 그 승인을 소멸시키는 언어적 상징 이전과 언어적 상징 내부에 있는 거부를 가리킨다. 그리고 이 거부는 정립적 로고스와 그 파열을 생성하게 된다.[69]

김지하는 민중문학의 최종심급인 '신명'과 관련하여 언어의 민중적인 '신명'의 주권회복 문제를 언급하는데, 민중적인 생활언어 안에 있는 복문구조와 빈번한 도치구조를 어떻게 의도적이고 창조적으로 문학표현에 대거 활용할 것인가의 문제, 장식물로서 주변부로 물러나 있는 조사, 부사, 형용사의 주권회복 문제, 즉 동사와 명사 속에서는 얼른 잡히지 않는 언어의 색채, 울림, 빛깔, 그늘과 같은 언어 기능들을 보다 더 자주적으로 살아 생동하게 만드는 문제, 언어와 언어 사이의 관계에 역동적인 변형과 그것에 의한 관계 자체의 변화에 대한 문제를 민중적 언어의 '신명'과 밀접한 관련이 있는 것으로 본다.[70] 이는 "왜곡된 생명체험과 정서체험

---

68) Julia Kristeva, 앞의 책, pp.43~44.
69) Julia Kristeva, 앞의 책, p.156.
70) 김지하, 「민중문학의 형식 문제」, 『남녘땅 뱃노래』, 두레, 1992, 282쪽.

을 강요하는 죽임의 언어, 언어의 죽임, 냉동언어, 감금언어까지도 민중
적 신명의 언어적인 파도, 물결, 그 분류 위에 띄워서 밝은 햇빛 밑에 그
속셈을 폭로하고 그 왜곡 기능을 해체시키는 과정에서 죽임의 언어를 쇄
신시키고 새롭게 그 기능을 부여하는 데"에 목적이 있다.71)

　이러한 의미실천 과정은 그가 '혼돈'의 미학으로 내세우는 '엇'의 발현
과 관련 깊다. "언어 기능들이 자주적으로 살아 생동하는", "언어와 언어
사이의 역동적인 변형" 등은 한마디로 죽임의 언어(냉동언어, 감금언어)
를 쇄신시키는 것인데 이는 주체와 분리된 채 존재하는 말과 사물에 주
체의 육체성을 도입함으로써 분리(상징계)와 분리 이전(기호계)의 언어
적 이질성을 체현하는 것과 다를 바 없다. 이 이질성의 영역은 언어의 로
고스적인 정립상을 해체하면서 상징체계의 교란으로 드러나는데, 이 교
란 상태가 바로 의미의 중층, 즉 '엇'의 상태인 것이다. 원래 이 '엇'이라는
것은 "비뚜로, 어긋나게, 서로 비켜가면서, 서로 걸쳐지면서" 등의 의미
를 지니는데, 김지하는 '엇'을 일종의 카오스의 세계로 파악한다.72) 즉 인
과관계와 이항대립을 허물며 말과 말의, 말과 사물의 접경지대에서 벌어
지는 의미생성의 투쟁과정에서 발현되는 것으로서, 이것이 바로 언어의
냉동구조와 감금구조를 깨뜨리는, 민중의 언어를 '죽임'의 언어에서 '살
림'의 언어로 쇄신시키는 '신명'이 되는 것이다.

　　되는 것은 개코도 쥐뿔도 까치뱃바닥도 없이 이리 뛰고 저리 뛰고
　　가로 뛰고 세로 뛰고 치닫고 내닫고 물구나무까지 서고 용때마저
　　쓰고
　　생똥을 뿌락뿌락 내싸지르며 기신기신 기어올라가 보아도 안돼

71) 김지하, 앞의 책, 282쪽.
72) 김지하, 『흰 그늘의 미학을 찾아서』, 실천문학사, 2005, 56쪽.

(중략)

간첩이닷, 적기닷! 라면값 내놓고 쉬엇!

아이구 난 훈련받을테요

안돼!

단속이닷, 단발령이닷! 딱지값 내놓고 또껏!

아니구 난 돈없어 못 깍았오

안돼!

판잣집 철거령이닷! 파리값 내놓고 꿀럿!

아이구 난 삭월세요

안돼!

三不이닷, 五無닷! 삼오 십오 천오백이닷!

아니구 난 삼시 세때를 오일간이나 못먹었오

안돼!

조상징수닷! 세금이닷! 벌금이닷! 잡부금이닷! 채권이

닷!

아이구 차라리 요강에 빠져 칵— 뒈져버리겠오.

뒈져도 안돼!

쌀값 똥값 물값 불값 줄레줄레줄레줄레줄레

방값 옷값 신값 약값 반찬값 장값 연탄값 줄레줄레줄레줄레줄레

술값 찻값 신문값 책값 이발 목욕 담뱃값 줄레줄레줄레줄레줄레

그위에 축하금 그위에 부조금 그위에 기부금 그위에 동회비 그위
에 교통비

그위에 빚쟁이 그위에 위에위에 이리저리 걸고 감아 온몸을 칭칭
칭칭

잔뜩 동여놓으니 아이구

아이구 이것을 어쩔 것이냐 통뼈아닌 다음에야

쥐꼬리같은 벌이나마 해보겠다고 미처 싸돌아 안다니고 제놈이 어
쩔 것이냐

—「소리 來歷」 중에서

시골에서 농사짓고 살기 힘들어 이농한 '安道'라는 주인공이 무엇을 해도 먹고 살기 힘든 상황에서 당대의 여러 단속령과 정책 때문에 더욱 더 살기 힘들어진 막다른 상태를 보여주고 있는 대목이다. "간첩", "단발령", "판잣집 철거령", "三不", "五無"정책, 각종 세금 징수제도라는 당시의 사회적 강제 정책이 갖는 지시적 의미가 이를 차단시키는 "안돼!"라는 반복구문과의 충돌 과정에서 텍스트의 선형성은 붕괴되고 있다. 앞 문장과 뒤 문장의 연결이 인과적인 연결 관계를 갖지 못하고 서로 어긋나면서 의미연쇄가 파괴되고 있는 것이다. 이에 따라 의미의 일의성은 증발되고, 언술의 정립상은 해체되고 만다. 이 의미생성의 충돌 과정이 바로 '엇'을 창출해내는 기제가 되는데, 이들 통해 청자들은 단일한 의미로의 동일화로부터 벗어난 의미의 다충성을 획득하게 된다.

"쌀값 똥값 물값 불값 줄레줄레줄레줄레/방값 옷값 신값 약값 반찬값 장값 연탄값 줄레줄레줄레줄레줄레/술값 찻값 신문값 책값 이발 목욕 담뱃값 줄레줄레줄레줄레줄레" 구절에서는 쌀값, 똥값, 물값, 불값 등 온갖 세금을 징수하는 상황이 "줄레줄레줄레……"라는 반복어와 만나 여러 가지 항목으로 세금을 걷어간다는 지시적인 의미의 선형성이 깨지면서 의미의 다충적 차원이 형성된다. 이 "줄레줄레줄레……"라는 반복어 역시 앞의 "안돼!"와 마찬가지로 문장의 인과관계를 차단시키는 기제로서, 기호계적인 충동의 침입을 통한 의미의 단일성을 방해하는, 즉 '엇'의 발현구조인 것이다. "그위에 빚쟁이 그위에 위에위에 이리저리 걸고 감아 온몸을 칭칭칭칭" 구절에서 사용된 문장의 접속성이나 인과성과는 무관하게 엇갈리고 있는 부사와 형용사의 병치 역시 의미의 일의성을 차단하는 '엇'의 기제가 된다.

결국, 이농한 빈민이 온갖 고생 끝에 갖은 착취를 당하다가 내뱉은 "개같은 세상"이라는 한마디에 경찰에 끌려가 사형당하고 만다는 이야기의 기둥 줄거리가 선형적인 연속성으로 이루어지고 있는 것이 아니라 불연속적이고 간헐적인 기호계적인 충동의 침입으로 말미암아 일의적인 의미는 부정되면서 의미의 다층성이 형성되는 것이다. 이야기의 연속성과 기호계적 단속성의 충돌은 일의적인 의미작용에 교란을 일으키고 이에 따라 단일한 의미의 정립상이 해체되는 다층적인 시적 언어로 드러나는 것이다. 시적 언어의 이러한 다층성이 바로 상징계적인 정립상에 어긋장을 놓는 '엇'의 세계요, "언어의 냉동구조와 감금구조"를 깨뜨리는 '신명'의 문법인 것이다.

> 방귀와 더불어, 당연하지만 오줌도 금지
> **똥**싸는 듯 엉거주춤한 몸짓도 금지
> **똥**구멍 손대는 것도 단연 금지
> **똥** 만지는 것도 **똥**냄새 맡는 것도 **똥** 생각하는 것도 금지
> **똥** 꿈꾸는 것도 금지, **똥**
> 얘기하는 것도 금지, **똥**
> 꿈꾼 사람 가까이 가는 것도 앉는 것도 금지, **똥**
> 생각하고 있는 것처럼 보이는 표정을 짓는 사람과 말하는 것도
> 금지
> **똥**에 대한 책을 읽은 것처럼 보이는 말투를 쓰는 사람과 서로
> 마주 쳐다보는 것도 금지, 마주 쳐다본 사람을 쳐다보는 것도 금
> 지
> 특히 미국, 쏘련, 중공, 독일 같은 문화국민 앞에서 **똥**소리 하
> 는 것은 강력무살하게 금지, 금지, 금지
> **똥** -
> 하고 떨어지는 물건 주워드는 것도 안돼
> **똥** -
> 하고 울리는 피아노 소리 듣는 것도 안돼

똥똥똥－하고 시작하는 재판 방청도 안돼

－「똥바다」 중에서

　일본의 신군국주의와 경제 침략 및 일본인에 빌붙는 친일군상의 추악상을 비판한 시로 알려져 있는 「똥바다」에서 이 부분은 일본 세력에 대한 어떠한 정치적 저항도 금지하는 당시의 억압을 문제 삼고 있는 것으로 보여진다. 그러나 이러한 정치적 문맥은 'ㄸ'라는 된소리와 'ㅇ'이라는 유음 사이의 강력한 밀고 당김으로 이루어지는 "똥"이라는 반복적 기표 놀음에 의해 논리성이 차단되고 방해를 받는다. 지시적 차원에서 보자면, 한마디로 더럽고 지저분한 지배 권력의 추악상을 폭로하고자 함이지만 기호계적 충동의 유입으로 말미암아 의미의 일의성을 방해받은 지시적 차원의 선조성은 와해되고 지배질서에 대한 충동적인 거부가 언어의 물질성으로 전환되면서 "똥"이 갖는 기의적 의미는 하나의 기표로 전경화된다. '똥과 책', '똥과 미국, 쏘련, 중공', '똥과 피아노', '똥과 재판관의 판결봉' 등의 병치는 의미론적 인과관계나 종속 관계를 허물면서 의미의 다층화를 형성하는데, 이는 "똥"이 하나의 시니피앙으로 전환되는 '기표 단위의 확산'[73] 장치에 의해 하나의 의미는 다른 하나의 의미에 의하여 부정되며 그러한 현상이 계속적으로 일어나기 때문에 의미의 통일현상

---

73) 크리스테바는 단어를 바탕으로 하는 시학 이론에서 단어가 지닌 하나의 의미가 다수의 의미가 되는 것을 '기의와 기표 단위의 확산'이라고 본다. 이 같은 의미의 특수화와 확산, 나아가서는 의미의 부재화 내지 의미의 파괴는 기표적 전개과정에서 기표적 시차 단위들을 통하여 드러난다는 것이다. 이러한 기표적 시차단위들은 통사적－의미론적 구조와 연관되고 있지만, 심층적으로는 음운－운율 구조를 통하여 표출되는 육체적인 충동과 관련이 있다. 환언하면, 음성 현상의 저변에는 전위, 압축, 전이 등의 정신분석학적 움직임이 있으며, 그것이 음성에 의한 기표적 시차 단위를 분절하여 의미의 망을 구축한다는 것이다(김인환, 『줄리아 크리스테바의 문학 탐색』, 이화여자대학교 출판부, 2004, 170쪽).

에 대한 공격성과 부정성을 야기하는 이른바 '엇'을 창출하는 것이다.

텍스트의 연속성과 단속성이 충돌하면서 발현되는 '엇'은 사회적 상징체계로서의 언어가 갖는 정립적인 고정체계의 한계를 뚫고 그 담론의 한계를 보여주면서 동시에 그 상징체계가 억압하고 있는 것, 또는 주체와 그의 의사소통의 한계를 넘어서는 의미생성의 기제이다. 따라서 이 '엇'의 텍스트 실천은 "왜곡된 생명체험과 정서체험을 강요하는 죽임의 언어를 민중적 신명의 언어적인 파도, 물결, 그 분류 위에 띄워서 밝은 햇빛 밑에 그 속셈을 폭로하고 그 왜곡 기능을 해체시키는 과정"에서 '죽임'의 언어를 쇄신시키고 새롭게 그 기능을 부여하는 데에 목적이 있는 것이다.

1)
누우런 당꼬바지에 시커먼 가죽 장화 신고 말 탄 군관 나으리 인도하면서 내려올 때
사람들 쫙 모아놓고 무슨 소린지 당최 모를 기인긴 연설을 뙤약볕에 온종일 아구리 째지게 짓이
긴 끝에
『동무드으을!』
뒤에서 어느 개아들놈인지 고래고래 악쓰는 소리에 산천이 드렁드렁 드렁――
『반동 타도!』
반동반동반동반동반동반동반반반반반반――
『지주타도!』
지주지주지주지주지주지주지지지지지지――
『자본가 타도!』
자본가자본가자본가자본가자본가자본본본본본본――
『미제타도!』
미제미제미제미제미제미제미제미미미미미미――

『생산수단몰수!』
생산수단생산수단생산수단생산수단생산수단수수수수수수--
　　　　　　　　　　　　-「고무장화」 중에서

2)
동무는 이제부터
위대한 어버이 수령님과
위대한 조선인민공화국과
위대한 조선로동당에 충성 다하는
위대한 위대한 위대한 조선인민해방군 전사로서
위대한 위대한 남조선해방전쟁에 참가,
원수 미제를 까부수시는 위대한 위대한 위대한 영광을 듬뿍 누리
게 되었음메!
『이봅세
여기 사상!』
사상 한 사발 날라오고
『이봅세
여기 노래!』
노래 한 뚝배기 날라오고
『이봅세
여기 적개심!』
적개심 한 접시 날라오고
『이봅세
여기 규칙!』
규칙 한 종발 날라와 일반 일탕 일채 일장에 배꼽 벌떡 일어서게
포식한 뒤
(중략)
술만 취하면
『토,토,토,통일해야, 사,사,사,살어!

이 개,개,개,개,개새끼들아아아아아앗!ㅡㅡ』

1)은 일본으로부터 해방되면서 "장화삼춘"이라는 농투산이가 왜놈에게 선물받은 장화를 애지중지하던 중에 이 장화를 탐내던 동네 천덕꾸러기 "장쇠"란 놈이 돌연 인민위원회의 앞잡이가 되어 구호를 외치고 있는 모습을 담은 대목이다. 그러나 "장쇠"가 외치는 인민군의 구호는 그 정립상이 해체된 언어의 물질성을 그대로 드러내 보여준다. 인과성이 파괴된 기호들이 나열되면서 기의의 의미적 측면보다는 기표의 물질적 측면이 우세하게 나타나고 있다. 상징계적인 언어질서를 파괴함으로써 이 언어가 지니고 있는 이데올로기적인 의미에 타격을 가하고 있는 것이다. 이에 따라 의미는 증발되고 소리만 남게 되는데, 이는 당대의 이데올로기 지배장치에 대한 거부의 충동이 발현되면서 드러나는 물질성 그 자체로서의 부정성이다. 초현실주의자나 다다의 기법에서 주로 쓰임직한 언어해체와 조음현상을 통해 나타난 소리의 전경화는 이념적 구호가 지니는 의미의 고정성을 분쇄하는 어깃장, '엇'의 기제로서, 언어적 상징화 이전의 기호계적인 '소리'를 통해 언어의 정립상에 대항하고 있는 것이다. 농투산이 장화삼촌이 비록 농사밖에 모르는 무식쟁이지만 당과 계급이 요구하는 이데올로기의 수동적인 수용자가 아님을, 오히려 그에 위반하고자 하는 강한 충동적 거부를 언어적 해체를 통해 보여주고 있는 것이다.

2)는 강원도 원주 땅에서 땜쟁이로 일하는 "김혼들"이 전쟁이 터지는 바람에 국군으로 뽑혀나갔다가 인민군에게 포로로 잡혀서 인민군으로 출전하기 직전에 인민군 군관에게 사상 교육을 받는 대목이다. "어버이 수령님", "조선인민공화국", "조선 로동당" 등의 이념적 지시어는 "위대한"의 반복에 의해 그 일의적인 지시적 의미가 동요를 받으며 흔들리게

76 부정성의 시학과 한국 현대시

된다. 더 나아가 "사상", "적개심", "규칙" 등의 이념적 추상어는 "사발", "뚝배기", "접시", "종발" 등의 전혀 다른 사물을 지칭하는 구체어와 대칭 관계를 이루면서 그 지시적 의미가 차단되고 의미의 다층성이 형성된다. 이를 통해 당대 이데올로기의 대결 상황에 대한 반-론(counter-speech) 은 형성되는 것이며, 마지막의 "개,개,개,개,개새끼들아아아아앗!"에서는 이념적 논리 못지않게 통일의 논리도 허구임을 폭로하는 시적 언어의 부정성이 드러난다. 이러한 장치는 현실의 폭력(논리나 언어, 사회)에 맞서 현실의 정립 자체를 위협하는 명백한 대결의 장이 된다. 그 결과, 김지하 담시 텍스트는 당대 사회 질서와 그 질서의 반영체인 지배 이데올로기, 언어 질서에 타격을 가하는 공격적 부정성으로 드러난다.

크리스테바는 하나의 담론에서 세미오틱과 쌩볼릭의 변증법적 관계 가 어떠냐에 따라 그 담론의 유형이 규정된다고 주장한다.74) 그녀는 쌩볼릭의 조건인 세미오틱이 쌩볼릭의 파괴자로 드러나고, 그럼으로써 세미오틱의 기능 발휘에 관한 무언가를 추정할 수 있게 하는 것은 '예술적인' 실천들 속에서만 볼 수 있다고 주장하면서 이를 '시적인 미메시스'와 연관지어 설명한다. 시적인 미메시스는 정립상을 인정하고 받아들이되, 마치 그 속에 용해제를 붓듯이 다량의 세미오틱한 충동들을 끌어들이는 것이라는 그녀의 정의에 따르면 쌩볼릭과 세미오틱의 이러한 충돌은 의미작용 내지는 외시(外示, dénotation)작용을 복수화한다(pluralizes). 세미오틱과 생볼릭의 충돌을 통해 하나의 낱말이든, 하나의 어구든, 하나의

---

74) 앞서 살펴보았듯이 크리스테바는 아이가 오이디푸스적 위기를 거쳐 상징계에 진입하여 일단 언어를 획득하고 나면 그 언어는 항상 자신의 내부에 두 개의 성질 또는 양태를 함축한다고 본다. 처음 것은 기호계, 두 번째 것은 상징계라 불리운다. 두 양태는 언어를 구성하는 의미화 과정 속에서 서로 분리될 수 없으며 둘 사이에서 일어나는 변증법적 과정이 그것과 연결된 담론의 형태(서사, 메타언어, 이론, 시 텍스트 등)를 결정한다고 본다(Julia Kristeva, 앞의 책, pp.90~97).

문장이든 간에 그 의미작용과 지시작용은 다양하게 갈라지면서 복수화될 수밖에 없다는 것이다. 그렇게 복수화되는 의미작용과 지시작용 속에서 시를 쓰는 주체나 시를 읽는 독자는 쌩볼릭에 '올라타고서', 세미오틱의 지경으로 '내려가는' 희열을 향하게 된다는 것인데, 이를 김지하 식으로 해석해보자면 바로 의미의 '혼돈' 상태인 카오스요, 일의적인 의미의 일탈을 꾀하는 '엇'의 발현지점인 것이다. 즉, '죽임'의 냉동언어와 감금언어를 살리는 언어의 쇄신이자 언어의 '살림'으로서의 '신명'인 셈이다.

제3장
신경림 '민요시'에 나타난 부정성과 의미화

1. 리듬의 길항과 '한'의 응축

시적 언어에 나타나는 부정성이란 상징계와 기호계의 교호 작용에 있다. 이것은 논리나 이성에 의한 통합의 세계인 상징계에 리듬이나 구문의 반복, 모순 어법, 통사 파괴 등으로 나타나는 기호계적 충동이 침입하여 생성하는 의미작용의 한 양태라고 할 수 있다.

이러한 기호계적 충동 중에서도 가장 지배적인 장치로 나타나는 것은 리듬, 즉 음악성이다. 리듬은 발성에 의한 육체적 충동을 표출시키는 것으로 볼 수 있다. 크리스테바는 이를 '강렬한 본능적 욕구와 활동을 통하여 의미단위를 분절하기 위해서 신체와 발성기관이 합동하여 만들어낸 단위'라고 설명한다.[75] 따라서 이러한 리듬은 음악성을 살리기 위하여 단어와 절, 그리고 의미까지도 절단하여 나타나는데 이는 '문화적으로 통용되는 운율적인 관례를 일소하고 의미와 절, 그리고 단어의 세분화를 인위적으로 재구성하고자 하는' 장치라고 볼 수 있다.[76] 따라서 이러한 리듬은 언어의 상징계적 틀 안에서 기호계적 장치를 배치시킴으로써 상징계의 기호계화를 산출해내는 의미작용을 하는 것이다.

75) 김인환, 『줄리아 크리스테바의 문학 탐색』, 이화여자대학교 출판부, 2004, 157쪽.
76) 김인환, 위의 책, 157쪽.

또한 크리스테바는 단어를 바탕으로 하는 시학 이론에서 단어가 지닌 하나의 의미가 다수의 의미가 되는 것을 '기의와 기표 단위의 확산'이라고 본다. 이 같은 의미의 특수화와 확산, 나아가서는 의미의 부재화 내지 의미의 파괴는 기표적 전개과정에서 기표적 시차 단위들을 통하여 드러난다. 기표적 시차단위들은 통사적-의미론적 구조와 연관되고 있지만, 심층적으로는 음운-운율 구조를 통하여 표출되는 육체적인 충동과 관련이 있다. 환언하면, 음성 현상의 저변에는 전위, 압축, 전이 등의 정신분석학적 움직임이 있으며, 그것이 음성에 의한 기표적 시차 단위를 분절하여 의미의 망을 구축한다는 것이다. 결과적으로 언어적 제약들이 음운론적이고 형태론적 및 통사적인 차원이라고 한다면 리듬의 제약은 심층의 '제노텍스트Genotext'[77] 층위에서 작용하는 충동에 의한 분절이라는 것이다. 그것은 상징계가 구성되기 이전의 기호계적 단계에 속하며, 기호계적 코라의 개념과도 맞닿아 있다.[78]

크리스테바에 따르면 코라는 기본적으로 두 가지 특성이 있다. 첫째로는 형이상학적인 틀로서 측정할 수 있는 태초의 물질이 구성되기 이전의 터전이며, 카오스가 생성의 운동을 전개하는 장이다. 둘째는 움직임과 정지로 이루어지는 코라는 언어학적인 관점에서 봤을 때는 육체적 충동으로 분절되며, 비표현적인 총체라고 할 수 있다. 이러한 코라는 시간성과 공간성이 성립되기 이전의 단절과 분절, 즉 리듬의 동의어가 된다. 이

---

77) 크리스테바는 문학 텍스트의 두 국면을 설명하기 위해 문학 텍스트을 '제노텍스트
(Genotext)'와 '페노텍스트(Penotext)'로 나누어 설명한다. '제노텍스트(Genotext)'는
단어들 사이의 운동성, 잠재적으로 분열 상태에 있는 의미를 가리키는 용어로 받아들일 수 있으며, '페노텍스트(Penotext)'는 텍스트의 통사론과 의미론이 명료한 언어로 전달하고자 하는 바를 가리킨다(노엘, 맥아피 지음, 이부순 옮김, 『경계에 선 줄리아 크리스테바』, 앨피, 2007, 57쪽).
78) 김인환, 앞의 책, 170쪽.

러한 코라는 유동적인 것이고, 모순적이며, 통일성이 없는 것이다. 그녀는 이러한 코라 개념을 형이상학적인 의미로부터 단절시키기 위하여 '코라 세미오틱'(기호계적 코라)이라는 용어로 대체한다. 따라서 코라 세미오틱은 코라의 언어적인 측면만을 수용한 개념으로서, 예측 불가능하며, 유동적이다. 때로는 돌발적으로 분출하기도 하는데, 구문의 계열체들은 이러한 코라 세미오틱의 영향을 받아 분절되기도 한다. 따라서 코라 세미오틱의 가장 기본적인 기능은 그것이 의미생성과정으로서 '주체를 산출하는 과정'이면서 '주체를 부정하는 과정'이기도 하다.79)

이 같은 코라 세미오틱의 개념으로 신경림 시 텍스트의 리듬을 분석해 본다면, 이 리듬 장치가 시적 주체의 육체적 충동성을 어떤 방식으로 기호화하면서 상징계 내에 침투하는지 살펴볼 수 있을 것이다. 신경림의 민요시 텍스트에서 이러한 리듬 장치는 음소, 음운의 반복, 어휘나 구문에 의한 병행과 반복, 휴지부의 반복 등으로 나타난다. 신경림 초기시의 경우를 보자면 이러한 리듬장치는 의미론적 단절과 리듬적 단절의 긴장과 길항 작용을 통하여 상징계의 지시적 의미를 분절시키면서 시적 주체의 에너지가 힘겹게 대립하는 이른바 '한'의 응축 양상으로 드러난다.

> 징이 울린다 막이 내렸다
> 오동나무에 전등이 매어달린 가설 무대
> **구경꾼**이 돌아가고 난 텅빈 운동장
> 우리는 분이 얼룩진 얼굴로
> 학교 앞 소줏집에 몰려 술을 마신다
> **답답**하고 고달프게 사는 것이 **원통**하다
> **꽹과리** 앞장세워 장거리로 나서면

---

79) 김인환, 앞의 책, 175쪽.

따라붙어 악을 쓰는 건 **쪼무래기들뿐**
처녀애들은 기름진 담벽에 붙어 서서
철없이 킬킬대는구나
보름달은 밝아 어떤 녀석은
꺽정이처럼 울부짖고
또 어떤 녀석은
서림이처럼 해해대지만 **이까짓**
산구석에 **처박혀** 발버둥친들 무엇하랴
비료값도 안나오는 농사 **따위야**
아예 여편네에게나 맡겨 두고
쇠전을 거쳐 도수장 앞에 와 **돌 때**
우리는 점점 신명이 난다
한 다리를 들고 날라리를 **불꺼나**
고갯짓을 하고 어깨를 **흔들꺼나**

　　　　　　　　　　　　　　　　－「농무」 전문

　신경림의 초기시는 주로 산업화에 의해 소외된 농민들의 소외와 울분
을 다루고 있는 시들이 주류를 이룬다. 이러한 그의 시는 주로 '이야기시'
로 우리나라 서술시의 한 계열을 담당하는 시로 평가받지만,[80] 그의 초
기시에는 소외된 시적 주체의 움츠린 심적 상태가 보다 더 중요한 표지
로 나타난다. 대다수 평자들의 논의처럼 그의 시가 소외된 농촌현실의
핍진한 배경묘사로만 끝났다면 1970년대 농민들이 갖는 비애의 정동
성[81]을 드러내는 의미화 실천을 이루지는 못했을 것이다.

---

80) 고형진, 「서사적 요소의 시적 수용－백석과 신경림을 중심으로」, 『한국어문교육』 제
　　13호, 고려대학교, 1988.
81) 정동(effect)이란 정신분석이 독일 심리학에서 차용한 용어로, 대량 방출의 형태로 나
　　타나든, 희미하든, 명확하든, 고통스럽거나 기분 좋은 모든 감정 상태를 의미한다. 프
　　로이트에 따르면, 모든 욕동은 정동과 표상이라는 두 영역으로 표현된다. 정동은 욕

위 텍스트에서 지배적으로 출현하는 음운의 반복은 "**꽹**과리", "**따**라붙어", "**쪼**무래기들 **뿐**", "**꺽**정이", "**까**짓", "**따**위야", "불**꺼**나", "흔들**꺼**나" 등에서 나타나는 폐쇄적 격음이다. 이 격음은 시적 구조 전체에 기입되지 않은, 즉 의미론적 요소와 아직 관련을 맺지 않은 상태의 단위이기 때문에 그 자체로 독립적인 요소라고 할 수 있다. 그리고 이 격음이 'ㅣ'나 'ㅓ' 등의 폐모음과 만나 이루는 성대의 차단과 단절은 시적 주체의 해소되지 않은 심적 에너지의 응축 작용이라고 볼 수 있다. 이 같은 리듬 장치는 이 시의 의미론적인 차원의 분절과 서로 길항 작용을 하면서 시적 주체의 기호계적 충동을 드러낸다.

의미론적인 차원에서 이 텍스트의 의미단락을 나눠보자면 다음과 같다.

1. 학교 운동장에서 막을 올렸던 농무가 끝났다.
2. 우리는 학교 앞 소줏집에 몰려가 술을 마신다.
3. 술집을 나서 꽹과리를 앞세우고 장거리로 나선다.
4. 밤이 되자 우리들은 달을 보고 울부짖거나 해해댄다.
5. 우리는 쇠전을 거쳐 도수장 앞에 와 돈다.

이 의미론적 연쇄를 가로질러 시적 주체의 현실에 대한 부정적 인식이 격음의 반복을 통한 공격과 거부의 충동으로 드러나면서 의미론적 분절에 대한 부정성으로 기능하고 있는 것이다. 이에 따라 현실에 대한 지시성은 지연되고, 현실의 상황묘사는 지시성에서 벗어나 '한'의 응축이라는 심적 에너지의 상태를 표출한다. 격음의 반복에 의한 거부는 일종의 공격성이지만 곧바로 이어지는 폐모음 운에 의해 겉으로 표출되기보다는 안으로 응축된다. 그래서 "답답하고 고달프게 사는 것이 원통하다"는 시적 주체의 자학적인 '한'의 응축이라는 의미생성을 낳고 있는 것이다.

동 에너지의 양과 그 변이들의 질적인 표현이다(장 라플라슈 · 장 베르트랑 퐁탈리스 공저, 임진수 옮김, 『정신분석 사전』, 열린책들, 2005, 410쪽).

이는 일종의 울혈과도 같은 에너지 소통의 정지 형태라고 볼 수 있을 것이다.

산업사회의 도래로 인해 "비료값도 안 나오는 농사"를 지으며 "산구석에 처박혀 발버둥치는" 농민들의 절망과 자학의 비애감은 농무가 펼쳐지는 상황과 배경 서술 이면에서 뚫고 나오는 주체의 기호계적 충동을 통해 발현되고 있는 것이며, 이것이 표층적인 의미론과 길항작용을 하면서 (즉, 지시적인 의미를 부정하면서) 심층적인 차원의 의미생성을 이루고 있는 것이다.

> 웃으라는구나 **날보고만** 웃으라는구나
> 부러진 목 굽은 허리 **곧추**세우고
> **해우채**에 허갈진 논다니되어
> **조라치** 걸음 치면서 웃으라는구나
>
> 잊으라는구나 **날보고만** 잊으라는구나
> 들판에 행길에 서덜에 널브러졌던 죽음들을
> 담벽에 돌둑에 산울타리에 묻었던
> 형제들의 살과 피를 잊으라는구나
> 먼 옛일이라 잊으라는구나
>
> 추라는구나 **날보고만** 곱사춤 추라는구나
> 잔치집 차일 밑에서 백중날 난장에서
> 가을 운동회날 학교마당에서
> **썰룩이 언챙이**에 **곰배팔**이라
> 갖은 못난 짓 다 해가며 **곱사춤** 추라는구나
>
> 웃으라는구나 **날보고만** 잊으라는구나

토시 속 **채쩍 반쯤** 내보이며 추라는구나
날보고만 **병신춤** 추라는구나

-「병신춤」 전문

시적 주체의 심적 에너지의 응축은 충동적 거부가 방출되기보다는 텍스트 내에서 억압받고 학대받는 자들의 현실과의 불화라는 지시적 의미와 길항작용을 하면서 현실과 동화되지 못한 시적 주체의 울분을 명시화한다.

병신춤을 추면서 관중들을 웃겨야만 하는 광대의 이중적 삶을 다루고 있는 위의 텍스트에서 보자면 "씰룩이", "언챙이", "곰배팔이"인 "나"는 형제들의 살과 피를 뒤로 한 채 "잔치집 차일 밑"에서 시키는 대로 춤을 추어야만 하는 상황에 처해있다. 자신의 슬픔을 드러내지 못한 채 억지로 웃으면서 춤을 추어야만 하는 상황에 선 주체의 거부는 "곤추", "조라치", "해우채", "채쩍" 등 부정적 의미를 지닌 단어의 나열과 각 단어가 지닌 격음의 지배적 배치를 통해 공격성을 드러낸다. 여기에 "날 보고만"이라는 반복구에 의해 그 공격성이 배가되는 양상을 낳는다. 그러나 이는 곧 "~라는구나"라는 수동형의 동일 구문 반복에 의해 거부의 충동성은 차단되고 만다. 이에 따라 이 텍스트에서는 거부의 충동성(격음의 반복)과 구순화("~라는구나"의 반복)의 양면성이 리듬을 형성하면서 시적 주체의 공격적 에너지의 충동을 경감시켜 '내면화된 정적 울음'[82]이라는 의미생성을 꾀하게 되는 것이다.

이처럼 민요가락이 전면화되기 전의 신경림 초기시에서는 주로 지시적 의미에 기호계적 리듬을 침입시킴으로써, 즉 배경과 상황묘사를 중심으로 하는 지시성에 시적 주체의 울분과 기호계적 충동을 삽입시킴으로

---

82) 김현, 「울음과 통곡」, 『씻김굿』, 나남, 1987, 424쪽.

써 의미론적 단절과 리듬적 단절의 길항작용을 보여주고 있는데, 이는 주로 시적 주체의 심적 응축 양상으로 드러난다. 이를 통해 신경림은 당대 소외된 민중들의 울분과 비애의 정동성을 시적 실천으로 이끌어냈던 것이다.

> 편히 <u>가라네</u> 날더러 편히 <u>가라네</u>
> **꺾**인 목 잘린 팔다리 **끌**어 안고
> 밤도 낮도 없는 저승길 천리 만리
> 편히 <u>가라네</u> 날더러 편히 <u>가라네</u>.
>
> <u>잠들라네</u> 날더러 고이 <u>잠들라네</u>
> 보리밭 풀밭 모래밭에 엎드려
> 피멍 든 두 눈 억겁년 뜨지 말고
> <u>잠들라네</u> 날더러 고이 <u>잠들라네</u>.
>
> <u>잡으라네</u> 갈가리 **찢긴** 이 손으로
> 피 묻은 저 손 따뜻이 <u>잡으라네</u>
> 햇빛 밝게 빛나고 새들 지저귀는
> 바람 다스운 새 날 찾아왔으니
> <u>잡으라네</u> **찢긴** 이 손으로 <u>잡으라네</u>.
>
> **꺾**인 목 잘린 팔다리로는 나는 **못 가,**
> 피멍 든 두 눈 고이는 **못 감아,**
> 못 잡아, 이 **찢긴** 손으로는 **못 잡아,**
> 피묻은 저 손을 나는 **못 잡아.**
>
> <u>되돌아왔네,</u> 피멍든 눈 **부릅뜨고** <u>되돌아왔네,</u>
> **꺾**인 목 잘린 팔다리 끌어안고

하늘에 된서리 내리라 부드득 **이빨** 갈면서,

이 갈리 **찢긴** 손으로 **못 잡아**,
피묻은 저 손 나는 **못 잡아**,
골목길 장바닥 공장마당 도선장에
줄기찬 먹구름 되어 <u>되돌아왔네</u>,
사나운 아우성 되어 <u>되돌아왔네.</u>
　　　　　　　　－「씻김굿－떠도는 영혼의 노래」 전문

위 텍스트에서도 의미론적 분절과 길항작용을 하는 코라 세미오틱의
개입이 드러난다. 시의 내용으로 보면 세 가지의 의미단위(① 무당의 언
술에 대한 경청 ② 무당의 언술에 대한 강력한 거부 ③ 이승의 한을 못 이
겨 되돌아오기)로 구분된다.

먼저 ①에서는 "가라네", "잠들라네", "잡으라네" 등의 병행구문 반복
에 의해 망자의 원혼을 위로하는 무당의 어조는 죽은 자의 원혼을 위로
하는 화해의 어조로 드러난다. 그러나 ②에서는 "**못 가**", "**못 감아**", "**못
잡아**"의 반복과 휴지 쉼표의 반복에 의해 결코 가라앉지 못한 시적 주체
의 결렬한 거부의 충동이 돌출한다. 이는 앞부분에서 드러난 화해의 어
조에 대한 일종의 부정으로서, 시적 주체의 공격적 충동성을 실어 나른
다. 여기에 격음의 반복('찢긴', '꺾인')이 의미론적 분절에 대한 리듬의 분
절로 드러나면서 이 텍스트는 페노텍스트Penotext에서 시적 주체의 울분
이 표출되는 제노텍스트Genotext로 전환되고 있는 것이다. 그렇기 때문
에 ③에서는 자신의 원혼에 대한 진혼을 강력하게 거부하고 이승으로 돌
아올 수밖에 없는, 그래서 완전한 진혼이 이루어지지 못한 채 이승을 떠
도는 영혼이 될 수밖에 없는 시적 주체의 한이 드러나고 있는 것이다. 즉
현실세계에서 이루어지고 있는 진혼이라는 것으로도 씻겨질 수 없는 억

울한 시적 주체의 한은 이러한 의미론적 분절에 틈입하여 지시적 의미를 파열시키고 있는 것이다. 이 역시 텍스트의 지시성에 가해진 시적 언어의 부정성으로 볼 수 있는 바, 이는 일상적 언어에 기호계적인 기운을 틈입시킴으로써 지시성이 지연되는 의미작용으로 볼 수 있다.

이 시에서는 격음의 공격성이 휴지부의 반복과 함께 강한 거부의 충동으로 발현되지만 "~라네"의 수동형 구문의 반복으로 인해 밖으로 거부의 에너지가 발산되기보다는 안으로 응축되고 있다. 이는 모두 다 육체적 에너지의 소통이 잘 이루어지지 않는 상태에서 이루어지고 있는 심적 에너지의 응축인 '한'의 축적이자 단절이라고 볼 수 있다.

2. 리듬의 융합과 '한'의 이완

신경림 초기시에 나타난 리듬장치가 상징계의 지시적 의미를 분절시키면서 시적 주체의 에너지가 힘겹게 대립하는 이른바 '한'의 응축 양상으로 드러났다면, 이러한 거부의 움직임은 지시작용과 일시적으로 융합함으로써 '한'의 이완 양상으로 드러나기도 한다. 이것은 거부가 일시적으로 뒤로 물러나면서 형성되는 충동의 배치변형이라고도 할 수 있을 것인데, 이 경우 신경림의 텍스트에서는 구순성이 전면화되어 드러난다.

신경림 텍스트에서 드러나는 구순성의 전면화는 민요가락의 정형화된 리듬과 관련 깊다. 신경림이 민요가락의 전면적인 도입을 시도했던 시기의 텍스트에서는 대체로 4음보의 전통적인 민요가락의 율격이 정형화된 형태로 드러나는데,[83] 이는 앞서 살펴보았던 거부의 충동적 에너지

---

83) 염무웅, 구중서 외 엮음, 「민중의 삶, 민족의 노래」, 『신경림 문학의 세계』, 창작과비평사, 1995, 88쪽.

가 지시적 의미와의 길항상태에서 응축된 형태로 나타났던 것과는 달리 정형화된 리듬에 전적으로 의지하여 지시적인 언어와 일시적인 타협을 하면서 리듬을 통한 쾌락을 형성하는 장치가 된다. 즉 이때의 거부는 그것이 만들어내는 음성적, 운율적 망(리듬)을 통해 자신의 쾌락을 유지시키고 리듬을 통해 심적 에너지의 응축을 이완시키는 움직임으로 드러난다.

시 텍스트에서 드러나는 구순성은 거부의 근본적인 사디즘과 그 의미가 지닌 승화의 매개로 볼 수도 있다.[84] 크리스테바는 거부의 공격성은 어머니 육체와의 융합, 즉 구순적인 코라의 회귀에 의해 유지되는 것으로 보는데, 이때 구순성은 발성기구를 통하여 언어질서 속에 쾌락을 도입하는 형태로 파악된다. 그리고 이 쾌락을 표시하는 것은 음성적 질서의, 형태론적 구조의, 나아가서는 통사의 재편성이라고도 할 수 있다. 구순성과 관련하여 볼 때, 발성기관을 통과할 때의 거부는 각 언어에 고유한 음소들의 유한적인 체계를 통하여 그 음소들의 빈도수를 증가함으로써, 형태소의 선택을 규정하는 음소들을 집중시키거나 반복함으로써, 에너지 방출을 자유롭게 한다. 이리하여 거부는 그것이 만들어내는 새로운 음성적, 운율적 망을 통하여 미적 쾌락의 원천이 된다.[85] 이때의 거부는 의미의 선을 이탈하지 않은 채 그 선 속에서 몸을 관류하는 충동의 흐름을 각인하면서 그 선을 재편성한다.

> 하늘은 날더러 구름이 되라 하고
> 땅은 날더러 바람이 되라 하네

---

84) Julia Kristeva, *Revolution in Poetic Language*, Columbia University Press, New York, 1984, p.153.
85) Julia Kristeva, 위의 책, p.154.

청룡 흑룡 흩어져 비 개인 나루
잡초나 일깨우는 잔바람이 되라네
뱃길이라 서울 사흘 목계 나루에
아흐레 나흘 찾아 박가분 파는
가을볕도 서러운 방물장수 되라네
산은 날더러 들꽃이 되라 하고
강은 날더러 잔돌이 되라 하네
산서리 맵차거든 풀 속에 얼굴 묻고
물여울 모질거든 바위 뒤에 붙으라네
민물 새우 끓어넘는 토방 툇마루
석삼년에 한 이레 쯤 천치로 변해
짐부리고 앉아 쉬는 떠돌이가 되라네
하늘은 날더러 바람이 되라 하고
산은 날더러 잔돌이 되라 하네

　　　　　　　　　　　　　－「목계 장터」 전문

　　한곳에 정주하지 못하고 떠돌아다니는 자신의 옛 고향 이웃들을 위한
시집이라며 신경림이 전통적인 민요가락을 전면화하여 내놓은 시집 『새
재』의 대표작이 바로 「목계 장터」이다. 염무웅은 이 시에 대해 "안에서
솟구치는 정감과 바깥에서 물결치는 가락이 기막히게 조화를 이룬 서정
시"라는 평가를 내린 바 있다.86) 이 평은 달리 말하면, 신경림 시에 대한
평가를 '이야기성'이라는 요소에만 매달려 현실 상황에 대한 핍진성, 리
얼리즘적 차원에서 언급하던 것과는 달리 신경림 시의 음악성에 대해 주
목한 것으로 볼 수 있다. 이때, "안에서 솟구치는 정감"이란 바로 주체의
충동과 깊이 연관되어 있는 층위의 것이고, "바깥에서 물결치는 가락"이

---

86) 염무웅, 앞의 책, 88쪽.

란 외적으로 이미 주어진 운율인 민요가락일 것이다. 이 두 층위가 서로 조화를 이룬다는 것은 지시성과 리듬이 서로 융합하여, 즉 텍스트의 이질성이 갈등 상태에 있기보다는 갈등을 억제시키거나 승화시키는 상호작용을 하고 있음을 뜻한다고 볼 수 있다.

이 텍스트에서 구순성의 자질로 드러나는 요소들은 먼저 4음보의 반복구조를 들 수 있다. 주지하다시피 4음보는 3음보와 더불어 민요의 기본율격으로 거론된다.[87] 분련 없이 4음보 연속체로 이어지는 시행발화가 주기적 음보율에 맞추어 리듬을 형성하는 가운데, 유성음 계열의 음소의 반복이 이 시의 전체적인 리듬을 형성하고 있다. 'ㄴ', 'ㄹ', 'ㅇ'의 유성음 계열의 음소의 반복은 구순성의 표지로 작용하면서 하나의 시니피앙을 형성한다. 이 부드러운 음의 구순화는 한 곳에 묶이지 않는 에너지, 즉 고정되어 있지 않고 유동하는 에너지로 발현된다. 이는 앞서 살펴보았던 텍스트에서 에너지의 응축현상으로 드러났던 공격성의 승화로 볼수 있는데, 즉 공격성이 억제되고 중화되어 나타난 것으로 볼 수 있다. 이것은 이들 유성음이 모두 음성기관의 긴장도가 낮은 이완음(lax sound)[88]으로 이루어진 것과 관련지어 볼 수 있다.

이 유성음 계열의 음소의 반복은 무성음 계열의 음소('ㄱ', 'ㄷ', 'ㅌ')반복과 대립을 이루면서 강약의 율동감을 형성하기도 한다. 이들 무성음 계열의 음소들은 음성기관의 긴장도가 높은 긴장음(tense sound)으로 이루어진 음소들인데, 이 두 계열의 음소 간의 대립이 하나의 리듬을 형성하고 있는 것이다. 그러나 이 리듬은 서로 충돌하기보다는 4음보의 정형

---

87) 염무웅, 앞의 책, 88쪽.

88) 한국어의 파열음에는 긴장음과 이완음의 구별이 있는데, 음성기관의 긴장도가 높은 음을 긴장음(緊張音, tense sound), 낮은 음을 이완음(弛緩音, lax sound)이라 한다(『브리태니커 세계 대백과사전』 17, 브리태니커, 동아일보사 공동출판, 1996, 463쪽).

률에 의해 서로 간의 대항적 요소가 소멸되어 버린다. 그렇기 때문에 대립에 의한 에너지의 충돌, 긴장은 유발되지 않게 된다.

음소의 반복에 의한 에너지 방출의 이완 현상은 이 텍스트에서 추출해낼 수 있는 의미소의 대립 현상과도 연계시켜 볼 수 있다. 텍스트에서 나타나는 의미소의 대립은 "하늘"과 "땅"/ "산"과 "강"이라는 수직적 공간성의 대립구도와 "구름"과 "바람"/ "들꽃"과 "잔돌"이라는 유동성과 부동성의 대립구도로 나타난다. 이때 "구름"과 "바람"은 한곳에 머물지 않고 끊임없이 유랑하는 "방물장수", "떠돌이"라는 의미소와 동격인 의미자질을 갖는데, 이는 "들꽃"이나 "잔돌"처럼 한곳에 머무르고자 하는 "바위", "천치"라는 의미소와의 대립양상을 보인다. 그러나 이 의미소 간의 대립양상도 마지막 두 행에서 일어나는 대립의 무화(하늘의 구름 ⇒ 땅의 바람/ 강의 잔돌 ⇒ 산의 잔돌, 이는 하늘과 땅의 대립의 무화, 수직적 공간 대립의 무화, 강과 산의 대립의 무화, 유동성과 부동성의 대립의 무화라는 의미를 생성해내는 것으로 볼 수 있다.)를 통해 모든 대립과 긴장이 이완되는 양상을 보여주고 있는 것이다.

이러한 의미소 간의 대립의 무화 양상은 한곳에 머무를 수 없는 "장돌뱅이"가 갖는 정착에의 욕망과 정착이 불가능할 수밖에 없다는 체념의 갈등이 전면화되어 드러나기보다는 리듬에 의해 후경화되는, 그리하여 시적 주체의 심적 갈등(정주하고픈 욕망과 정착할 수 없다는 체념)은 리듬의 흐름에 따라 생성되었다가 무화되는 일종의 부정성을 형성하는 것이다. 이는 리듬이 지시성보다 더 많은 의미를 생성하는 경우로서, 단지 단어들의 의미에서 주체를 만들어내는 것과는 다른 방식으로의 의미생성 방식을 보여준다.

신경림의 시 텍스트에서 지시성보다는 리듬이 의미생성 방식에서 더 많은 역할을 담당하게 되는 경우는 대부분 죽음과 원한, 절망감, 좌절 등의 어두운 이미지가 주조를 이룬다. 그러나 4음보의 운율에 의한 리듬장치가 절망과 비애의 정조를 공격적인 죽음 충동으로 이끌고 가기보다는 그 충동성을 승화시켜주는 매개가 되고 있다. 그래서 시적 주체는 극도의 절망감에 자신을 매몰시키기보다는 리듬에 의지한 구순성을 통해 쾌락을 유지하는 것이다. 그렇게 함으로써 텍스트는 현실에서의 고통을 버텨내는 시적 실천이 되는 것이다.

1)
어허 달구 어허 달구
사람이 산다는 일 잡초 같더라
밟히고 잘리고 짓뭉개졌다
한철이 지나면 세상은 더 어두워
흙먼지 일어 온 하늘을 덮더라
어허 달구 어허 달구
차라리 한세월 장똘뱅이로 살았구나
저녁햇살 서러운 파장 뒷골목
못 버린 미련이라 좌판을 거두고
이제 이 흙 속 죽음 되어 누웠다
어허 달구 어허 달구

—「어허 달구」 중에서

2)
어기야디야 어기야디야
새세상 찾아가세

벙어리로 소경으로
귀머거리로 한 젊음

바람에 찌든 원한
뱃전에 배인 설움
개치 새나루에
수금배 들어도 못 풀겠네

어기야디야 어기야디야
새세상 찾아가세

물 위 한 세월
구름 위에 한 세월
물억새나 휘젓는
들오리로 한 세월
잠 설치는 갈대밭
빈 바람 되어 가세

－「새재」중에서

　위의 텍스트도 예외는 아니다. 둘 다 전형적인 민요가락 (1)은 4음보 연속체, 2)는 분련체 형식의 2음보) 운율에 바탕을 두고 제작된 시다. 신경림이 민요의 가락을 본격화하여 시 창작을 하면서 내놓은 시집 『새재』에 실려 있는 시인데, 1)은 평생을 장똘뱅이로 떠돌아다니다 안착할 곳을 찾지 못하고 죽음을 맞이한 고향마을의 이웃이었던 장똘뱅이의 삶을 노래한 것이고, 2)는 신경림이 나서 자라던 남한강변의 한 마을에서 뱃사공인 주인공 돌배가 구한말 국권 상실기 때 의병에 합류하여 고향과 연인, 가난한 어머니를 등진 고통 속에서도 "새세상"의 도래를 꿈꾸면서 시름을 달래는 장면에 삽입된 노래이다.
　의미상으로 보면 둘 다 고통의 극한 상황에 대한 진술로 이루어져 있다. 1)의 경우에 나타난 "밟히고 잘리고 짓뭉개졌다", "흙먼지", "파장",

"죽음" 등의 어구와 단어들은 한결같이 고통스럽고 신산스러운 삶의 이미지로 가득 차있다. 2)의 경우도 "벙어리", "소경", "귀머거리"가 상징하는 억압적인 삶의 모습은 "바람에 찌든 원한"으로 사무쳐 사공으로서는 가장 즐거운 때인 "수금배"가 들어도 풀지 못할 만큼의 설움으로 제시되고 있다.

그러나 고통스럽고 신산스러운 새재 지방 민중들의 억압적인 상황에 대한 진술은 이 지방에서 널리 퍼졌던 민요가락과 후렴구에 의해 억압과 고통의 극한상황이 제어되고 외부로부터의 억압상황을 이겨낼 수 있는 에너지의 충전을 형성한다. 1)에서의 "어허 달구"의 반복, 2)에서의 "어기야디야"의 반복구는 앞에 나온 진술내용과 하나의 교체율을 이루면서 억압적인 상황에 대한 진술이 후렴구의 반복이 자아내는 리듬에 의해 지시성이 약화되고 이 리듬은 약화된 지시성에 다시 기호계적인 충동의 힘을 실어 현실의 억압과 고통을 버텨낼 수 있는 기제가 되는 것이다. 즉 상징계적 지시성과 기호계적 리듬이 융합 작용을 하면서 하나의 의미생성 구조를 이루고 있는 것인데, 이때의 시란 현실의 시름을 달래고 상징계에 포박된 육체적 에너지의 흐름을 풀거나 이완시키는 그야말로 '몸'의 언어가 되는 것이다.

텍스트에 나타난 이러한 에너지의 이완현상을 프로이트의 쾌락원리에 기대어 보자면 민중들의 한을 직접적으로 표출하기보다는 그 공격성을 경감시키면서 에너지의 적정량을 유지하고자 하는 생명체의 기본원리라고 볼 수도 있는 바, 이는 앞서 말한 바와 같은 일종의 '거부'를 유지하는 시적 주체의 에너지 운동 양상이라고 할 수 있다. 따라서 이는 억압 속에서도 꺾이지 않는 민중적 생명력의 체현이라고도 할 수 있다. 이 민중적 생명력의 체현은 활기차고 관능적인 에로스의 충동과도 결합하여 민중들의 원초적인 생명력을 드러내는 기제로도 작용을 한다.

1)
들기름 등잔 들어가라
솔표 석유 나가신다
깨엿 콩엿 들어가라
요강에 알사탕 나가신다
담뱃대도 내버려라
하도 궐련 여기있다

뗴이루 뗴이루 뗴이루얏다
왜놈의 물건 달기도 하고
조선의 여자 맵기도 하다
뗴이루 뗴이루 뗴이루얏다
백두산 호랑이 어디를 갔나
팔도강산이라 곳곳에 왜놈

                              ─「남한강」 중에서

2)
넘어오소 넘어오소 문지방 성큼 넘어오소
넘어오소 넘어오소 뱃전 훌쩍 넘어오소
구리돈 한닢이면 손목이나 슬쩍 잡고
은돈 한닢이면 청치마 넌즛 여소
옥양목 속적삼은 첫물이 제일이고
큰애기 감칠 맛은 끝물이 제맛이라
넘어오소 넘어오소 혼자 슬쩍 넘어오소
넘어오소 넘어오소 동무 몰래 넘어오소

                              ─「남한강」 중에서

  신경림이 『새재』 이후, 어려서부터 자신의 고장에 흩어져 있는 많은 얘기와 노래를 시로 만들어보자는 의도로 기획한 『남한강』은 제1부인 「새재」, 2부인 「남한강」, 3부인 「쇠무지벌」 등의 독립적인 세 작품이 연작형태를 이루고 있는 연작 장시이다. 각각의 작품은 다루고 있는 시대적 배경이 다르고 각기 독립적으로 발표된 시들이어서 독자적인 작품이기는 하지만 한편의 장시로 읽어도 좋고 따로 떨어진 시로 읽어도 좋을 것이라고 시인은 책머리에 밝히고 있다.[89]

『남한강』의 1부에 해당하는 「새재」에서는 억압된 현실에 저항하다가 의병으로 체포되어 결국은 처형되고 마는 돌배가 화자가 되어 줄거리가 진행되어왔다면, 2부에 해당하는 「남한강」에서는 돌배의 연인이었던 연이가 주동 인물로 배치되지만 다수의 집단적 인물들도 등장하여 각자의 목소리를 주조해낸다. 연이의 목소리를 통해 이야기의 줄거리가 진척되는 부분이 많기는 하지만, 대부분은 제3의 은폐된 화자나 집단화된 '우리'로서의 화자가 설정된다. 따라서 특정화되지 않은 다시점多視點의 화자설정과 서사시적 주인공의 미설정 등은 이 작품이 「새재」보다 한층 더 서사의 약화 내지는 비약을 가져올 것이며, 그때그때의 정황에 따라 그에 부합되는 민중들의 집단적인 서정을 표출하고 그 한 켠에 서사를 내장하여 표현하고 있는 양상을 띤다.[90]

위의 텍스트 중에서 1)은 「새재」의 시대적 배경과는 달리 일본에 의해 식민지화가 진행되어 왜색 일변도로 변해 버린 식민지 상황을 언급하고 있지만, 그것이 부정성이나 공격적인 양상으로 드러나기보다는 2음보의 경쾌하고 발랄한 리듬에 의해 건강한 생명력을 확보한다. "들기름 등잔"/ "솔표 석유", "깨엿 콩엿"/ "요깡 알사탕", "담뱃대"/ "하도 궐련"의 전통

---

89) 신경림, 『남한강』 서문, 창작사, 1987.
90) 유성호, 「역사의 비극과 서사시적 상상력」, 『현대문학의 연구』 5권, 한국문학연구학회, 1995, 206쪽.

적인 사물과 일본 근대화에 의한 신문물의 대립적인 양상은 "들어가라", "나가신다"의 반복에 의해 그 지시성이 약화되고 리듬이 전경화되는 양상으로 전환된다. 이러한 전환 양상은 다음에 이어지는 "왜놈의 물건 달기도 하고"/ "조선의 여자 맵기도 하다", "백두산 호랑이 어디를 갔나"/ "팔도강산이라 곳곳에 왜놈"의 구절에서도 똑같은 패턴으로 이루어진다. 일제에 의해 파괴되어가고 손실되어가는 현실에 대한 부정적인 지시성은 "떼이루 떼이루 떼이루얏다"라는 뜻 없는 여흥구의 반복으로 인해 그 부정적인 현실을 대체하는 리듬에 의지하여 일제하의 암울한 현실을 극복하는 힘을 복원시켜내고 있는 것이다.

이는 고된 현실을 지시성을 통해 드러내기보다는 리듬장치를 통해 의미화하는, 그리하여 현실에서의 억압으로부터 비롯된 과부하를 이겨내는 '거부'의 승화 작용으로 기능하는 것이다. 이를 통해 시적 주체는 생명력을 유지시키는 에너지를 확보하고, 이것이 바로 민중의 건강한 생명력의 발현이라는 의미화 실천이 되는 것이다.

이러한 생명력의 발현은 위의 텍스트 2)에서처럼 관능적인 에로스의 충동을 직접적으로 표출하는 양상으로 나타나기도 한다. 돌배의 억울한 죽음에 대한 분노와 복수에의 일념에 사로잡혀있는 듯이 보이던 연이가 돌배에 대한 변함없는 사랑에도 불구하고 앵금 타는 사내에 대한 애정을 감출 수가 없어 갈등하는 장면에 삽입된 이 노래는 도덕과 관습을 위반하는 민중들의 질펀한 애욕의 세계를 보여준다.

"문지방"이나 "뱃전"으로 상징되는 완강한 금기의 영역은 "성큼", "훌쩍", "슬쩍" 등의 부사어를 통해 금기의 위반이 재촉되며, 이것은 "넘어오소"라는 구절의 반복에 의해 금기를 위반하고자 하는 충동성이 전면화된다. 이를 통해 이 텍스트는 억압된 현실에 대한 민중의 분노와 울분보다는 삶의 원초적 생명력을 희구하는 에로스적인 충동성을 드러낸다. 이에로스적인 충동은 억압과 금기에 대한 부정성의 표지로 텍스트 내에 각인되면서 시적 주체의 쾌락을 유지시키는데, 이때의 민요가락은 그 충동성을 실어 나르는 주요한 매개체로 기능한다.

위의 텍스트를 통해 살펴보았듯이 신경림 시에서 민요가락 차용의 전면화는 억압과 고통의 극한 상황을 리듬을 통해 이완시키고, 그리하여 긴장감을 경감시키는 시적 장치가 된다. 따라서 이 시기의 시들은 주로 억압을 이완시키는 구순적인 부드러운 리듬을 전경화시켜 억압적인 현실을 공격적으로 받아들이기보다는 리듬에 의지하여 억압된 현실에 대한 조화와 순응 양상을 보인다. 이는 가락의 힘을 빌어 자신의 억압을 덜고자 하는 '거부'의 승화이자, 에너지의 적정량을 유지하고자 하는 생명체의 근원적인 욕구에 닿아있는 것으로, 이때 시적 주체가 지향하는 민중적 생명력의 운동성은 이 리듬을 통해 드러난다.

3. 리듬의 상승과 '한'의 전환

신경림이 민요가락을 전면화시켜 구성한 텍스트는 위에서 살펴본 것처럼 억압적인 에너지를 공격적으로 방출하기보다는 음악적 리듬에 의지하여 에너지의 적정량을 유지하면서 긴장의 이완을 도모하는 양상으로 드러나기도 하지만, 한편으로는 리듬의 과잉성이 충동의 방출을 이루어 집단적인 신명 에너지로 전환되어 드러나기도 한다. 이 리듬의 과잉은 지시성을 과장시키고 청자의 공명을 자극하여 감정의 분출을 이루게 한다. 이러한 리듬의 과잉은 이야기의 지시성보다는 다른 방식으로 의미생성을 하는 장치가 되는데, 이는 시니피앙에서 시니피앙으로 이어지는 동안에 호흡을 일치되게 하고 감정의 발산을 이루게 하는 장치가 된다.

그렇기 때문에 서사성을 담보하면서도 서사성의 지시체계를 뚫고 올라오는 기호계적 몸의 언어가 된다.

> 캥 캥 캥매캐갱 한바탕 놀아보세
>
> 산짐승 모여 우는 것도 우리 탓이래
> 왜놈 청놈 모아다가 제상을 차려놓고
> 새파랗게 칼날 갈아 우리를 겨눴구나
>
> 캥 캥 캥매캐갱 한바탕 뛰어보세
>
> 지리산에서 죽은 애들 모여들어라
> 소백산에 묵힌 애들도 불러 들여라
> 하얀 달빛 아래 황토흙 퍼라
> 저주받은 넋들끼리 팔장을 끼자
>
> 캥 캥 캥매캐갱 한바탕 돌아보세
>
> 지다까비 화약 냄새 저리 치워라
> 양반님네 썩은 상투도 저리 비켜라
> 부정타면 달도 해도 뜨지 않는다
> 조령관에 양지꽃도 피지 않는다
>
> 캥 캥 캥매캐갱 한바탕 미쳐보세
>
> 세상은 억울하고 원통한 일뿐
> 양반님네 아우성과 매운 채찍에
> 목덜미에 매달리는 피멍든 원한

밝아오는 동녘 찾아 꽃길을 열고

캥 캥 캥매캐갱 한바탕 놀아보세

-「새재」 중에서

위에서 인용한 부분은 「새재」의 주인공 돌배가 정참판댁 곳간을 습격한 다음 도강을 하여 도망을 치고 그곳에서 의병부대와 합세하여 본격적인 구국대열을 형성하는 과정에서 싸움의 의지를 다루고 있는 대목이다.

전체적으로 보아 4음보의 정형률이 지배하는데, 이는 양반들의 횡포와 외세의 약탈로 억울하게 봉변을 당한 민중들의 투쟁 의지를 북돋는 데 효과적인 힘을 발휘한다. 각 행을 4박자로 나누어 읽다 보면 각 음절 수도 거의 동일하게 나누어지는데, 이 끊어짐과 그것들이 한 박자씩 차지하는 힘은 리듬의 강렬한 힘을 실어준다. 이는 감정의 여운을 남기지 않고 투쟁 의지를 북돋우며 청중들의 감정을 한데 모으는 결속의 구실을 한다. 여기에 "캥 캥 캥매캐갱"이라는 꽹과리 소리의 반복은 쇳소리가 내는 자음과 유음이 강한 파동을 형성하여 억압상을 진술하는 상징계적 배치를 뚫고 나오는 공격과 저항의 충동을 드러낸다. 억압과 착취에 저항하는 내적이고 잠재적인 힘을 응집시켜 해방된 집단 행위로 나가고자 할 때, 용암처럼 분출하는 생명 에너지인 것이다. 그러나 곧 바로 이어지는 "한바탕 놀아보세", "한바탕 뛰어보세"의 반복에 의해 형성되는 리듬은 앞선 리듬이 형성한 힘의 긴장을 풀어주는 여음구로 기능을 한다. 자음의 연속에 의한 격렬한 쇳소리의 파동은 "놀아보세", "뛰어보세" 등의 이완의 기능을 하는 여음구로 인해 맺고 풀음이 교대되어 커다란 한 흐름을 만들어 나가는데 이는 의미론적 리듬에 상승하는 울림을 형성하여 집단적인 공명성을 이룬다.

오늘은 샘뜰배미에 첫참을 대라.
진나팔을 불고
길군악을 울리고
늦은 마치 잦은 마치에
신바람 나는 두레 풍장.
못방구 헐렝이 앞소리도 늙었구나,
어화싸오.
어데들 갔다 인제들 왔나
어화싸오
앞둑 뒷둑 이 논배미 싸듯
어화싸오
휘휘 둘러 우겨를 싸소
어화싸오
내 일 네 일이 따로 있나
어화싸오
내 논 네 논이 따로 없네
어화싸오
모여서 싸면 풍년 드네
어화 싸오
남원군수 해우쌈 싸듯
어화싸오
충주 과부 이불쌈 싸듯

　　　　　　　　　　　　　－「쇠무지벌」 중에서

　『남한강』의 제3부에 해당하는「쇠무지벌」은 8·15 이후로 시대가 바
뀐다.「쇠무지벌」은 해방 직후 몇 년간 쇠무지벌 농민들이 본디 그들 공
동의 소유였던 땅을 되찾기 위해 벌이는 투쟁의 과정을 다루고 있다. 이
시의 주요 무대가 되고 있는 '쇠무지벌'이라는 지명의 유래91)와 연계시

켜 줄거리를 살펴본다면, 「쇠무지벌」은 미군정기 남한(충북 중원군 금가면의 '쇠무지벌')의 농민현실을 다루고 있다는 것을 알 수 있다. 따라서 이 시에는 전재민戰災民, 친일지주, 빨갱이, 미군과 관련한 인물들이 총망라되어 나온다. 친일잔재 세력의 척결, 토지의 평민적 소유에 대한 농민들의 열망이 뚜렷이 형상화되어 있을 뿐만 아니라 좌 · 우익의 첨예한 대결, 미군정의 무단적 농민정책도 상징적으로 암시되어 나타난다.92)

이러한 시의 내용은 이 시의 서술방식이 앞서 살펴본 「새재」나 「남한강」과는 다른 양상을 취할 수밖에 없음을 나타낸다. 제1부인 「새재」가 돌배를 중심으로 지배집단에 대한 저항을 서술한 것이었다면, 제2부인 「남한강」은 연이를 중심으로 많은 계층의 다양한 인간상과 집단의 삶을 축도적으로 집약시키고 있으며, 3부인 「쇠무지벌」에서는 아예 사회적 신분과 지위에 의한 구분만으로 사건을 유형화하여 서술하는 형식을 취한다. 이러한 형식은 개인의 투쟁사에서 집단적 항쟁의 역사로 시의 영역을 넓혀가는 데 필요한 시적 장치였다고 볼 수 있다.

위의 텍스트는 해방 직후 만주 · 일본 등지로부터 돌아온 유이민, 징용

---

91) 이 시에서 다룬 '쇠무지벌'의 유래는 다음과 같다. "고구려의 국원성(國原城)을 빼앗은 신라는 그곳 쇠가 많이 나는 남한강변에 '다인철소(多仁鐵所)'라는 특별구역을 두어, 포로로 잡힌 고구려 병사와 유민들로 하여금 대대로 쇠를 캐고 연장을 만들며 천민으로 살게 했다. 이 '다인철소'는 고려 때까지도 존속, 1255년 몽고군이 침입했을 때 도망친 벼슬아치와 관군을 대신해서 주민들이 관노와 함께 용감히 싸워 몽고군을 물리친 공로로 익악현(翼安懸)으로 승격되고, 그 주민들은 천민에서 풀려 비로소 평민으로 살게 되었다. 한편, 나라에서는 그들에게 넓은 황밭들을 주어 농사짓게 했는데 사람들은 그 땅을 사유화하지 않고 익안현이 폐현되어 충주목에 속하게 된 조선왕조 이후까지도 공동 경작, 이 땅이 1910년에 시작된 토지조사사업 때 간교한 신흥양반에 의해 궁장토로 신고되었다가 그들의 소유로 확정되기까지 계속되었으니, 이 고장이 곧 쇠무지 벌이다"(신경림, 「쇠무지벌의 유래에 관한 해설」, 『남한강』, 121쪽).
92) 윤영천, 「시의 '리얼리즘적 성취'에 대하여: 신경림의 연작 장시 『남한강』을 중심으로」, 인하대학교 인문과학연구소, 『논문집』 제22집, 1995, 19쪽.

길에서 풀려난 전재민 등을 반갑게 맞이한 잔류민들이 그들과 함께 그동안 버려진 땅을 일구기 위해 두레 풍장을 앞세우고 두레굿을 벌이는 과정에 삽입된 민요이다. 두레란 노동 · 오락 · 잔치가 일치된 일종의 노동조직이라고 할 수 있는데,[93] "내일 네일이 따로 있나", "내 논 네 논이 따로 있나" 등에서 볼 수 있는 것처럼 여기서 드러나는 두레의 성격은 쇠무지벌의 유래와 관련하여 농민공동체의 이상적인 모습을 보여준다. 아마도 풍물굿의 치배가 엮어나감직한 앞소리와 마을 사람들이 공동으로 답하는 "어화싸오"의 입장단이 교대로 이어지면서 여는 가락과 닫는 가락으로 교체되는 이 가락의 반복과 변주는 서로 교대하는 가운데 3박과 2박, 2박과 3박의 가락을 형성한다. 이 2박과 3박, 3박과 2박의 교대를 우리 전통적인 가락에서는 '오채질 굿'이라고 하는데, 이 가락은 노동의 리듬에서 연유한 것이라는 해석이 있다.[94] 이 입장에 따르면 이 텍스트에 나오는 2박과 3박의 리듬은 전래적으로 두레 때 사용되던 노동요의 가락이라고 볼 수 있는 바, 이는 서로 교대하는 가운데 신체 속에 잠재되어 있는 힘을 들쑤시어 밖으로 끄집어내게 하는 기능을 가진 것으로 볼 수 있다.

노동의 몸짓에 착 달라붙는 이 가락은 노동에 참가하는 구성원들의 호흡 일치를 통해 몸을 저절로 놀리게 되는 하나의 기제가 된다. 앞소리를 이끄는 풍물패 치배의 여는 소리가 힘을 모으는 역할을 한다면, 받는 소리인 "어화싸오"의 반복은 그 힘을 집단적으로 확산시키는 구실을 함으로써 농민들의 건강하고 왕성한 삶의 충동을 드러낸다. 이는 노동과 놀이가 하나 되도록 하여 노동의 중압감을 중화시키거나 신명을 통하여 현실의 고통을 극복하고 노동력을 고양시켜나가는 역할을 한 것으로 보이

---

93) 주강현, 「마을공동체와 마을굿 · 두레굿 연구」, 『민족과 굿』, 민족굿회 편, 학민사, 1987, 64쪽.
94) 김인우, 「풍물굿과 공동체적 신명」, 『민족과 굿』, 민족굿회 편, 학민사, 1987, 119쪽.

는데, 이때 사용된 리듬은 민중들의 몸 속에 잠재된 에너지를 긁어모으고, 다시 풀게 해주는 집단적인 '신체어'가 된다.

그런데 이게 웬일이냐
함께 갈고 함께 거두던 우리 땅
왜놈네라 새양반이 빼앗았으니,
안되리로다 안되리로다
그렇게는 안되리로다,
에끼 왜잡귀야 이거나 먹고 떨어지고
에끼 새양반 잡귀야 이거나 먹고 물러가라.

총 빼앗긴 생쥐떼 앞장세워라,
동해 바다라 청어떼 몰 듯
서해바다라 조기떼 몰 듯
그물조임으로 쇠가락 몰아치는구나

쉰이 되고 백이 되고 백이 이백 되어
갠지갱 갠지갱 갠지갱 개갱갱
물러서면 밟힌다 숙이며는 죽는다.

우는구나 모두들 우는구나,
몽고병정한테 찔려죽은 귀신
왜놈 헌병한테 맞아 죽은 귀신
헌양반 새양반한테 채어 죽은 귀신
모두들 뛰쳐나와 발 구르며 우는구나

싸우리라 만년이라도 싸우리라
싸우리라 십만년이라도 싸우리라.

쇠가락 지신밟기에 늦은 세마치로 바뀌어
울려라 울려라 천만년이나 울려라
울려라 울려라 일만년이나 울려라

                                         ―「쇠무지벌」 중에서

위의 텍스트는 「쇠무지벌」의 결말에 해당하는 부분으로, 해방이 되어 새 세상이 되었기 때문에 과거의 지배세력도 용서하며 함께 받아들이기로 한 마을주민들을 배신하고 또 다시 '쇠무지벌'을 빼앗으려는 새 양반세력들에게 대항하여 자신들의 땅을 찾고자 하는 농민들의 집단적인 투쟁의지를 보여준다.

앞서 살펴본 인용시가 노동 현장에서의 에너지를 모으고 발산하는 기제로서의 리듬을 드러내었다면, 여기서는 투쟁의 의지를 북돋우는 기제로서의 리듬이 우세하게 작용한다. 무엇보다 3박자로 형성되는 세마치 장단에 의해 빠르면서 힘있고 굳센 느낌을 주는 리듬이 반복법과 결합하여 상승작용을 하는데, 이는 적에 대한 투쟁의 결속을 다지는 감정의 과잉을 시니피앙 자체가 보유하도록 함으로써 에너지의 방출을 맘껏 이루어내는 시적 장치이다. 이때 "안되리로다", "싸우리라", "울려라" 등의 반복적 대구와 등가적 통사 구조의 반복은 시적 주체와 청자 사이에 일체감을 형성하면서 집단적, 공동체적 힘의 용광로를 이룬다.

이러한 힘의 발산은 쇠무지벌 농민들의 응어리진 한을 전환시키는 역동적인 양상으로 드러나는데, 특히나 쇠무지벌의 역사적 사실과 밀접한 관계를 지니는 세마치 소리는 고구려의 패망과 천민으로 전락한 고구려인의 삶, 몽고 침입에 대한 항쟁과 평민으로의 신분회복, 일제 시대 토지 몰수와 해방 이후의 사유화와 같은 좌절 속에서도 꿋꿋하게 저항하는 민중들의 힘찬 외침이라고 볼 수 있다. 그리고 이러한 외침의 진폭은 과거에서 현재로, 다시 현재에서 미래로 진행됨에 따라서 점점 더 크게 공명된다. 여기서의 투쟁의지는 삶의 본래적인 모습을 실현하고 누리고자 하는 민중들이 자신들의 외적, 내적 장애를 극복하고, 맺힌 한을 신명으로 전환시키는 과정에서 용솟음치는 생명력으로 표출되는데, 이는 억압으로 인한 막힘을 뚫고 나오는 육체적 충동의 발현이자 바로 해방감의 발현이 된다.

제4장

고정희 '굿시'에 나타난 부정성과 의미화

1. 부권(父權)적 상징체계의 거부와 '어머니' 불러오기

고정희는 「여성주의 문학 어디까지 왔는가?」라는 소논문에서 1970년대의 민족문학 혹은 민중문학이 '민중주의의 대중성 확보와 선전의 극대화' 측면에서 문학적으로 어느 정도 성공을 거두면서 문학주의의 폐쇄성과 귀족문학의 허위의식을 허무는 데 전위역할을 하였다고 평가한다.95) 그러나 '보다 눌린 자의 사건 속에 있는 여성의 고통과 소외 현실'을 '역사적 사건'으로 포착하는 문학 작품은 거의 없었다고 본다. 이때 역사적인 사건이란 부당하게 차별받고 억압받는 여성 현실을 남자와 여자라는 단순한 성의 차이로 차지하는 시각이 아니라 역사 속에 일어나고 있는데, 그 사건의 내용은 '누르는 자와 눌림 받는 자의 사건'으로 보편화시키는 시각을 의미한다. 따라서 지배문화를 거부하는 민중작가까지도 여성의 문제를 다룰 때는 지배문화(가부장제 문화)에 착색된 시각의 한계를 크게 벗어나지 못하였으며 통시적 안목이 제거된 공간적 틀을 고수하고 있다고 고발한다.96) 따라서 앞으로의 문학은 현재 직면해 있는 지배문

---

95) 고정희, 조형 외 엮음, 「여성주의 문학 어디까지 왔는가?―소재주의를 넘어 새로운 인간성의 실현으로―」, 『너의 침묵에 메마른 나의 입술』, 또 하나의 문화, 1993.
96) 고정희, 위의 책, 177쪽.

화, 혹은 가부장제 부성 문화의 모순을 극복하려는 '대안문화'를 형성해 나가야 한다고 주장한다. 이 '대안문화'는 지금까지 주종의 관계로 일반화된 남녀를 동시에 구원하려는 해방적 차원을 지닌 동시에 새로운 사회의 비전을 제시하는 모성적 생명 문화의 차원이어야 한다고 본다.

고정희의 이러한 문학관은 남녀 공히 해방되는 비전을 제시하는, 그러기 위해서는 무엇보다 기존의 질서나 관습, 언어에서 탈피하는 언어적 혁명을 수반하게 된다. 이러한 실천은 초기의 기독교적 유일신의 세계관에서 벗어나, 여성의 정체성을 고민하면서 쓰게 된 일련의 여성 해방시[97]들을 거쳐 『초혼제』 이후 적극적인 굿 양식을 수용한 『저 무덤 위에 푸른 잔디』에서 전면적으로 나타난다.

부성父性 중심의 기도교적 세계관에서 벗어나 억압받는 여성에로 이월된 고정희 시세계를 관통하는 핵심 키워드는 아마도 '어머니'라고 할 수 있을 것이다. 현실세계의 고통의 담지자라고 믿었던 기독교적 신을 향한 관념적인 시세계가 고정희의 초기시 세계였다면, 학대받는 땅의 사람들에 직면하면서 그 고통의 담지자는 외부에서 오는 것이 아니라 바로 생명의 담지자이면서도 역사 속에서 타자화된 존재, 즉 '어머니'라는 우리 안의 타자라는 것을 인식하게 된 것이다. 남근 중심적인 유일신의 세계에 대한 거부로 드러나는 '어머니'에게로의 회귀는 어떠한 의미화 실천을 낳는가?

라캉에 의하면, 상상계와 상징계는 서로 연결되어 있는 가장 기본적인 용어 가운데 하나이다. 상상계란 아이가 자신을 어머니의 일부라고 생각하여 자신과 외부세계 사이에 분리를 느끼지 않는 오이디푸스 전 단계이다. 상상계에서는 차이와 부재가 존재하지 않고 동일성과 현존만이 존재

---

97) 여성 해방과 관련된 시모음집으로는 『너의 침묵에 메마른 나의 입술』(조형 외 엮음, 또 하나의 문화, 1993)이 있다.

한다. 오이디푸스 단계의 위기는 상징계로 들어가는 것을 의미하는데, 상징체계로의 진입은 언어의 습득과 연결되어 있다. 오이디푸스 단계의 위기에서 아버지는 어머니와 아이 사이에 존재하는 이자적 일체감을 깨뜨리면서 아이가 어머니와 어머니의 몸에 다가가는 것을 금지한다. 아버지의 법(또는 거세공포)을 대표하는 남근(팔루스phallus)은 이렇게 해서 아이에게 분리와 상실을 의미하게 된다. 상실과 결핍의 경험은 곧 어머니 몸의 상실인데, 이 상실을 경험한 이후부터는 어머니를 향한 욕망이나 어머니와의 상상계적인 일체감도 억압되어야 한다. 상징계로 진입한다는 것은 아버지의 법을 대표하는 것으로서 남근을 받아들인다는 것을 의미한다.[98]

크리스테바는 라캉의 이론을 차용하면서 동시에 변형시킨다. 그녀는 라캉의 상상계/상징계를 기호계/상징계로 치환한다. 라캉의 상상계는 아버지의 법칙이 도입되기 이전 어머니와 유아가 맺는 이자적인 관계가 중심이 된 단계이다. 상상계에서 유아는 어머니와 자신, 혹은 세계와 주체 사이에 소외와 분리를 경험하지 못한다. 그런 의미에서 유아는 자신을 통합된 존재로 파악한다. 자신을 통합된 주체로 파악하는 것은 물론 유아의 오인에 기초한 것이다. 그러나 이 행복한 유토피아의 공간에 '아버지의 법칙' 혹은, '아버지의 이름'으로 불리는 상징계가 도입되면 어머니와 유아의 이자적인 공생관계는 깨지게 된다. 상징계는 언어의 습득과 더불어 시작되는 논리(로고스)의 세계인데 이 논리의 세계 속에서 상상계의 행복한 담론은 억압되어야 한다. 상상계의 기억은 그것이 아무리 행복한 기억이라 할지라도 언어 이전의 단계이기 때문에 그 속에만 머물러 있으면 기존의 상징질서는 그것을 이해하지 못한다. 기존의 문화질서로 편입되지 않은 주체는 마치 백치처럼 아무것도 알아들을 수 없는 소

---

98) Toril Moi, 임옥회 외 옮김, 『성과 텍스트의 정치학』, 한신문화사, 1994, 115~116쪽.

리를 중얼거릴 뿐이다. 따라서 언어의 습득은 곧 가부장제라는 상징질서로의 이행을 의미한다. 상징계로의 이행은 한 개인이 주체가 되기 위해 기존 질서에 복종하면서 그것을 내재화하는 단계이다.99)

크리스테바는 이 상징질서로의 편입 이전의 주체를 기호계적인 주체로 설정한다. 기호계적인 주체는 전 언어적인 단계에서 형성되는 주체이기 때문에 가부장적인 상징질서에서는 이방인이다. 기호계적인 주체는 어머니와의 유토피아적인 통합을 무의식적으로 기억하는 존재이므로 제도화된 문화질서가 강제하는 파편화 현상에 대해 끊임없이 저항한다. 이 억압된 기호계의 담론은 상징계의 단단한 논리적 질서를 뚫고 분출하려는 용암 같은 것이다. 이는 정연한 통사적 구조를 갖는 언어가 아니라 파열, 부재, 침묵, 모순을 특징으로 한다. 이때 기호계적 주체의 전前 언어적인 글쓰기는 남성적 담론의 일직선적 구조를 해체하려는 욕망을 각인하고 있다는 점에서 혁명적인 글쓰기가 된다.100)

기독교적인 유일신의 세계관에서 이 땅의 민중 중에서도 가장 고통받는 '어머니 민중'으로의 시적 전환은 기독교적인 남근에 종속된 주체에서 '어머니'라는 온갖 요구의 수신자이자 보증격적인 기호계적 코라의 회귀를 통해 경계에 선 주체를 드러낸다. 이러한 주체성의 이행은 남근의 상징인 상징계적 언어에 대한 일련의 거부로 드러난다. 이 거부는 기존의 가부장적 표상체계를 지우고 어머니의 남근101)을 불러들이는 기호계적 실천이 된다.

---

99) Toril Moi, 앞의 책, 역자 서문.
100) Toril Moi, 앞의 책, 역자 서문.
101) 기호계적인 주체에게서 어머니는 온갖 요구의 수신자이다. 온갖 요구의 수신자인 어머니는 이타성의 자리를 차지한다. 요구들의 수용기이자 보증격적인 풍성한 어머니의 몸은 나르시스적인, 따라서 상상적인 모든 효과와 만족을 대신한다. 이것은 어머니가 남근임을 뜻한다(Julia Kristeva, *Revolution in Poetic Language*, Columbia University Press, New York, 1984, p.47).

여자식으로 바둑을 뒀다가
남자식으로 수를 두는 날들이 있었다.
여자식으로 씨를 뿌렸다가
남자식으로 추수하는 날들이 있었다
여자식으로 뿌리를 내렸다가
남자식으로 꽃피는 날들이 있었다
남자식으로 또 여자식으로
커다란 대문에는 빗장을 지르고
담장을 넘어가는 가지를 잘랐다
이 온전한 평화
이 온전한 행복
그러나 어느 날
여자식으로 사랑을 꿈꾸며
남자식으로 살아가는 날들이
우아한 중년의 식탁 위에
검고 어두운 예감을 엎질렀다
어둡고 불길한 예감 속에는
산발한 유령들이 만찬을 즐기고
사랑의 과일들이 무덤으로 누워
피묻은 달을 하관하고 있었다
먼 데서 어른대는 황혼의 그림자
적막 속에 흔들리는 지상의 척도……

왜, 왜 사느냐고 메아리치는 강변에
여자 홀로 바라보는 배가 뜨고 있었다.
　　　　　　　　－「위기의 여자」－여성사 연구 6 전문

기존의 관습적인 남성 중심의 가부장적인 문화가 강요하는 이데올로기 체제에서 벗어나 감행되는 이 표상체계의 전환은 시적 주체에게 "온전한 평화"와 "온전한 자유"를 가져다준다. 그러나 그 평화와 자유가 그리 오래가지는 못한다. 즉 기존의 관습적인 표상체계와의 싸움은 관습적으로 부과된 여성성의 집요한 달라붙음으로 인해 조만간 패배로 종식되고 만다. 싸움에 진 시적 주체는 기존의 상징질서가 정해준 틀에 그만 굴복하고 말지만 그 세계는 단일하고 정교한 모습이 아니라 "산발한 유령들의 만찬"이자 "피묻은 관"이요, "무덤"이다. 이를 인식한 시적 주체에게 그것은 이미 흔들리는 척도이지 안정되고 고정된 주체성의 세계는 아니다. 반란은 잠시, 또다시 관습적인 여자식, 남자식의 날들이 펼쳐지고 전복과 복귀의 경계에 선 여자의 흔들리는 정체성은 기존의 관습적인 표상체계로 내면화된 여성적 주체성과의 힘겨운 싸움이 된다. 이는 기존의 이항대립적인 가부장적 표상체계가 허물어진 자리에서 드러나는 고통이자 투쟁인 것이다.

엘렌 식수는 여성성과 관련된 언급을 하면서 서구 철학과 문학적 사유는 늘 '가부장적 이항대립의 사유'를 통해 전개되어 왔다고 밝힌 바 있다. 그것은 늘 남성/ 여성이라는 대립항으로 끝없이 되돌아간다는 것인데, 이러한 대립항목은 가부장적 가치 속에 깊숙이 침윤되어 있으며, 여기서 '여성적인' 항목은 언제나 부정적이고 무기력한 편에 속한다고 주장한다.[102] 이는 여성을 억압하고 침묵시키려는 노력의 일환인 이성중심주

---

102) 식수는 남성/ 여성이라는 대립구조에 상응하는 각각의 대립항목을 다음과 같이 제시한다(각각은 남성/ 여성의 위계구조임).
능동성/ 수동성
해/ 달
문화/ 자연
낮/ 밤
아버지/ 어머니
머리/ 감성

의와 남근중심주의에 다름 아니라고 그녀는 주장한다. 즉 기존의 관습적인 여성에 대한 표상체계는 권력의 상징이나 그 원천으로서 남근을 특권적인 위치에 두는 표상체계인 것이다. 따라서 여성적 글쓰기는 이러한 이항대립적 도식을 쉼 없이 전복시키는 것이어야 한다고 밝힌다.[103] 위 시에서는 이 같은 이항대립적인 여성의 표상체계가 다음과 같이 전복된다.

여자/ 바둑
남자/ 수놓기
여자/ 씨뿌림
남자/ 추수하기
여자/ 뿌리내림
남자/ 꽃

이러한 표상체계의 전환은 그러나 곧 이은 기존의 표상체계에 의해 지워지고 여기에 '위기의 여자'라는 경계에 선, 주체가 흔들리는, 동요된 주체가 드러나는 것이다. 이는 여자가 기존의 관습에 길들여진 표상체계의 전환 없이는 진정한 여성적 주체를 찾기 힘들다는 점과 맞물려 있다. 즉, 여성은 언어와 표상체계의 변화 없이는 결코 편안해질 수 없다는 것이다. 이는 언어와 표상체계가 남성 주체에게 적합하도록 맞추어져 있기 때문에 여성은 편안함을 찾았다고 스스로 상상할 때조차도 남성의 정체성 속에서 종속되어 있음을 폭로하는 것이다.

아래 텍스트에서는 이러한 표상체계의 전환이 보다 더 적극적인 형태로 드러나면서 상징체계와의 투쟁을 보여준다.

지성/ 감성
로고스/ 파토스
(엘렌 식수 · 카트린 클레망 공저, 이봉지 옮김, 『새로 태어난 여성』, 나남, 2008, 113~115쪽).
103) Toril Moi, 앞의 책, 123쪽.

강남의 술집은 음습하고 황량했다
얼굴에 '정력'을 써붙인 사람들이
발정한 개처럼 낑낑대는 자정,
적막강산 같은 어둠 속에서
여자는 알몸의 실오라기 벗었다
강남 일대가 따라 옷을 벗었다

아득히 솟은 여자의 유방과
아련히 빛나는 강남의 누드 위로
당당하게
말좆 같은 뱀이 기어올랐다
소름을 번쩍이며
좆도 아닌 것이
좆같은 뻣뻣함으로
여자의 젖무덤을 어루만지고
강남의 목아지를 감아 흐느적이고
여자의 입에 혀를 널름거리고
강남의 등허리를 기어내리고
태초의 낙원
여성의 무성한 아랫도리에 닿아
독재자처럼 치솟은 대가리를
강남의 아름다운 자궁에 박았다

여자는 나지막한 비명을 지르고
강남의 불빛이 일시에 꺼졌다.
적막강산 같은 무덤 속에서
해골뿐인 남자가 비루하게 속삭였다
뱀은 남자의 좆이야
이브의 유혹도 최초의 좆이었지
　　　　　　　　　　　－「뱀과 여자」－ 역사란 무엇인가 1 중에서

뱀의 유혹에 넘어간 이브가 아담을 꼬여 인류는 낙원에서 추방되어 영원히 노동을 하며 출산을 해야 하는 고통 속에 처하게 되었다는 기독교적인 세계관을 변형시킨 시인데 이 시에서 드러난 이항대립적인 남녀구도의 전복은 다음과 같이 나타난다.

<성서의 창세기 내용>
이브(여성)/ 뱀의 유혹에 빠지다
    자신의 짝인 아담에게도 사과를 권하다
    제일 먼저 수치심에 옷을 입다
    유혹에 빠진 죄로 출산의 고통을 얻게 된다
아담(남성)/ 뱀의 유혹에 빠진 여자의 꼬임에 넘어가다
    자신의 맨 몸에 놀라 역시 옷을 입는다
    신의 명을 어긴 죄로 평생 노동의 굴레에 갇힌다

<텍스트 상에서의 전복>
아담(남성)/ 이브를 겁탈하는 뱀(=말좆)
    여성의 옷을 벗기고 자신도 옷을 벗는다
    노동력의 수행자가 아니라 강남의 흡혈귀(해골)
이브(여성)/ 뱀에게 억지로 겁탈 당한다
    강제로 옷 벗김을 당한다
    뱀의 대가리에 의해 불임의 몸이 된다

이브/아담의 담론이 형성하는 기독교적인 이항대립 구도는 최초의 유혹이 바로 남근이었음을, 그리고 그 남근은 바로 남성이었다는 표상체계의 전복으로 와해된다. 이는 남근 중심의 성서적 세계관으로 관습화된 표상체계의 전환이다. 이러한 실천은 여성성과 이를 강요하는 이데올로기 체제를 교란시키는 것이라고 볼 수 있다. 이것은 앞서 고정희가 언급

했던 남성적 권위주의의 논리와 이념, 언어 등을 버리고자 했던 의미화 실천으로 드러난다.

상징계가 아버지의 법에 의해 지배된다면 상징계에 대한 거부는 아버지의 법에 저항하는 어머니와 연결된다고 볼 수 있다. 그러나 주체는 이미 상징질서 속에 포섭된 존재이다. 주체가 언제나 상징질서 속에 편입되어 있다면 어떻게 권위주의적이고 남근 중심적인 상징질서의 구조를 붕괴시킬 수 있는가? 직접적 거부를 통해서는 결코 상징계를 붕괴시킬 수 없을 것이다. 인간관계(문명체계-상징계)로의 진입에 실패하면 그것은 라캉적 용어로 치자면 정신병자가 되기 때문이다. 따라서 주체는 자신을 이끌어주고 또 자신이 거기서 벗어날 수 없는 상징질서 속에 이미 진입해 들어간 것으로 자신의 위치(position)를 받아들여야 한다. 말할 수 있으려면 상징 언어의 틀 속에 있을 수밖에 없다는 것이다. 따라서 상징질서의 거부는 바로 기호계적 충동을 통한 통사의 파열, 탈구, 부재, 중단 등으로 실천할 수밖에 없다.[104] 그러므로 텍스트에 나타난 시적 주체의 부정성은 상징 언어에 대한 일련의 파열, 부재, 중단, 모순으로 볼 수 있다. 이러한 의미화 실천은 전前 오이디푸스적이기 때문에 어머니와 연결된다. 상징계 이전의 모든 요구의 수신자이자, 수용 그릇인 어머니, 즉 '남근적 어머니'를 불러들이는 의미화 실천이 되는 것이다.

오매, 미친년 오네
넋나간 오월 미친년 오네
쓸쓸한 쓸쓸한 미친년 오네
산발한 미친년 오네
젖가슴 도려낸 미친년 오네
눈물 핏물 뒤집어 쓴 미친년 오네

---

104) Toril Moi, 앞의 책, 200쪽.

옷고름 뜯겨진 미친년
사방에서 돌맞은 미친년
돌맞아 팔다리 까진 미친년
쓸개 콩팥 빼놓은 미친년 오네
오오 오월 미친년 오네
히, 히, 하느님께 삿대질 하며
하늘의 동맥에다 칼을 꽂는 미친년
내일을 믿지 않는 미친년 오네
까맣게 새까맣게 잊혀진 미친년
이미 사망신고 마친 미친년
두 눈에 쌍불 켠 미친년 오네
철철철 피흐르는 미친년
아무것도 무섭잖은 맨발의 미친년
아무것도 걸리잖는 미친년 오네

<누가 당하나>
사지에 미친 기운 불끈불끈 솟아
한 손에 횃불 들고
한 손에 조선낫 들고
수천 마리 유령들과 앞서거니 뒤서거니
허접쓰레기들 휘이휘이 불사르러
허수아비 잡풀들 싹둑싹둑 자르러
오 무서운 미친년
위험스런 미친년 달려오네
(여엉자야, 수운자야……미친년 온다
문단속 해라……이럴 땐 ××이 제일이니라
　　　　　　　―「오매, 미친년 오네」―프라하의 봄 8 전문

'남근적 어머니'는 아이가 상징계에 진입하기 이전에 존재한다. 따라서 이 단계에서의 의미화 실천은 상징계의 선조성과 논리를 거부하는 기호계적 충동의 출현으로 드러난다. 이는 담론의 파열, 리듬, 구순적 충동 등으로 배치되는데, 위 텍스트에서는 먼저, "미친년"과 "오네"의 반복이 의미론적 결속을 해체하는 통사의 파열로 나타난다. 또한 "미친년"에서의 "ㄴ"음의 지속적 반복은 유성음으로서의 울림을 강화하는 물질성을 그대로 드러내면서 이 음의 반복이 "오네"의 반복과 결합되어 "미친년"이 현재 처해 있는 정황("젖가슴 도려낸", "옷고름 뜯겨진", "돌맞아 팔다리 까진", "내일을 믿지 않는" 등)적 진술을 가로질러 기호계적 리듬을 전경화 시킴으로써 의미의 선조성에 대한 파열로 나타나는 것이다. 이로 인한 의미론적인 해체는 "오오", "히,히", "철철철", "오매", "불끈불끈" 등의 음성어를 통해 보다 전면화된다. 전체적으로 'ㄴ'음의 울림이 이 같은 음성어와 결합되면서 기호계적인 충동을 드러내고 있는데, 이러한 통사의 파열은 완전한 몸이라는 거울 이미지에 대한 위협, 즉 거울단계 이전으로의 회귀이다. 거울단계 이전의 혼란된 어머니의 몸, 즉 딱딱하고 방어적인 주체의 갑옷이 형성되기 이전으로의 회귀이다. 그것은 위험하다. 왜냐하면 그럴 경우, 공격성이라는 유일한 축에 따라 외부, 혹은 내부를 향해 움직이는 거대한 이미지들은 파괴력을 갖춘 떠다니는 부분들에 불과하기 때문이다. 이 육체의 조각들은 공격하고, 태우고, 찢는다. "산발한 미친년", "눈물 핏물 뒤집어 쓴 미친년", "쓸개 콩팥 빼놓은 미친년", "두 눈에 쌍불 켠 미친년"의 표상은 기존의 남성 중심의 표상이 만들어낸 여성 이미지에 대한 공격이자 전면 부정이다. 상징계에 갇힌 표상을 파열시키고 거부함으로써 기존의 관습적인 여성의 주체성을 거부하고자 하는 것이다. 시적 주체는 이 거부를 통해("미친년"이라는 기표를 통해) 상징계적 질서를 거부하는 데서 오는 쾌락을 회복한다.

'남근적 어머니' 불러오기의 실천은 텍스트상의 구순화와도 관련이 깊다. 고정희가 남성 중심의 문학에 반기를 들면서 제기한 '남녀를 동시에 구원하려는 해방'의 주체는 '어머니'였다. 이 '어머니'는 남성에게 종속된 주체도 아니면서 그렇다고 남성에 적대적인 주체도 아니다. 이 땅의 억압을 몸소 체현하는 존재이지만 남성들의 성적 환상 속에서만 구현되었던 존재, 그렇기 때문에 이 '어머니'는 역사 속에서 소외되고 거짓 호명에 늘 자신의 위치를 점령하지 못하고 불안하게 떠돌 수밖에 없는 존재였다. 제대로 된 위치매김 없이 떠도는 시니피앙으로서의 '어머니'를 고정희는 생명의 담지자로, 남근의 위계성을 넘어서는(해체하는) 존재로 위치시킨다. 그렇기 때문이 이 '어머니'는 남성과 여성, 신과 인간, 이승과 저승, 모든 이항대립을 넘어서는(해체하는) 존재이다.

> 내가 내 자신에게 고개를 들 수 없을 때
> 나직이 불러본다 어머니
> 짓무른 외로움 돌아누우며
> 새벽에 불러본다 어머니
> 더운피 서늘하게 거르시는 어머니
> 달빛보다 무심한 어머니
>
> 내가 내 자신을 다스릴 수 없을 때
> 북쪽 창문을 열고 불러본다 어머니
> 동트는 아침마다 불러본다 어머니
> 아카시아 꽃잎같은 어머니
> 이승의 마지막 깃발인 어머니
> 종말처럼 개벽처럼 손잡는 어머니
>
> 천지에 가득 달빛 흔들릴 때
> 황토벌판 향해 불러본다 어머니

이 세계의 불행을 덮치시는 어머니
만고 만건곤 강물인 어머니
오 하느님을 낳으신 어머니
　　　　　－「어머니, 나의 어머니」－땅의 사람들 8 중에서

　여기서 "어머니"의 반복은 기의적인 차원이라기보다는 기표적인 차원
에서 텍스트의 물질성으로 기능하고 있음에 주목해야 한다. "어머니"의
'ㅇ', 'ㅁ', 'ㄴ'음은 모두 비음이면서 공명음이다. 멀리 음향이 퍼지게 하
는 음들이다. 이 공명음으로 이루어진 음의 구순화는 '어머니 몸과의 다
시 만남'이라고도 할 수 있다. 다시 찾게 된 어머니의 육체는 더 이상 생
식기적인, 움푹 들어가고 질을 가진, 배척하고 거부하는 육체가 아니라,
목구멍, 목소리, 젖가슴－음악, 리듬, 운율법－이다. 이 구순화는 거부의
사디즘과 그 의미가 지닌 승화의 매개일 수도 있다. 즉 거부의 공격성은
어머니와의 융합을 시도하는 구순성의 시도에 의해 유지되기도 한다는
것이다.[105] 그렇게 본다면 이 텍스트 상에 드러나는 음의 구순화는 상징
계에 대한 거부가 공격성으로 드러나는 이면의 또 다른 부정성으로 기능
하고 있는 것인데, 이는 어머니가 '남근'인 세계에서의 머물기를 통해 부
권 중심의 상징체계에 대한 거부로 발현되고 있는 것이다.
　위 시에서도 "어머니"라는 구순적인 기표는 유성음이 지니고 있는 부
드러운 리듬, 음악성을 구현하면서 어머니 육체와의 융합을 시도하고 있
는 것으로 보인다. 이 "어머니"는 여성/ 남성의 이항 대립적인 구도(아카
시아 **꽃잎** 같은 어머니/ 이승의 마지막 **깃발**인 어머니)와 동양/ 서양의 이
분구도(**만건곤**/ **하느님**), 역사와 우주의 이분구도(**종말**처럼/ **개벽**처럼)를
해체하는 새로운 표상을 낳는다. 남성적 유일신인 '하느님 아버지'가 아

---

105) Julia Kristeva, *Revolution in Poetic Language*, Columbia University Press, New York, 1984, p.47.

니라 생명을 창조하신 하느님을 낳은 "어머니", 생명의 담지자이신 이 "어머니"의 반복은 가부장적 상징체계를 와해시키는 기호계적 충동의 발현으로 기능하면서 기존의 가부장제에서 고정되어왔던 '어머니'에 대한 정립상을 깨뜨리는 의미의 복수성(plurality)을 실현한다.

2. 코라적 충동의 혼융과 '어머니'의 해원(解寃)

남성 중심의 논리와 이념, 언어의 변혁을 꾀하고자 시도하면서도 궁극적으로는 남녀 공히 해방되는, 그리하여 새로운 인간성의 체험을 실현할 수 있는 문학적 실천은 『저 무덤 위에 푸른 잔디』에서 보다 본격화되어 나타난다. 고정희가 『저 무덤 위에 푸른 잔디』에서 '새로운 인간성의 출현과 체험'의 모델로 삼고자 했던 '어머니'는 '눌림받은 여성의 대명사'요, '역사적 수난자'요, '초월성의 주체'이자, '천지신명의 구체적인 현실'이다. '어머니'의 이러한 상징성은 텍스트에서 드러나는 모성적 육체성의 회귀, 즉 코라적 맥박을 통한 상징계에 대한 부정성의 활동으로 의미생성을 이룬다. 이 '굿시' 텍스트에서의 코라적 충동의 회귀는 '어머니'의 억압을 방출시키는 육체적 충동을 통해 억압된 상징 아래 묻혀있던 '어머니'의 힘을 회복시키고, 이 충동적 에너지의 방출로 말미암아 '어머니'의 눌림과 맺힘은 해소된다. 이에 따라 새로운 '어머니'가 탄생되고, '모성'적 사랑의 윤리가 실현되는 세계를 제시하고 있는 시집이 바로 『저 무덤 위에 푸른 잔디』인 것이다.

박혜경은 이 시집에 실린 '어머니'는 단순히 끊임없이 눌려 살아온 한 많은 여자가 아니요, 여성 해방 역시 여자를 남자와 동등하게 대우해달라고 외치는 새된 목소리의 그것도 아니라면서 오히려 '어머니'는 역사 속에서 억눌린 모든 원혼들의 가장 구체적이면서도 보편적인 한 표상인 동시에 우리의 역사가 발원하고, 회개와 치유를 거쳐 마침내 되돌아가야 할 화해의 넓은 품, 즉 여성성의 궁극적인 모태이며, 여성해방이란 그러한 잘못된 역사와 제도의 바람직한 발전적 움직임의 한 모델로서 넓은 의미를 지닌 것으로 본다.106) 이는 이 시집이 제시하고 있는 '어머니'라는 의미의 복수성·다층성과 관련된 것으로 보이는데, 이 '어머니'라는 의미가 지니는 복수성·다층성은 결국 상징계의 정립상을 거부하고 주체로 하여금 기호계적 맥박을 통해 어머니의 육체성을 텍스트에 각인시키는 가운데 생성된 텍스트 실천이다.

'어머니'라는 의미화 실천의 이 같은 특성은 발화자인 '무당'의 존재와도 관련이 있다. 이 '무당'은 우리 사회에서 양가적인 존재이다. 이들은 반체제적이면서도 동시에 체제 수호적이다. 이들이 반체제적이라 함은 사회적으로 포섭되지 못한 존재들이기 때문에 그 불안정성은 기존의 문화적 질서를 위협하기 때문이다. 그들의 행위는 소속된 사회의 구성원들을 동요시키고 기존 질서의 틈새를 드러냄으로써 그것의 구조 자체를 위협한다. 따라서 사회의 구성원들은 이들이 가지고 있는 비위치성에 기대어 집단의 차원에서 실현 불가능한 것을 타협하게 해주고 '상상의 이동자'가 될 것을 요구한다.107) 그런 과정에서 무당은 이승과 저승이라는 허구적 여행까지 감행하게 되는 것이다. 그러나 무당의 제의적 역할은 한편으로는 체제 수호적인 성격을 띠게 되는데 이는 무당의 굿이 사회 구성원들의 일시적인 '해소'를 불러오는 역할을 하기 때문이다.108) 따라서

---

106) 박혜경, 『저 무덤 위에 푸른 잔디』 발문, 창작과비평사, 1989.
107) 엘렌 식수·카트린 클레망 공저, 이봉지 옮김, 『새로 태어난 여성』, 나남, 2008, 21~22쪽.
108) 정신분석학에서 언급하는 '해소'란 환자가 외상적 사건의 기억과 결부되어 있는 정동으로부터 해방되는 감정의 방출을 뜻한다. 그것을 통해 환자는 발병을 하거나 발병된

무당은 교란이면서도 질서이다.

　무당의 이러한 복수적인(plural) 성격은 고정희 '굿시'에서 '어머니'라는 기표로 전위되면서 고통과 억압, 이승과 저승, 실현 불가능한 타협, 모순되는 것들의 종합인 의미의 복수성(plurality)을 실현한다. 즉 무당의 존재는 남성 중심의 사회적 상징질서 어디에도 포섭되지 않는 잉여적 존재이면서도 늘 사회에 위협을 가하는 존재인데, 고정희는 여기에 착안하여 고통의 최전선에서 희생당한 '어머니 민중'의 '눌림'을 무당의 목소리를 통해 풀어내고자 했던 것이다. 이는 눌림과 맺힘, 억압과 지배, 삶과 죽음의 모든 족쇄를 풀어주는 주술적 언어요, 향락의 언어가 된다. 이 과정을 통해 '눌림받은 여성의 대명사'요, '역사적 수난자'인 '어머니'의 억압은 해소된다.

> 1)
> 가문 지키는 문전<u>따리</u>
> 전답 지키는 청지기<u>따리</u>
> 조상 지키는 선영<u>따리</u>
> 어른 받드는 선영<u>따리</u>
> 남편 받드는 순종<u>따리</u>
> 장자 받드는 희생<u>따리</u>
> 장손 받드는 수발<u>따리</u>
> 　　－『저 무덤 위에 푸른 잔디』, 「둘째 거리－본풀이 마당」 중에서

> 2)
> 벙어리 삼년 세월 <u>듣자판</u>
> 귀머거리 삼년 세월 <u>참자판</u>

상태에 머무르지 않게 된다(장 라플라슈 · 장 베르트랑 퐁탈리스 공저, 임진수 옮김, 『정신분석 사전』, 열린책들, 2005, 524쪽).

눈멀어 삼년 세월 <u>말자판</u>
여자 한 몸에 이고지고 세상 시름 넘어갈제
만석꾼이들 무엇하며 금은보화면 무엇하리
먹어를 <u>보았나</u> 입어를 <u>보았나</u>
굴비구이 발라주고 오골계탕 뼈추스리고
보약이면 달여주고 곰탕이면 고아주고
솜옷이면 대령하고 명주옷이면 다듬이질 하고
달란대로 준비하고 남는대로 보관하고
육탈 덜 된 무덤같이 세상 한 번 번창하리
　　－『저 무덤 위에 푸른 잔디』, 「둘째 거리－본풀이 마당」 중에서

3－1)
아가 아가 며늘 아가
내 말 좀 들어봐라
나 죽거든 제일 먼저 이내 가슴 <u>열어봐라</u>
간이 녹아 한강수요
쓸개녹아 벽계수라
간과 쓸개 무사한가 어디 한 번 <u>꺼내봐라</u>
여자 평생 살림 평생 아니더냐
뒷방 살림 안방 살림 부엌 살림 광방 살림
돌발 살림 허드렛 살림 집안 살림 바깥 살림
나 죽거든 저승까지 살림 뒤따라 <u>나오나 봐라</u>
　　－『저 무덤 위에 푸른 잔디』, 「둘째 거리－본풀이 마당」 중에서

3－2)
매맞아 죽은 <u>어머니 들어오시고</u>
칼맞아 죽은 <u>어머니 들어오시고</u>
총맞아 죽은 <u>어머니 들어오시고</u>
시국 난리에 죽은 <u>어머니 들어오시고</u>

칠년 대한 왕가뭄에 죽은 어머니 들어오시고
약 한 첩 못 쓰고 죽은 어머니 들어오신다
반가워서 들어오고 못 잊어서 들어오고
목메어서 들어오고 삼삼해서 들어오고
궁금해서 들어오고 사무쳐서 들어오고
살아생전 백팔번뇌 즈려밟고 들어오신다.
구름타고 바람 타고
구만리길 들어오신다.
　　　-『저 무덤 위에 푸른 잔디』,「세째 거리-해원마당」중에서

　『저 무덤 위의 푸른 잔디』는 첫째 거리-축원마당/ 둘째 거리-본풀이마당/ 셋째 거리-해원마당/ 넷째 거리-진혼마당/ 다섯째 거리-길닦음마당/ 여섯째 거리-대동마당/ 일곱째 거리-통일마당/ 뒤풀이-딸들의 노래로 이루어진 장시집이다. 이 시집의 구성은 대체로 씻김굿의 절차로 이루어져 있다. 씻김굿에서 가장 강조되고 있는 일차적인 기능은 망자를 저승으로 보내는 것이라 할 수 있다. 굿에서는 아직 저승 세계에 들어가지 못하고 이승에서 떠도는 망자의 넋을 모셔다가 원한을 풀어주고 씻겨주어서 저승에 잘 들어가시라고 기원한다. 따라서 이 씻김굿에서 가장 중요한 부분은 망자의 원한을 풀어주는 본풀이 대목이다. 억울하게 죽은 넋들의 '고'를 풀지 않으면 그들의 죽음을 씻겨낼 수 없는 것이다.[109]
　씻김굿에서의 본풀이는 죽은 자의 살아생전의 모습을 생생하게 보여주고 그의 내력을 설명해주는 절차이다. 본풀이에서의 '본'이란 근본·본원·내력을 의미하고 '풀이'란 설명을 의미해, 결국 본풀이란 죽은 자의 삶의 내력을 풀이하고 설명하는 절차인 것이다.[110]

---

109) 이영금,『전북 씻김굿』, 민속원, 2007, 56쪽.
110) 주강현, 민족굿회 편,「마을 공동체와 마을굿·두레굿 연구」,『민족과 굿』, 학민사,

위의 텍스트에서는 본풀이 내용을 통해 '어머니'의 구체적인 삶과 내력을 알 수 있다. 여기서의 풀이는 신의 대리자이자 소외된 여성 주체인 무당의 넋두리를 통해 이루어지고 있다. 넋두리란 귀신이 하는 말이라고 할 수 있다. 이 넋두리는 귀신의 목소리이지만 로고스적인 유일신, 남성의 신이 아니라 모성적 율동을 간직한 '어머니 신'의 목소리이다. 이 어머니는 한편으로는 '신'이면서 한편으로는 남성적 권위에 억압받는 '어머니 민중'이기도 하다. 이 본풀이가 의미가 있는 것은 '어머니 민중'의 고난을 남성적 신의 권위에 의해서가 아니라 바로 여성 자신의 목소리로 그 '눌림'을 풀어주었다는 점에 있다. 따라서 기존의 남성 중심의 로고스와 상징계를 전복하는 의미화 실천을 낳는다.

위의 텍스트는 교차대구법[111])에 의해 이 땅의 어머니들의 억압 상황을 풀어내고 있다. 위의 텍스트 1)에 나타난 교차대구법은 한편으로는 어머니를 억압하는 남성 중심의 문자어―(혈통/ 가문/ 전답/ 조상/ 어른/ 남편/ 장자/ 장손), (청지기/ 선영/ 순종/ 희생/ 수발)―와 어머니의 육체성을 드러내는 반복구문의 리듬성("따리", "지키는", "받드는"의 반복)을 교차시킴으로써 로고스 중심적인 선조성을 파편화시키면서 여성의 타자성을 드러내는 장치로 기능한다. 이는 인과연쇄적인 단순한 풀이 과정 속에 기호계적인 육체성을 삽입시킴으로써 죽은 자의 한을 풀어주는 '몸'말이 된다.

2)에서는 "보았나"와 "~주고", "~하고"의 반복되는 교차대구법을 통해 여성이 받은 고통에 대한 풀이 과정을 남성적 상징체계에 의존하는

1987, 59쪽.

111) 교차대구법, 혹은 교착대구법(chiasmus)은 수사학에서 쓰이는 문체의 일종이다. 대구와 어순전환을 합친 어법이다. 이 어법은 반복되는 요소들의 순서를 뒤바꿈으로써 대립되게 하는 반복의 문체이다(Philip Kuberski, *Chaosmos*, State University of New York Press, 1994, p.71).

것이 아니라 코라적 리듬에 의지해 언어적 육체성을 체현하고 있다. 상징계적인 선조성 속에 끼어든 이 육체적인 목소리는 어린 아이가 언어를 습득하기 이전인 어머니의 육성이다. '풀이'라는 인과연쇄적인 사건의 이야기화는 이 어머니의 목소리에 의해 교란되면서 그 과정에서 죽은 자의 한에 대한 파토스가 더욱 더 극대화되고 죽음과 삶을 넘나드는 경계에 선 언어가 드러난다. 특히, "~주고", "~하고" 등의 연속성을 드러내는 연결어미의 반복은 어머니가 당한 수많은 외상적 사건을 회상하게 하여 그것을 말로 표출하게 함으로써 가슴에 쌓인 한을 씻어내리는 일종의 해소, 즉 한풀이 기능을 한다.

본풀이 과정에서 드러나고 있는 이 같은 기억회복의 과정은 반복을 통해서 '외상의 공포로부터 벗어나기'[112]의 과정이라고도 할 수 있는 기억의 여정인데, 이는 기억을 말로 바꾸는 것을 통해서, 그리고 이 말 속에 충동을 연루시킴으로써 '잃어버린 시간'을 되찾고 주체를 쇄신시키는 기제라고도 할 수 있다. 이는 고통스러운 기억을 억압하거나 부인하지 않고 그것들을 풀어놓음으로써 그 기억으로부터 해방되는 과정이다.

일반적으로 굿은 '풀이'인 바, 굿을 통하여 사회적 공동체는 재앙이나 질병 따위의 맺힘(結)의 상태에서 풀어짐(解)의 상태로 이동한다고 한다.[113] 그 과정은 사회적 응어리, 생리적 · 심리적 응어리들이 해소되는 과정인 것이다. 이 해소의 과정은 흔히 '신지핌', '신난다' 등으로 표현되기도 하는데, 이를 언어적인 측면에서 보자면 상징적인 지시체계 속에서는 구현되기 어려운 과정이다. 따라서 굿 사설 속의 언어는 무엇보다 상징체계를 뚫고 나오는 육체적 물질성을 담보할 수 있을 때, 이 '신명'이

---

112) 줄리아 크리스테바, 유복렬 옮김, 『반항의 의미와 무의미』, 푸른숲, 1998, 73쪽.
113) 주강현, 민족굿회 편, 「마을 공동체와 마을굿 · 두레굿 연구」, 『민족과 굿』, 학민사, 1987, 59쪽.

구현될 수 있을 것이다.

크리스테바에 의하면, 이러한 언어의 육체성(시니피앙의 물질성), 즉 소리의 발성은 이미 상실된 모체를 재생시키고 재획득하기 위한 정신적인 노력이라고 한다. 그리하여 이 같은 발성들은 언어를 가장 물질적인 언어의 가능성들에게로 이르게 하는 낭랑한 시어들 속에 사로잡혀 있게 한다고 한다. 분리 가능한 육체로 개별화되기에 앞서, 혹은 그와 동시적으로 육체적 관계들의 물질성은 언어적 관계들의 물질성으로 치환된다. 그리하여 시니피앙의 물질성은 상실된 모체의 물질성의 치환된 반복이 된다. 이러한 의미에서 물질성은 반복 가능성 속에서, 그리고 반복 가능성을 통해 구성된다는 것이다.[114]

3-1)에서는 "봐라"와 "살림"의 반복을 통해 실현되는 음악성이 언어의 신명성을 드러낸다. 이 텍스트에서의 신명은 맺힘을 푸는 과정에서 신과 인간의 만남과 가난과 수난으로 점철된 역사와의 만남이 상호교차적으로 이루어지고 있지만, 이 언어의 신명성으로 인해 망자의 웅어리는 풀어지고 억압받는 자의 심리적 해소가 이루어진다. 즉 이 텍스트 상에 나타나고 있는 '풀이' 과정은 전반적으로 어머니의 몸, 코라적 리듬을 통해 상징계적인 문법성을 약화시키고 그 두터운 사회적 억압 장치를 풀어주는 것이다.

3-2)에서도 "~고", "~며"와 같은 반복음은 "종살이", "씨받이", "매 맞아, 칼맞아 죽은"과 같은 '어머니'의 고난에 찬 운명에 대한 이야기의 긴장을 푸는 역할을 한다. 이 같은 소리는 자음의 격한 파동과 유음의 부드러운 울림이 조화를 이루어 동시적으로 울리면서 연결시키는 일종의 하모니를 구성한다. 특히, "어머니"와 "들어오신다"의 반복적 대구, 등가

---

114) 쥬디스 버틀러 지음, 김윤상 옮김, 『의미를 체현하는 육체』, 인간사랑, 2003, 140쪽.

적 통사구조의 나열을 통해 드러나는 목소리의 질감은 코라적 리듬을 형성하여 몸의 언어로 기능을 한다. 이는 언어 이전의 세계로의 회귀를 욕망하는 향락[115]적 글쓰기 그 자체가 된다. 이에 따라 남성 권위주의에 억압받는 '어머니'의 해원은 이루어진다.

3. 타자의 포용과 '모성'적 사랑의 윤리

『저 무덤 위에 푸른 잔디』의 셋째 마당까지가 '어머니' 개인의 수난에 관한 풀이와 해원의 과정이라면 넷째 마당인 「진혼마당」은 오월 광주민중항쟁을 배경으로 역사적 맥락 속에서의 '어머니'의 모습이 '사랑'의 실현자로 구체화되어 나타난다. 여기서의 '어머니'는 단순히 성의 차이를 떠나 "사람이 시작이고 완성이며, 사람이 역사이고 해방인" 역사적 인본주의의 정신적 토대가 된다.[116] 오월의 광주는 이 땅의 '어머니'들이 지닌 한의 진정한 모습과 억눌림의 의미, 그리고 그 극복의 힘까지를 우리에게 가장 고통스럽고 가장 뜨겁게 확인시켜준 역사적 계기가 되었던 것이다. 그러므로 오월의 광주는 고유명사이기보다는 차라리 우리 시대의

---

115) 라캉의 용어. 라캉은 이 용어를 성적 대상의 즐김과 자위 행위의 쾌락을 말하는 데 사용하고, 오르가슴의 의미를 부여한다. 라캉이 향락과 쾌락 간의 대립을 발전시킨 것은 1960년경이다. 쾌락의 원칙은 향락에 대한 제한으로 기능하고, 주체는 가능한 적게 즐긴다는 법칙을 개진한다. 주체는 동시에 그의 향락에 부과된 금지를 항상 위반하려 들고, 쾌락의 원칙을 넘어서려 한다. 하지만 쾌락의 원칙을 위반한 결과는 더 이상 쾌락이 아니라 고통이다. 주체는 일정한 양의 쾌락만을 담당할 수 있기 때문이다. 그 한계를 넘어서면 쾌락은 고통이 되고, 이 고통스러운 쾌락이 바로 라캉이 말하는 향락이다. 따라서 향락은 주체가 자신의 만족으로부터 얻어낸 고통을 역설적으로 표현한 용어라고 하겠다(Julia Kristeva, *Revolution in Poetic Language*, Columbia University Press, New York, 1984, p.17).
116) 박혜경, 『저 무덤 위에 푸른 잔디』 발문, 창작과비평사, 1989.

뼈아픈 일반 명사이다.[117]

　진혼 마당에서 펼쳐지는 오월 항쟁 희생자들에 대한 사무치는 애도는 역사가 금지하고, 배제시킨, 그래서 항쟁 이후 팔 년이 지나도록 방치된 타자들, 그 타자를 몸으로 껴안고자 하는 사랑의 진혼곡이다. 고정희는 이 진혼곡을 통해 가부장적 군부독재와 이에 야합하여 수많은 폭력과 위선을 저지른 남성적 지배정치에 대한 폭로를 감행한다. 또한 억울하게 죽어간 타자들을 불러들여 소외된 희생자들에 대한 기억을 살려냄으로써 우리 사회의 망각에 저항하려는 행위이기도 하다. 따라서 이 넷째 마당의 진혼과정은 희생자의 아픔을 기억하고 그들이 과거의 미망으로부터 탈주할 수 있도록 하는 씻김굿의 하이라이트라고도 할 수 있다.

> 애간장 찢는 호곡소리
> 음산한 구천에 비길 바 아닌지라
> 태어나는 목숨에
> 피를 주고 살을 주는 어머니여,
> 에미 가슴 속에 묻어둔 시체
> 육탈도 안되고 씻김도 안된 시체
> 살아있는 등짝에 썩은 살로 엉겨붙어
> 　어머니 원풀어주세요,
> 호령을 했다가
> 육천마디 모세혈관에 검은 피로 얼어붙어
> 　어머니 우리 진실 밝혀주세요,
> 구곡간장 찢는 소리에 세월 이웁니다
> 내려놓을 수도 벗어놓을 수도 없는 시체
> 도망갈 수도
> 외면할 수도 없는 시체

---

117) 박혜경, 앞의 책, 같은 글.

시체 썩는 냄새로 일월성신 기웁니다.
─『저 무덤 위에 푸른 잔디』, 「넷째거리─진혼마당」 중에서

"태어나는 목숨에 피와 살을 주는 어머니"는 아직 육탈도 안 되고 썻김
도 안 된 시체를 내려놓을 수도 없고 벗어놓을 수도 없어서 보듬고 지낸
다. "도망갈 수도 없고 외면할 수도 없는" 시체를 껴안고 부르는 진혼곡
은 부권적인 폭력과 억압 속에서 중음신으로 떠도는 어린 넋들을 거두어
들이는 어머니의 육체적 '모성'을 강렬하게 드러낸다. '어머니'가 항쟁 중
에 억울하게 죽은 시체를 등에서 떼내지 못하고 어린 아들 · 딸들의 혼백
을 부르는 것은 역사와 문화에서 억압된 자, 군부독재와 그들이 외치는
'정의사회구현'이라는 위선적인 정치문화 속에서 추방당했던 자들의 귀
환을 알리는 처절한 절규다.

문화와 사회로부터 추방된 자(여기서는 "육탈 안 된 시신", "살아있는
등짝에 썩은 살로 엉겨붙은 시신")의 어두움, 비천함, 더러움 등은 명중
하고 초월적인 로고스 중심주의에서는 추방된 것들로, 인간이 자기 주체
성을 세우기 위해 언어 체계와 더불어 상징계로 진입해야 할 때 반드시
추방해버려야 하는 것들과 등치된다. 즉, 수많은 죽임을 자행한 군부독
재의 잔악함을 위장한 채 '정의사회 구현'을 외치는 상징계적 법질서 차
원에서 보자면 광주 항쟁 희생자들의 죽음은 '더럽고 부적절한 것'으로
서, 아브젝시옹(abjection)118)의 대상에 다름 아니다. 이 비천한 것들을 불

---

118) 아브젝시옹(abjection)은 상징계가 요구하는 적절한 주체가 되기 위해, 즉 안정된 정체
성을 확보하고자 이질적이고 따라서 위협적으로 느껴지는 더럽고 부적절한 것들을
거부하고 추방하는 심리적 현상을 가리킨다. 이 과정에서 버려진 것들, 경계 밖으로
제외된 것들이 아브젝트(abject)인데, 이것들은 주로 통제할 수 없는 무질서의 불결한
요소들로서 오물, 똥, 정액, 침, 땀, 피 등과 같은 육체적 오염물들이고 부패, 감염, 시
체 등과 같이 문화적 · 개인적으로 공포를 일으키는 메스꺼운 것들의 총체이다(노엘,
맥아피 지음, 이부순 옮김, 『경계에 선 줄리아 크리스테바』, 앨피, 2007, 92~93쪽).

러들여 껴안는 존재는 초자아의 승화된 상징인 남성적 존재가 아니라, 아이가 스스로 어머니로부터 분리되어 나가길 바라면서 스스로 비천해지는 전前 오이디푸스적인 '어머니'이다. 그러기 때문에 이 '어머니'는 "육천마디 모세혈관에 검은 피로 얼어붙은" 비천한 몸으로 미처 육탈되지 못한 희생자의 시체를 아직 분리되기 전의 자신의 아이인 양, 스스로 비천해지면서 상징계적 지배질서로부터 추방당한 이들을 껴안고 절규하며 그들의 이름을 불러낸다.

광범아……
재수야……
영진아……
금희야……
춘애야……
선영아……
용준아……
관현아……
한열아……
성만아……
(중략)
피비린내 자욱한 그날의 함성 속에
눈물 없이 부를 수 없는 <u>이름 석자</u>
우리의 식탁에 피바다로 흐르는 <u>이름 석자</u>
우리의 잠자리에 악몽으로 엉겨붙는 <u>이름 석자</u>
(중략)
<u>보고잡거 보고잡거</u>
우리 애기 <u>보고잡거</u>
얼굴이나 한번만

봤으면 원 없겠네

(중략)

철아 이놈아 에미가 왔다

네가 나를 찾아와야제

내가 너를 찾아오다니

철아 이놈아

에미 가슴에 무덤 만들어 놓고

새가 되어 날아갔냐

물이 되어 흘러갔냐

아적에 밥먹고 나간 귀신아

눈이 오면 누가 쓸어 줄까

좋은 것만 봐도 생각키고

궂은 것만 봐도 생각키고

에미 제상 받아먹는

이 무정한 놈아!

목소리 한 번만 들었으면 좋겠네

　　　－『저 무덤 위에 푸른 잔디』, 「넷째거리－진혼마당」 중에서

　　먼저 희생자들의 이름을 아무런 수식어 없이 직접 부르는 것은 진혼의 과정에서 죽은 자의 이름을 부르는 '주술적 소리'와도 같은 역할을 한다. '주술적 소리'라는 것이 신을 향하여 현재의 위기를 타개하고자 하는 데서 비롯되는 것이라면 그 기원을 이루기 위해서는 누군가의 힘을 빌어야 하는 것이고 그 힘을 가진 자를 움직여야 하는 것이다. 따라서 '주술적 소리'는 단순한 메시지 전달에 그치는 것이 아니라 일종의 정서적 격양으로 나타난다. 이때의 언어는 일상적 커뮤니케이션에서 만들어지는 음성의 패턴이나 통사적 역할을 이탈한 표현성이 극대화된 언어가 된다.[119]

119) 송효섭, 『탈신화 시대의 신화들』, 기파랑, 2005, 241쪽.

여기서도 죽은 자들의 이름을 부르는 호격의 나열과 말없음표의 연속적인 반복은 시적 주체의 정서를 최대한 실어나르는 '어머니'의 기호계적 충동의 표지로 기능하고 있다. 어떠한 수사도 걸치지 않은 '진언眞言'[120]으로서의 아들·딸들의 반복적인 호명은 이미 죽어버린 이들이기에 달리 쓰일 데가 없는, 텅 빈 기호로만 존재하는 이들의 이름에 반복적인 리듬을 실어 '어머니'의 원초적인 주문으로 변형시킨다. 이 원초적인 주문은 바로 모성적 육체의 충동적 에너지와 외적 지시물의 결합으로 나타나는데, 이로 인해 대상과 주체의 거리는 소멸하고 타자성은 용해되며, 타자와의 경계는 와해되는 것이다. "피비린내 자욱한 그날의 함성 속에/눈물 없이 부를 수 없는 <u>이름 석자</u>/우리의 식탁에 피바다로 흐르는 <u>이름 석자</u>/우리의 잠자리에 악몽으로 엉겨붙는 <u>이름 석자</u>" 등의 반복구를 통해서도 드러나는 언어적 주술성은 바로 지시체의 상실을 다시금 복원시키고자 하는 가운데 나타난 '어머니'와 타자와의 혼융, 그 자체이다.

'어머니'와 타자의 이러한 혼융 상태가 이루어지는 곳은 주체와 객체의 분리가 이루어지기 전의 접경지대이다. 따라서, 이곳에서 이루어지는 언어도 부권적 상징계와 모성적 육체성의 기호계 사이에 존재하는, 고정적이고 안정된 언어가 될 수 없다. 이 공간에서 이루어지는 언어적 수행에는 모성적 육체성의 충동을 담아내는 기호계적인 언어 패턴이 부상한다. 위의 텍스트 내에 기입된 호격이나 전라도 사투리, 동일 구문과 동일운의 반복은 모두 다 '어머니'의 육체적 충동성이 상징계적인 문자성의 두터운 세계를 뚫고 나와 중음신으로 떠도는 역사적 타자와의 혼융을 이루고자 하는, 상징계와의 치열한 투쟁과정 속에서 수행되는 모성적 언어

---

120) 불교에서 사용되는 비밀스러운 주문. 부처와 보살의 서원(誓願)이나 설법(說法)을 간직한 비밀스러운 어구를 말한다(『한국종교문화 사전』, 한국종교사회 연구소 편저, 집문당, 1991, 609쪽).

라고 할 수 있다. 이 과정에서 드러나는 비천한 언어("보고 잪거", "에미", "무정한 놈아")는 잃어버린 모성의 영역을 되찾게 해주고, 억압된 상징 아래 묻혀버린 모성적 힘을 회복시키는 기제가 된다. 이러한 모성적 육체성의 기입으로 인해 주체와 객체는 깔끔하게 분리되지 않는다. 이에 따라 주체/타자의 이항대립은 해체되고 '사랑'이 탄생된다. 즉 텍스트 내의 모성적 육체성의 기입은 주체와 타자의 분리와 봉쇄를 해체시키고, 삭제된 타자성의 자리를 복원시키는 일이다. 그렇기 때문에 모성은 바로 '내부 타자성의 구현'[121]이라고도 불리는 것이다.

> 대견하다 아들아
> 장하다 딸들아
> 느히들이 우리 죄업 다 지고 가는구나
> 우리 시대 부정을
> 느희들이 다 쓸어내는구나
> 식당조바 우리 아들들……
> 호남전기 생산부 우리 딸들……
> 넝마주이 우리 아들들……
> 황금동 홍등가 우리 딸들……
> 전기 용접공 우리 아들들……
> 술집 접대부 우리 딸들……
> 구두닦이 우리 아들들……
> 야간학교 다니는 우리 딸들……
> 무의탁 소년원 우리 아들들……
> 방직 공장 우리 딸들……
> ―『저 무덤 위에 푸른 잔디』,「넷째거리―진혼마당」중에서

---

121) 켈리 올리버, 박재열 옮김,『크리스테바 읽기』, 시와 반시, 1997, 238쪽.

모성적 육체로 말미암아 상징계적 지배질서 속으로 당당하게 귀환한 타자들은 '대견하고 장한 아들·딸들'로 자신의 위치를 부여받는다. 그 동안 억압당했던 이들의 당당한 자리매김은 모성적 언어실천의 결과물이기도 하다. 이 모성적 언어실천은 우리 사회에서 아버지의 이름으로 (근대화, 산업화, 정의사회구현 등) 추방당한 비천체("식당 조바 우리 아들들", "넝마주이 우리 아들들", "구두닦이 우리 아들들", "무의탁 소년원 우리 아들들", "황금동 홍등가 우리 딸들", "술집 접대부 우리 딸들, 방직 공장 우리 딸들")들의 귀환을 알리는 것이다. 이들의 귀환은 부권적 지배질서의 잔인함과 완강함을 뛰어넘는 '모성'의 힘, '사랑'의 힘 때문에 가능했던 것이다.

　이 '모성'의 힘, '사랑'의 힘은 역사가 금지하고, 현실이 배제하거나 인정하지 않는 타자일지라도 그 타자를 보존하고 타자와의 공존을 시도하는 것으로 나타나는데, 이를 통해 역사와 사회는 타자를 수용하는 '윤리'를 실현할 수 있게 된다. 따라서 진혼마당에서 이루어지는 처절하고도 치열한 애도 작업은 상징계의 이분법적인 논리에 의해 배제되고 추방된 것들을 불러옴으로써 상징계의 벽을 무너뜨리고 상처입고 훼손된 것들에 대한 '사랑의 윤리'를 실행하는 자리가 된다.

　앞서 살펴보았듯이 고정희는 '해방된 인간성의 본'을 '어머니'에게서 찾고자 하였다. '해방된 인간성의 본'으로서의 '모성'은 단순히 모성을 이상화하거나 보편화하려는 신화적인 것이라기보다는 상징계적 아버지의 법에 어머니의 육체성을 도입함으로써 그 법에 동일화, 포섭되기를 거부하는 부정성으로서의 '모성'이다. 이 '모성'이 윤리적일 수 있는 까닭은 아버지의 법에 의해 추방된 타자를 주체 속에 넣음으로써 주체와 타자의 경계를 해체하고, 즉 정체성과 차이의 경계를 무너뜨리고 새롭게 생성되는 것이기 때문이다.

사십여년 만고 끝에 되찾은 사람 세상
우걸이 조주하야 옥야천리 너른 들에
유유한 저 백호는 건풍파에 깃을 치누나
고른 땅에 씨 뿌리어 비지땀을 쏟아붓느니 곡식이로다
탈곡기 들여놓고 찧거니 까불거니
사뤄내니 쌀이로다
정치인이 지은 부정 기업인이 지은 부정 군인이 지
은 부정
설설이 일궈내니 밥이로다
조상들이 구은 그릇 가득 담뿍 밥을 담아
억조 창생 인간만민 먹고 사니 누구 아니 성덕인가.
(중략)
에헤야 집이로다 사람의 집이로다
앞태를 보아도 사람의 집이요
뒤태를 보아도 사람의 집이로다
들창문 열어라 사람의 집이요
밀창문 열어라 사람의 집이로다
죽임의 집이 아닌 살림의 집이요
노예의 집이 아닌 자유의 집이요
인형의 집이 아닌 주인의 집이요
복종의 집이 아닌 대화의 집이요
희생의 집이 아닌 나눔의 집이요
소외의 집이 아닌 만남의 집이요
우열이 따로 없는 평등의 집이라
　　　－『저 무덤 위에 푸른 잔디』, 「여섯째 거리－대동 마당」 중에서

　'모성'적 사랑의 윤리는 가부장적 억압의 칼날 대신 그 자리에 "밥"과
"집"을 들여온다. 가부장적 억압이 저지른 온갖 부정("정치인이 지은 부

정", "기업인이 지은 부정", "군인이 지은 부정")을 "설설이 일궈내어" 지은 밥은 "억조창생 인간만민"과 함께 나누는 사랑의 상징이다. 이 사랑은 포악한 부성적 법에 의해서가 아니라 '모성'적 윤리에 의해 실천된다. 이제 타자는 위협이 아니라 한 그릇의 밥을 함께 나누는 공존의 대상이다. 시적 주체는 억압받는 것의 귀환을 사랑으로 포용함으로써 가부장제와 남성을 죄인으로 단정하는 대신에 "인간만민"이라는 새로운 윤리적 시각을 보여준다.

이 새로운 시각은 기존의 남자 대 여자의 위계관계를 복구하거나 재평가하는 것이 아니라 기존의 사회성(sociality)의 개념을 확장시킨다.[122] 이에 따라 "죽임의 집이 아닌 살림의 집", "노예의 집이 아닌 자유의 집", "소외의 집이 아닌 만남의 집"이 된다. 이는 결국 시적 주체가 자신을 타자에게 개방하고 자신의 심리적인 공간을 타자에게 개방함으로써 내가 타자에게 적응하는 사랑의 실현을 보여주는 것이다. 이를 통해 자아/타자의 이항대립, 질서, 억압을 해체한다. 이때의 주체는 타자를 포용하는 개방적 주체가 된다.

---

122) 켈리 올리버, 앞의 책, 293쪽.

제5장

1970, 1980년대 민중시의 언어적 실천

1. 육발(肉勃)의 언어와 집단적 에너지의 전이

1) 집단적 신명풀이와 억압의 해소

1970, 1980년대 민중시 텍스트에서 언어의 육체성을 전면화시켰던 것은 상징화된 언어 속에 은폐된 육체적 충동을 언어 속에 자리 잡게 하여 그 충동성의 전이를 통하여 청자(독자)와의 힘의 감염, 감정적 연대를 강화하는 시적 전략이라고 볼 수 있다. 이러한 시적 전략은 당시 민중시 텍스트들이 과거 민중적 장르를 새롭게 전유하면서 추구하고자 했던 민중문학의 최종 심급인 집단적 신명풀이와 관련이 깊다. 이 집단적 신명풀이는 개체로 분리되어 있는 개인의 한을 집단의 신명으로 전화시켜 한을 맺히게 하는 그 모순을 해결해 나가는 것, 즉 집단적 '한풀이'와 같은 이치라고 볼 수 있는데, 김지하는 이러한 신명을 집단적인 '생명 에너지의 고양된 충족'이라고 언급한다.[123]

김지하는 시론 「민중문학의 형식문제」에서 언어의 '냉동 구조', '감금 구조'를 깨뜨리는 신명의 언어관을 내세워 민중적 언어관을 피력한 바 있다. 김지하에게 민중적 언어관은 신명과 밀접한 관련을 맺고 있는데

---

123) 김지하, 『공동체 문화』 제3집, 1986, 37쪽.

그에게 있어서 이 신명은 민중이 저항하는 가치들을 중심적으로 통일하는 하나의 심급이 된다. 신명에 대한 그의 주장을 짧게 설명하자면 그것은 '민중적 삶의 살아 생동하는 자유'이다. 즉 신명이란 일과 놀이, 개체와 집단, 주체와 객체, 의식과 물질, 언어와 언어 관계들 사이에 위치한 여러 가지 형태의 구별 속에서 그리고 그것들을 넘나들면서 그것들을 다 싸잡아 끊임없이 왜곡된 생명의 옮김, 또는 죽임으로부터 해방하되 왜곡된 생명의 체험 또는 죽임의 정서 체험과의 접촉 속에서 해방하고, 또한 그러한 접촉 속에서 그 죽임의 경향들을 전향시키면서 새롭게 더 큰 하나로 아우르며 삶 그 스스로를 스스로 해방해 나아가는 이른바 '생명 에너지의 고양된 충족'이다.124) 따라서 그의 민중적 언어관은 민중적 저항 가치의 최종 심급인 이 신명과 밀접한 관련이 있다.

한마디로 김지하가 말하는 신명은 '살아 움직이는 활동하는 자유'이다. 따라서 냉랭한 냉동구조의 논리적이거나 의미론적인, 혹은 존재론적인 언어나 완결된 구조의 묘사나 체계화된 냉동 언어, 심미주의 언어, 사태 자체에만 주목하는 즉물적인 묘사나 의미연관만을 따지는 언어 양식 등은 신명을 죽이는 것이며 이것들은 다 반민중적 언어가 되는 것이다. 결국, 신명이란 그가 말하는 '거대한 문학적 육체성'으로서125) 상징계의 외부에 놓여있던 것을 기호계로, 즉 상징계에 의존하고 있지만 상징계로 환원할 수 없고, 상징계의 테마화로 될 수 없는 타자로서, 형상화될 수도 없는 시적인 의미화 방식으로서 언어의 육체성을 드러내는 것이라고 할 수 있다.

김지하 담시에 나타나는 담론의 파열과 생동하는 언어의 육체성은 이러한 이질적 요소 사이의 파괴적이며, 유동적인 의미생성으로 포착되는

---

124) 김지하, 「민중문학의 형식 문제」, 『남녘땅 뱃노래』, 두레, 1992, 284~285쪽.
125) 김지하, 위의 책, 294쪽.

바, 이때의 언어적 육체성은 물질의 이질적 거부—자유로운, 혹은 일차적인 에너지—가 표상체의 구조 그 자체 속으로 침입할 때 드러나는 것으로, 이질적 요소 간의 투쟁 그 자체를 실천한 것으로 볼 수 있다. 이 실천은 주로 상징계적인 언어의 정립상에 대항하여 의미의 차별화를 생성하는 시적인 언어의 부정성을 낳는데, 이러한 부정성은 언어적 상징화 과정 속에서 삭제되었던 육체적 충동을 언어 속에 자리 잡게 하는 에너지의 이동장치라고 볼 수 있다. 이때 탄생되는 시적 언어는 지배적인 문화에 의해서 주어진 틀에 대한 민중들의 거부이자 억압되어 정체된 에너지를 소통시키고 해소시키는 사회적 저항의 기능을 담당한다.

김지하가 '생명 에너지의 고양된 충족'으로서의 신명을 언급하면서 말의 가락, 장단, 호흡 등이 언어의 냉동구조나 감금구조를 깨뜨리는 '문학적 육체', '민중적 신명이 활동하는 큰 언어육체'를 불러온다는 주장도 사실은 주체가 부재중인 상태에서 형성된 상징구조체로서의 정립적인 언어에 주체를 불러들임으로써 언어적 생명력을 확보하고, 그를 통해 당대 사회의 억압적인 구속 에너지로부터 자유로운 에너지로의 대체를 추구했던 시적 주체의 강렬한 거부의 배치·변형으로 볼 수 있는 것이다. 이를 통해 정체되었던 에너지는 소통이 되면서 짓눌렸던 억압으로부터의 해소는 이루어지는 것이다.

신경림의 '민요시'에 나타난 '민요가락'의 전면화도 대상이나 외적 현실에 대한 시적 주체의 육체적 충동의 기입 양상을 잘 보여준다. 신경림의 민요시 텍스트에서 드러나는 '가락'도 시적 주체의 육체적 충동의 분출과 재배치에 관련되어 의미생성을 하는 것으로 볼 수 있다. 이에 따라 신경림의 민요시 텍스트에는 근대화 정책에 밀려 소외된 민중 주체의 비애와 울분, 허무와 체념, 해방과 신명의 움직임이 텍스트에 드러나는데, 이 육체적 에너지의 충동적 움직임이 당대 민중들의 한의 응축과 이완,

그리고 투쟁에의 대열을 다지는 한의 전환 등 역동적 양상으로 드러난다. 이는 산업화로 소외된 농민들의 울혈과도 같이 정체되어 있던 구속된 에너지가 상징계적인 언어 구조 장치를 뚫고 나오는 자유로운 에너지로의 대체를 통해 긴장과 이완의 본래적인 생명 에너지를 되찾고자 하는 생명력의 자유로운 활동, 즉 집단적 '생명 에너지의 충족'이라는 집단적 신명풀이 기제와 연동된다.

고정희의 '굿시'에서 드러나는 주술적 언어의 육체성도 동일한 차원에서 해석 가능하다. 일반적으로 굿은 '풀이'인 바, 굿을 통하여 사회적 공동체는 재앙이나 질병 따위의 맺힘(結)의 상태에서 풀어짐(解)의 상태로 이동한다고 한다.[126] 그 과정은 사회적 응어리, 생리적·심리적 응어리들이 해소되는 과정인 것이다. 이 해소의 과정은 흔히 '신지핌', '신난다' 등으로 표현되기도 하는데, 이를 언어적인 측면에서 보자면 상징적인 지시체계 속에서는 구현되기 어려운 과정이다. 따라서 굿 사설 속의 언어는 무엇보다 상징체계를 뚫고 나오는 육체적 물질성을 담보할 수 있을 때, 이 신명이 구현될 수 있을 것이다.

굿이 참여자들에게 신들림의 상태를 몸으로 감염시키면서 청자들의 억압된 기운을─신기神氣와의 교류를 통한 청자의 내적 변형─해소 시키는 것이라면, 고정희의 굿시 텍스트의 경우는 코라적 충동의 회귀를 통해 여성 민중의 대명사라 할 수 있는 '어머니'의 억압을 방출시키고 억압된 상징 아래 묻혀있던 '어머니'의 힘을 회복시킨다. 이 충동적 에너지의 방출로 말미암아 '어머니'의 눌림과 맺힘은 해소된다. 이때, '무당'이라는 신의 대리인이면서도 동시에 학대받는 여성인 이중적 주체의 육성은 기존의 남성적 언어를 파열시키면서 눌림과 맺힘, 억압과 지배, 삶과 죽음

---

126) 주강현, 「마을 공동체와 마을굿·두레굿 연구」, 『민족과 굿』, 민족굿회 편, 학민사, 1987, 59쪽.

의 모든 족쇄를 풀어주는 주술적 언어요, 향락의 언어가 된다. 즉 고통의 최전선에서 희생당한 여성 민중의 한을 풀어주는 주술적 언어의 에너지가 청자들에게 감염되면서 막혀 있던 기운이 뚫리고 새로운 에너지의 충족이 가능해지는 억압의 해소가 이루어지는 것이다. 이 억압의 해소는 현실이 지닌 틀을 이동시킨다는 차원에서 볼 때, 사회적 실천과 등가의 가치를 지닌다.

2) 소리 지향과 집단적 공명의 확대

민중시 텍스트에서 우세하게 드러나는 언어의 육체성은 당시의 모더니즘이나 심미주의 시와는 변별되는 시사詩史적 특성이라고 볼 수 있는데, 이러한 언어의 육체성은 현실의 상황에 가장 직접적인 영향력을 행사할 수 있는 청각 중심의 언어와도 관련이 있다.

민중시가 주로 시각 중심보다는 언어적 육체성을 통한 청각 중심의 언어를 지향한 것은 시각과 청각의 서로 다른 감각적 기능의 차이에 주목하여 그 이유를 도출해볼 수 있다. 원래 시각은 분리하고 청각은 합체시키는 기능을 갖는다. 시각에서는 보고 있는 사람이 보고 있는 대상의 외측에, 그리고 그 대상에서 떨어진 곳에 위치하고 있는 데 반해서, 소리는 듣는 사람의 내부로 쏠려 들어간다. 시각은 인간에게 한 때에 한 방향으로 밖에는 감지할 수 없게 한다. 즉 방을 본다거나 풍경을 보기 위해서는 눈을 이리저리 움직이지 않으면 안 된다. 그러나 들을 때에는 동시에, 그리고 순간에 모든 방향으로 소리가 모여온다. 이때 인간은 청각 세계의 중심에 서 있게 된다. 그 세계는 인간을 에워싸고, 인간은 감각과 존재의 핵심에 위치해 있는 것이다. 인간은 듣는 것 속에, 즉 소리 속에 잠길 수는 있으나, 마찬가지 방법으로 시각 속에 잠길 수는 없다. 시각은 토막 나는 감각임에 반해서 소리는 통합하는 감각인 것이다. 시각의 전형적인 이상은 명확성과 명료성, 즉 나누어보는 일임에 반해서 청각의 이상은 하모니, 즉 하나로 통합하는 것이다.[127] 그렇기 때문에 민중시에 나타나는 청각 중심의 언어는 개체화된 사람들을 한데 통합시키는 기능을 갖는다고 볼 수 있다. 이는 민중시의 미학적 원리인 '집단성'과도 관련이 있는 시학적 특성이다.

이러한 입장은 김지하가 '주변부 말'의 회복을 통한 '냉동 언어'와 '감금언어'의 해체라는 민중적 언어관을 주장한 글에서도 그 단초를 찾아볼 수 있다. 그는 언어의 '신명'을 살리기 위해서는 주변부로 밀려나 있는 조사, 부사, 형용사의 주권 회복 문제, 즉 동사와 명사 속에서는 얼른 잡히지 않는 언어의 색채, 울림, 빛깔, 그늘과 같은 언어 기능들을 보다 더 자주적으로 사용하여 언어를 살아 생동하게 만들어야 한다고 주장하는데,[128] 이는 텍스트 상에서 주로 의성어와 의태어 등을 통한 언어의 육체성으로 드러나며, 이것이 민중적 공동체의 육성을 담는 기능을 담보해낸다. 이를 통해 청자와의 감각적 일치가 하나의 힘으로 응결되면서 집단적 공명이 형성되는데, 이것은 당대 민중시 텍스트가 시각 중심의 보는 시에서 소리나 리듬 중심의 청각적인 시로의 전환을 꾀했던 시적 전략의 주요한 이유가 된다.

민중시의 청각 중심으로의 지향은 신경림이 기존의 난해시에 비판을 가하면서 '쉬운 시'와 '보는 시에서 읊는 시'[129]로의 전환을 주장하는 글에 특히 잘 나타나 있다. 유종호는 이러한 신경림의 시세계를 '평명平明성의 언어'와 '난해성의 추문화'로 평한 바 있는데,[130] 이는 1950~1960

127) 마샬 맥루한, 김성기 외 옮김, 『미디어의 이해』, 민음사, 2002, 114쪽.
128) 김지하, 앞의 글, 292쪽.
129) 신경림, 「시와 민요」, 『삶의 진실과 시적 진실』, 전예원, 1992.
130) 유종호, 구중서 외 엮음, 「서사 충동의 서정적 탐구」, 『신경림 문학의 세계』, 창작과비

년대 모더니즘 계열의 난해한 시로 인해 시가 독자들로부터 외면 받았다는 신경림의 시론과도 연관성을 갖는다. 이것은 모더니즘의 언어가 언어를 개인어(ideolect)로 계층화했고, 그 개인어들을 폐쇄적이고 의사소통이 불가능한 섬들로 만들었으며, 그 결과 자본주의 사회에서 소외된 개인의 언어가 공통성을 잃고 자신만이 해독할 수 있는 담론이 되었다는 크리스테바의 견해[131]와 맥락을 같이하는 것으로 볼 수 있다. 따라서 신경림의 '평명성의 언어'는 이러한 개인의 사적 언어에서 탈피하여 공적 언어로의 지향으로부터 시작한다. 당시의 난해시에 대한 저항으로 '쉬운 시'와 언어의 사회성을 내세우며 '민중의, 민중을 위한' 시론을 내세웠던 그의 언어관은 다음과 같은 글들에서 찾아볼 수 있다.

> 말이란 어떠한 어려운 이론이나 설명에도 불구하고 먼저 나와 남－타인과의 관계에서 성립한다는 사실만은 부정할 수 없다. 내가 어떤 말을 했을 때 그것을 남이 들어줌으로써 말이란 것이 이루어진다는 얘기다. 결국 이것이 말이란 본질적으로 사회적 성격을 띠었다는 얘기로 되는데, 더욱이 사람은 말을 통해서 사고하고, 사고를 발전시켜 나가고, 생활하고, 생활을 개선해 나가고, 다투고, 화해하고 한다는 사실을 생각할 때, 말이 가진 사회적 성격은 아무리 강조되어도 지나치다 할 수 없을 것이다.
> 또한 말이란 삶의 한 표현이며, 거기에는 삶의 얼룩, 생활의 때가 묻어있게 마련이다. 어떠한 특수한 언어가 한 특수한 삶의 표현양식이라는 말이 나오는 것은 바로 말이 가지는 이러한 언어적 성격을 뜻하는 것으로 해석된다. 말이 가지는 이 사회적 성격, 역사적 성격은 문학으로 하여금 필연적으로 사회적 성격을 띠게 한다. 여기서 참여 문학의 도덕적 바탕이 있게 된다.[132]

평사, 1995.
131) 김인환, 『줄리아 크리스테바의 문학 탐색』, 이화여자대학교 출판부, 2003, 118~119쪽.

여기서 그는 언어의 역사성, 사회성을 강조한다. 이는 사적 언어보다는 공적 언어를 추구하는 것으로 볼 수 있는데, 그 공적인 언어, 즉 공동체적인 언어를 지향하기 위해 그가 찾아낸 것이 바로 '민요'의 세계이다. 그리고 민요의 '가락'이 민요를 통해 개인적 특수성이 배제되고 민중의 보편성을 존재케 하는 핵심요소가 된다고 본다.

> 시는 본디 민중의 것이었다. 처음 민중은 그들의 슬픔 · 기쁨 · 한 등을 서로 어울려 함께 노래했다. 이것이 민요요, 시의 원시적인 모습이라 할 수 있을 것이다. 그러나 차츰 노래에 재능을 가진 사람이 나타나게 된다. 여기에도 분업화의 현상이 나타나게 된 것이다. 이들은 민중의 감정의 표현에 자기감정을 삽입하고, 마침내는 민중의 총체적인 감정의 표현에 자기의 것을 앞세우게 되었으며, 문자가 생기자 이러한 경향은 더욱 심해져, 민요와 시는 분리되게 된다. 더구나 활자가 나와 읊는 시에서 보는 시로 바뀌게 되면서 시의 민요적 바탕은 완전히 잃어지게 되며, 동시에 민중과의 한 가닥 연계마저 끊어지게 되는 것이다. (중략)
> 시가 독자로부터 사랑을 받기 위해서는 시인이 민중과의 일체감을 되찾아야 하며, 시가 민요적 바탕을 되찾는 일도 그 하나가 될 수 있을 것이다. 물론 민요는 어느 한 개인의 감정이나 사상에서 비롯되는 것이 아니요, 집단적 민중의 참여와 공명에 의해서만 그 성립이 가능한 것이다. 민중의 공통된 감정, 공통된 사상이 노래로 열매 맺는 곳에 민요가 있게 되는 것이므로, 여기에는 개인적 특수성이 배제되고, 민중적 보편성만이 보이게 된다. 현대시에서 철저히 외면되고 있는 집단적 민중의 참여와 공명 및 민중의 보편성, 이것이야말로 빈사 상태에 빠져있는 현대시를 살릴 수 있는 더없는 약이요, 현대시를 외면하고 있는 많은 민중을 현대시에서 되끌어 들일 수 있는 유일한 길일

---

132) 신경림, 「무엇을 어떻게 쓸 것인가」, 『삶의 진실과 시적 진실』, 전예원, 1992.

것이다. 오늘의 시가 민요적 바탕을 찾는 일은 불가피해졌다.[133)

위의 글들을 통해 신경림의 민중적 언어관을 도출해보자면, 신경림은 개인어보다는 집단적인 민중의 보편성을 담는, 그래서 민중의 참여와 공명을 이끌어내는 시가 바로 민중시인 것이며 이는 민요적 바탕에서 부활해야 한다고 본다. 이때 신경림이 민요에 주목한 것은 사실 민요의 내용보다는 '가락'이라고 할 수 있다. 그래서 시는 본디 노래였음을 밝히고 있는 것이다. 이는 신경림이 '보는 시'로 명명했던 이미지 중심의 시각적인 체계에서 탈피한 새로운 시작詩作 방법의 제시라고 할 수 있는데, 이 점은 신경림이 '민요가락'이라는 리듬에 의하여 기존의 시각 중심의 문자성에서 벗어나 개인적 언어보다는 집단적 언어를 지향하여 민중의 집단적인 충동의 힘("집단적 민중의 참여와 공명")을 실어보고자 함일 것이다. 이 역시, 청각을 통한 집단의 통합 기능, 즉 공명성과 관련된다. 개인적 언어 보다는 집단적 언어를 지향하여 민중의 집단적인 충동의 힘을 실어보고자 하는 데 그 창작 목적이 있었던 것처럼, 신경림 시에서 나타나는 육체적 충동성의 에너지는 '가락(소리)'을 통해 청자에게 전염되고, 확산되며, 공명될 수 있었던 것이다.

언어의 육체성을 통해 '소리'를 지향한 청각 중심의 민중시 텍스트는 위에서 살펴본 것처럼 '집단성'의 원리와도 관련이 있지만 당대 민중시들이 즉석에서 마당극이나 굿판 위에 올려질 수 있는 가능성을 염두에 두고 쓰여졌다는 점을 감안한다면 '현장성'과도 관련지어 생각해볼 수 있다.[134) 이 '현장성' 문제를 W. J. 옹이 『구술문화와 문자 문화』에서 언

---

133) 신경림, 「시와 민요」, 『삶의 진실과 시적 진실』, 전예원, 1992, 66~67쪽.
134) 김지하의 담시는 마당극으로도 많이 공연되었으며(「五賊」, 「소리來歷」, 「똥바다」 등) 실제로 고정희의 『저 무덤 위에 푸른 잔디』는 상연을 목적으로 쓰여진 것이다(『저 무덤 위에 푸른 잔디』 후기 참고).

급한 구술성의 특성과 연관지어 살펴보자.

옹은 구술성의 특성 중에서도 대표적인 것으로 '부가적', '투쟁적', '감정이입적', '항상적(homeostatic)'인 것[135]을 든다. 구술성이 '부가적'인 특성을 갖는다는 것은 말이 글보다 논리성으로부터 벗어난다는 것이고, 이는 말이 현실과 거리를 두기보다는 현실에 직핍한 특성을 갖는다는 것을 말한다. '투쟁적', '감정이입적' 역시 현실과 직접적인 관련을 갖게 됨을 말한다. 말이 투쟁적 어조를 갖는다는 것은 인간의 삶에서 이루어지는 여러 투쟁이 글에서 이루어지는 추상화를 거치지 않은 채 그대로 드러난다는 것이며, 말이 감정이입적이라는 것 또한 어떤 논리를 통해 대상을 드러낸다는 것이 아니라 대상에 대한 발화자의 절실한 정서적 반응을 드러내는 것을 뜻한다. 또한 '항상적(homeostatic)'이라는 특성은 그 말이 어떤 일반적인 정의를 갖는가와 상관없이 현재 이 말이 어떤 상황에서 쓰이는가에 따라 의미 실현이 되고 있음을 가리키는 것이다.

이러한 구술성의 특성은 어떤 개념이나 논리로 파악되지 않는 것, 지금 일어나는 모습 그대로의 것, 총체화되지 않으며 어떤 메타적 반성도 허용하지 않을 만큼의 직핍한 것, 상황 자체와 가장 가까운 것이 말로 표현되는 것이라고 할 수 있다. 그러기에 그것은 현실의 상황에 가장 직접적인 영향력을 행사할 수 있는 가능성을 갖는 것이기도 하다.[136] 따라서 민중시 텍스트에서 드러난 언어의 육체성을 이들 텍스트가 전유한 전통 장르의 구술적인 특성과 관련지어 본다면 무엇보다도 현실 상황에 직접적인 영향력을 미치는 '현장성'을 담보해내는 텍스트 전략으로 볼 수 있다.

이러한 텍스트 전략은 '굿판' 공연을 염두에 두고 씌어진 『저 무덤 위

---

135) W. J. 옹, 이기우 · 임명진 옮김, 『구술문화와 문자 문화』, 문예출판사, 1995, 61~92쪽.
136) W. J. 옹, 위의 책, 61~92쪽.

에 푸른 잔디』에서 확인해볼 수 있다. 일반적으로 굿에서의 언어적 메시지는 굿에 참여하는 주체들의 정서 표현이기도 하다. 이는 언어의 정서적 기능으로 나타난다. 언어의 정서적 기능은 감탄사에서 가장 순수한 형태로 나타나며, 지시적 기능과는 다른 특수한 음성의 패턴이나 통사적 기능을 통해 드러난다. 굿판에서 말해지는 언어는 일상적 커뮤니케이션에서 만들어지는 음성의 패턴이나 통사적 역할을 이탈한 표현성이 극대화된 언어이다.[137] 따라서 고정희 굿시에서 나타나는 감탄사의 반복과 병행구문, 의성어, 호격, 명령어 등의 반복은 지시적인 민감성을 결여하고, 정서적 기능을 극대화시키고자 하는 장치로 기능하는데, 이 역시 청자와의 감각적 일치를 지향하는 소리 중심의 언어로서, 이를 통해 집단적 에너지의 감염이 이루어지고 공명이 확산될 수 있는 것이다.

굿판에서 발화되는 주술적 언어는 앞서 언급한 것처럼 어떤 개념이나 논리로 파악되지 않은 것, 지금 일어나는 그대로의 것, 총체화되지 않으며 어떤 메타적 반성도 허용하지 않을 만큼의 직접한 것, 상황 자체와 가장 가까운 것이 말로 표현되는 것이라고 할 수 있다. 따라서 주술적 언어는 말의 논리적 사용을 버리고, 물질적이고 감각적인 사용법을 찾아야 하고 호흡의 에너지가 깃든 말의 진동하는 힘과의 관계를 살려야 하는데[138] 고정희의 굿시 텍스트에서 드러나는 음의 고저, 박자, 리듬 등의 물질적이고 육체적인 언어는 분절 언어가 잃어버렸던 에너지를 굿판 안에 되살리는 주술적 효능을 발휘케 하여 청자들의 감각을 일깨우고 청자와의 감각적 일치가 하나의 힘으로 응결되면서 집단의 공명성을 이루어내는 사회적 기능을 한다. 주술적 언어의 힘은 언어를 통해 감정을 사회화하는 것이며, 그 힘을 일정 방향으로 유도하여 사회적 결합을 견고히

137) 송효섭, 『탈신화 시대의 신화들』, 기파랑, 2005, 236~239쪽.
138) 박형섭 · 신현숙 외, 『아르또와 잔혹 연극론』, 연극과 인간, 2003, 147쪽.

하는 역할을 수행하는 것이다.

이상에서 살펴본 바와 같이 당대 민중들의 '육발肉勃' 에너지의 전이로 기능하는 민중시의 언어적 육체성은 민중시의 미학적 원리라고 할 수 있는 '신명성'을 체현함과 동시에 '집단성'과 '현장성'을 담보해내는 시적 장치이자 이를 통해 집단적 공명성을 이루어내는 언어적 실천의 기제가 된다.

2. 전통 장르의 상호텍스트적 전위(轉位)와 탈장르

1) 장르 코드의 전위(轉位)와 열린 텍스트 지향

1970, 1980년대 민중시 텍스트에 나타난 공통된 특성 중 빼놓을 수 없는 것이 전통 장르와의 상호텍스트성139)이다. 당시의 민중시들은 공히 전통적 구비 장르 양식을 전유하면서 텍스트 실천을 주도하였는데, 이들의

---

139) '상호텍스트성(Intertextuality)'이라는 용어는 1960년대 후반, 줄리아 크리스테바의 초기 저작에서 처음 사용되었다. 그녀는 바흐친의 대화성 이론을 전유하는 과정에서 상호텍스트성이라는 새로운 용어를 만들어낸다. 바흐친은 의미란 '특정한 사회적 상황 안에서 특정한 개인, 또는 집단의 언어적인 상호 작용 안에 속하는 것'이라고 본다. 언어에 대한 바흐친의 이러한 시각은 크리스테바가 제시한 '상호텍스트성'이라는 용어 속에 재전유된다. 그녀에 따르면 저자는 그들의 본래의 정신에서 그들의 텍스트성을 창조하는 것이 아니라 이미 존재하는 텍스트들로부터 편집한다. 텍스트는 텍스트들의 순열, 교환, 치환이고, 주어진 텍스트의 공간 안에서의 상호텍스트성이다. 또한 텍스트들은 문화적 텍스트, 모든 다른 담론들, 이야기하고 말하는 방식, 혼히 문화라고 부르는 것을 구성하는 제도적으로 승인된 구조들과 체계들로 구성된다. 따라서 모든 텍스트들은 담론을 통해 사회에서 표현된 이데올로기적 구조와 분쟁들을 그들 안에 포함한다. 그렇기 때문에 크리스테바에게는 상호텍스트적인 차원이 단지 전통적으로 배경이나 맥락으로 표현되었던 것에서 유래하는 원천이나 영향으로서 연구될 수 없는 것이다(G. Allen, *Intertextuality*, Routledge, London and New York, 2000, pp.26~36).

전통 양식의 전유는 무엇보다도 당대의 '관官 주도 민족주의'에 맞서 밑으로부터의 민중의 목소리를 창출하려는 텍스트 실천 의도와 관련하여 살펴볼 수 있다. 민중시의 이러한 장르적 특성에 대해서는 기존의 단일한 서정 장르와는 다른 장르혼합, 혼합장르, 또는 장르혼용이라 불리는 탈 장르적인 명칭이 뒤따른다.

일반적으로 거론되는 장르 개념은 분류상의 개념으로 양식화된 담화 형식들을 형식, 기능, 내용, 그리고 기타 요인들을 토대로 하여 분류하는 방식이다. 이러한 분류 방식은 흔히 장르의 순수성과 장르의 명료성의 원리로 언급되는데, 그것은 어조의 엄밀한 통일성, 양식화된 순수성과 단순성, 단일한 플롯 혹은 주제에 못지않게 단일한 정서에 대한 호소였다.140) 따라서 민중시 텍스트를 지칭하면서 언급되는 장르의 혼합은 하나의 특유한 형태를 지닌 채 수행된 텍스트가 다른 텍스트 속에 삽입되거나 결합되는 경우를 말하는데, 이는 기존의 단일한 장르가 지니는 규범적인 코드를 해체시킨다는 점에서 양식의 해체나 장르의 해체와 동일한 개념이 되는 것이다.141)

김지하 '담시' 텍스트의 장르적 특성에 관해서는 발라드나 이야기시, 서사적 장시 등의 여러 논의142)가 있으나 김지하 본인은 이를 '단형 판소리'이자 '화엄적 장르'143)로 명명한 바 있다. 이 '화엄적 장르'라는 것은 이야기와 시, 극과 노래, 서정과 서사가 자유로이 혼용하는 장르라는 것

---

140) 르네 웰렉, 이경수 역, 「문학의 장르들」, 『문학의 이론』, 문예출판사, 1989, 348쪽.
141) 김준오, 『詩論』, 삼지원, 1997, 245쪽.
142) 대표적으로 염무웅, 「서사시의 가능성과 문제점」, 백낙청 · 염무웅 편, 『한국문학의 현단계 I 』, 창작과비평사, 1982; 오세영, 「장르실험과 전통 장르」, 『작가세계』, 1989, 가을호; 이승하, 「한국 현대시에 나타난 풍자성 연구」, 중앙대학교 대학원 박사논문, 1995; 차장룡, 「김지하의 담시 연구」, 중앙대학교 대학원 석사논문, 1996 등의 논의가 있다.
143) 김지하, 『오적』, 서문, 솔 출판사, 1993.

인데,[144] 이러한 장르 혼융적 속성에 의해 단일한 장르가 재현해야 하는 단일 코드가 깨지면서 텍스트와 텍스트 간의 이화적 연접에 의한 다의미가 형성되는 것이다. 단일한 장르의 코드 규칙이 깨지게 되면서 동시에 텍스트의 선형성은 깨지고 이에 따라 의미의 다가성이 생성되는데, 이는 김지하가 앞서 말한 선형적 논리, 정확한 인과성을 무시하는 민중적 언어의 '신명'과도 연관성을 갖는다. 인과성을 무시한 복잡성(complexity), 복수성(plurality)은 김지하 담시의 형식적 자질로 드러나는데, 이는 앞서 언급한 시적 언어가 지닌 의미의 복수성(plurality) 차원에서 새로운 의미 생성의 기제가 된다.

언어의 '냉동구조'와 '감금구조'를 깨뜨리는 '신명'의 창출이라는 차원에서 의미의 복수성이 잘 나타나 있는 것이 바로 '판소리' 문체라는 것에 착안하여 김지하는 판소리와의 상호텍스트성을 시도한 것인데, 이는 다음과 같은 그의 글에 잘 나타나 있다.

> 과거의 여러 철학자들이 사람의 구체적인 삶, 살면서 생기는 고통과 핍박과 눈물, 그리고 먹는 밥과는 아무 관계가 없는 그러한 것들, 걱정 안 해도 좋은 것들을 다루는 귀족 철학자들의 향유물, 사유물이었던 것과 같이 이제까지의 문학의 문체도 민요라든가 하는 민중 전승 예술말고는, 어떤 관찰자가 민중과 떨어져서 민중의 움직임을 정태적으로 관찰하는 그런 시각이었던 것입니다. 그런 문체에서 크게 진전을 하지 못하고 있습니다. (중략) 그것은 살아 있는 실상을 살아 있는 실상대로, 움직이는 속에서 움직임을 파악하는 것이 아닙니다. 그런데 비해서 판소리는 주제의 발전이 있기는 하나 어떤 이야기나 어떤 장면이 나오면 그 장면에 연관되는 것은 다 튀어나옵니다. 이와 같은 것이 유기적으로 연관되어 있는 한 개체나 한 사태의 살아 있는 모습을 파악하는 한 좋은 예입니다.[145]

---

144) 김지하, 앞의 책, 같은 글.

상호텍스트 이론에 의하면 하나의 장르란 고립된 것으로 존재한다기보다는 서로 상호 침투, 변형, 삭제, 재구성되면서 다시 쓰이고 다시 읽히면서 안정된 양식을 거부하는 특성을 지닌다.146) 김지하의 담시는 판소리 양식에 나타나는 '···창-아니리-창-아니리···'의 구조적 전위轉位를 통하여 소리와 사설의 중층적 결합을 재배치하고, '외화-내화-외화'의 구조적 전위를 통하여서 부분과 전체, 전체와 부분과의 분리와 결합을 조직해내는데, 이는 기존의 판소리 텍스트와의 상호텍스트적 관계 속에서 복수적인 텍스트를 창출하며, 이를 통해 민중적 삶과 신명을 담아내는 문체가 생성되는 것이다. 이는 판소리에 반영되었던 기층 민중들의 발화의 재활성화이며, 동시에 생생한 민중의 발화는 기존의 서정적 장르의 단일한 코드로는 담아내기 어렵다는 한계점에서 창안된 것으로 볼 수 있다. 그런 의미에서 단일한 장르 코드를 해체하는 탈 장르적 열린 텍스트로서의 지향성을 갖는다.

신경림은 두 번째 시집인 『새재』에서부터 전통적 시가 양식인 민요적 요소를 도입한다. 그리고 이후 연작 장시집 『남한강』에서는 민요의 직·간접 차용과 변용이 대거 두드러지게 나타난다. 신경림의 민요시 텍스트의 장르적 속성에 관해서 시인 스스로는 '서사시'라는 서구적 문학 형식을 무시하고 자신이 어렸을 때 들었던 고향 사람들의 이야기와 노래를 그대로 전달할 수 있는 새로운 형식이 있으리라는 생각에서 얘기 속에 노래를 섞고 노래 속에 얘기를 섞기도 하면서 줄거리를 이끌어 나가는 형식을 생각하여 『남한강』을 썼다고 밝히고 있다.147) 임헌영은 신경림의 『남한강』이 이야기성 서정과 민요가 지닌 서사성이 절묘하게 맞아 이

145) 김지하, 『남녘땅 뱃노래』, 두레, 1992, 387쪽.
146) G. Allen, *Intertextuality*, Routledge, London and New York, 2000, p.14.
147) 신경림, 「책앞에」, 『남한강』, 창작사, 1987, 3쪽.

루어진 것이라고 평가하면서 그 형식과 내용에서 서정성이 서사화된, 혹은 서사성이 서정화된 것으로 본다.[148] 『남한강』의 이러한 시적 특성에 대해 윤영천은 남한강변의 농민들이 겪는 삶의 이야기가 발랄한 생활어의 거침없는 구사, 토속적 정치가 묻어 있는 지방어의 실감나는 표현, 전래의 농경민요와 구한말·식민지 시대의 식민요, 배따라기와 무가의 적절한 삽입을 통해 생동하게 형상화되었다고 평한다.[149]

위의 평가에서 알 수 있듯이 신경림의 민요시 텍스트의 주된 장르적 특성은 서정·서사의 결합 내지는 삽입으로 볼 수 있는데, 이 역시 단일 장르가 지니는 코드가 상호 교차하면서 하나의 코드가 다른 코드를 지배하지 못하도록 하는 상호텍스트적 텍스트 전략이라고 할 수 있다. 특히나 신경림의 민요시의 경우에는 서사가 전면화될 경우, 시적 긴장감이 떨어지고, 서정이 전면화될 경우, 서사적 구성이 허술해지는 측면을 보완코자 서정·서사의 결합 매체로 '민요'가 적극 활용되는데, 이때의 민요는 한 의미체계에서 다른 의미체계로의 전위轉位 기능을 담당하는 매체로 볼 수도 있다. '민요'가 지닌 서정적 요소의 서사적 객관성으로의 전위를 통해 하나의 장르가 지니는 단일한 정서에 대한 호소를 저버리는 상호텍스트성을 창출해내는 것이다. 이에 따라 텍스트는 단일한 서정장르로부터의 이탈을 꾀할 수 있게 된다. 특히나 『남한강』이 연작 장시라는 점을 감안한다면 각각의 이야기가 서로 독립적인 요소로 사용되면서도 서로 상호 침투 하면서 전체를 구성하고 있다는 점, 그리고 각 이야기의 시점이 전부 다 달라지고 있다는 점(주관성이 강화된 1인칭 시점; 「새재」/ 객관성이 강화된 3인칭 시점; 「남한강」/ 특정화되지 않은 다시점多

---

148) 임헌영, 「신경림의 시세계」, 『남한강』, 창작사, 1987, 209쪽.
149) 윤영천, 구중서 외, 「농민공동체의 실현과 꿈의 좌절-『남한강』론」, 『신경림 문학의 세계』, 창작과비평사, 1995.

視點; 「쇠무지벌」) 등의 요소는 모두 각각의 독자성을 살리면서도 전체의 한 단위로서 자립성을 가진 개방적 구조를 형성하는 전위의 치환 요소가 된다.

고정희는 세 번째 시집 『초혼제』의 후기에서 형식적으로는 우리의 전통 가락을 여하히 오늘에 새롭게 접목시키느냐가 최대의 관건이라고 하면서 우리 가락의 우수성을 한 유산으로 남기고 싶었다는 언급을 한다. 또한 자신의 시대인식을 한국적인 언어와 풍습 속에 재조명해보고자 하는 주장을 펼친 바 있는데,150) 이러한 입장은 『저 무덤 위에 푸른 잔디』에서 굿 양식을 차용한 '굿시'로 구체화되어 나타난다.

'굿시'는 굿의 문학적 사설인 무가 장르를 차용하여 쓴 시이다. 따라서 '무가시'라고 부를 수도 있지만, 실제 작품들이 연희성을 강하게 띠고 있으므로 널리 통용되고 있는 '굿시'라는 명칭이 일반적으로 받아들여진다.151) 고정희의 굿시에서는 무녀의 '대신 말하기' 방식이 한편으로는 억압받는 여성의 현실적 지시성을 드러내는 본풀이 형식으로 나타나는가 하면, 한편으로는 주술적 연행성을 통해 현실적 지시성을 파편화시킨다. 이는 '굿'이라는 제의적 연행 공간에서 수행되는 주술적인 언어와 상관성이 있다. 이 주술적인 언어는 지시적 기능을 억제함으로써 정서적 기능을 극대화시키고자 하는 장치인데, 이것이 고정희 텍스트에서는 제의적인 교차대구법152)으로 드러난다.

제의적인 교차대구법에 의한 굿 사설 양식과 현실적 지시성의 상호텍

---

150) 고정희, 「후기」, 『초혼제』, 창작과비평사, 1983.
151) 고현철, 『현대시의 패러디와 장르이론』, 태학사, 1997, 137쪽.
152) 교차대구법, 혹은 교착대구법(chiasmus)은 수사학에서 쓰이는 문체의 일종이다. 대구와 어순전환을 합친 어법이다. 이 어법은 반복되는 요소들의 순서를 뒤바꿈으로써 대립되게 하는 반복의 문체이다(Philip Kuberski, *Chaosmos*, State University of New York Press, 1994, p.71).

스트적인 관계는 주술성과 사회성 둘 다 보여주는 것으로, 억울하게 죽은 영혼들을 달래는 신의 목소리와 본풀이 대상인 '어머니'의 지시적인 발화가 상호 교차되면서 텍스트의 치환, 변형이 일어나고 있다. 이로 인해 단일한 서정적 코드라는 폐쇄성에서 이탈하여 상호텍스트적 성격을 갖게 되는 것이다. 주술성과 지시성의 교차대구적인 상호텍스트적 전위는 죽은 자의 해원을 비는 굿이 사실은 살아 있는 자들의 현실적인 인식으로 역사화되고 있음을 드러내는 의미화로 기능하여 텍스트의 복수성을 실현한다. 의미의 복수화 차원에서 보자면, 굿시 텍스트 역시 열린 텍스트로서의 기능을 한다. 이는 하나의 텍스트를 고립되고 개인적인 대상으로 만들기보다는 개인적 텍스트와 사회적 텍스트가 서로 교차하고 충돌하는 역동적인 텍스트성을 이루어내는 것으로, 폐쇄적인 장르의 단일 코드에서 벗어나 탈 장르적인 열린 텍스트로 기능하는 것이다.

2) 사회적 방언의 전위(轉位)와 문화적 텍스트의 구성

상호텍스트성이란 텍스트와 텍스트 사이의 관계를 규제하고 구성하는 기능들의 그물망이라고 할 때, 그 텍스트는 문학 텍스트뿐만 아니라 문화적 텍스트, 다른 모든 담론들, 이야기하고 말하는 방식, 우리가 문화라고 부르는 것을 구성하는 제도적으로 승인된 구조들과 체계들로 양식화된 것으로 구성된다. 이런 의미에서 텍스트는 개인적이거나 고립적인 것이 아니라, 문화적 텍스트성의 편집물로 볼 수 있다.153) 이런 맥락에서 보자면, 민중시 텍스트에서 구성되어진 상호텍스트성은 과거 민중들의 생활상과 공동체의 정서적 감응을 재구하는 문화적 텍스트로서의 기능으로도 볼 수 있다. 따라서 민중시에서 드러나는 상호텍스트성은 당대의

153) G. Allen, 앞의 책, p.36.

지배계급에 의해 전유된 민족주의 이데올로기에서 제외되었던 민중들의 발화를 현재의 발화로 전위시킴으로써 과거 민중들의 발화가 가진 사회적 의미, 효능 장치를 재맥락화하는 시적 전략이라고도 할 수 있다. 이는 민요에 대한 신경림의 다음과 같은 입장에서 확인할 수 있다.

> 근대시가 이 땅에 심어진 지도 70~80년이 지나 거의 1세기가 되어 갑니다. 그 동기나 과정이 어떻든, 그것이 문학 형식으로 충분하든 그렇지 못하든 간에 이미 그것은 남의 것이 아니고 우리 것입니다. 이제 우리 시에 종사하는 사람들이 해야 할 일은 그것을 참다운 주체적인 시로 바꿔놓음으로써 우리 시를 한 단계 높여 나가야 한다는 것입니다. (중략) 우리 시를 주체적인 시로 올려놓는데 민요가 중요한 역할을 할 수 있지 않을까 저는 생각합니다. (중략) 민요는 근대문학이 이루어지기 전에 우리 민중 문학의 가장 중심에 있던 문학이었으며, 또 가장 오래된 것이기도 합니다. 즉 민요로 눈을 돌린다는 것은 근대시 전체를 부정한다는 것이 아니라 근대시 이전의 문학 형식인 민요를 다시 살피고 뒤져봄으로써 근대시에서 상실된 우리 것을 구체적으로 찾아내서 그것으로 우리 근대시를 보완하자는 것입니다. (중략) 또한 우리는 민요를 통해 민중적 서정성을 배우고, 민요의 운율을 통해 민족적인 운율을 접할 수 있습니다. 민요의 운율이야말로 오랜 세월을 두고, 거의 우리 모든 민족 구성원의 참여에 의해서 만들어지고 수정되고 전파되면서 다듬어진 민족 운율의 정수라는 얘기죠. 더구나 민요는 민족 구성원 가운데 지배계층 등의 소수가 아닌 다수를 점하는 민중에 의해서 만들어졌다는 점 때문에 민족 운율을 민요 운율로 얘기할 수 있겠습니다.[154]

여기서 확인할 수 있는 사실은 오늘날 우리들이 민요에 눈을 돌려야

---

154) 신경림, 「민요와 현대시」, 『강좌, 민족문학』, 도서출판 정민, 1990, 78~79쪽.

하는 이유는 민요가 우리 시의 주체성을 살릴 수 있으며, 민요에는 대다수 민중들이 참여하고 전파한 민족 운율의 정수가 담겨져 있기 때문이라는 것이다. 이런 의도 속에서 신경림은 적극적으로 텍스트 속에 민요를 삽입하거나 변용, 차용한다. 이러한 민요의 차용은 모든 텍스트들은 기존 텍스트의 도치, 변환, 팽창, 그리고 병렬법의 방법에 따른 전위轉位에 의해 새로운 의미를 생산해낸다는 상호텍스트 이론155)에 기대어 볼 때, 하나의 텍스트는 또 하나의 다른 텍스트들, 텍스트의 파편들, 혹은 사회 방언의 단편과 같은 텍스트의 총체이며, 이것은 좁은 범위에서는 어휘를 공유하고, 유의어의 형태로, 혹은 반의어의 형태로도 기존에 공동체가 읽은 텍스트를 포함하는 통사론을 공유하는 것이 된다. 따라서 신경림의 '민요시' 텍스트도 '민요'라는 민중 공동체의 사회적 방언을 개인 방언으로 편집, 재주조하여 탄생된 것이라 할 수 있다.

김지하의 다음 글에서도 전통 장르에 의한 상호텍스트성이 여하히 문화적 텍스트를 구성할 수 있는가에 대한 단초를 제공한다.

> 우리는 이러한 날카로운 풍자를 우리의 전통적인 민예 및 민요 속에서 얼마든지 찾아볼 수 있다. 풍자적 표현은 언어의 특질과 깊이 관련되어 있다. 우리말의 고유한 본질과 구조, 예술적 표현, 특히 풍자에 대한 그 적합성에 따라서 민예와 민요는 풍자와 해학을 그 주된 전통으로 창조하였다. 서정민요, 노동요 등 광범한 단시들과 서사민요, 판소리의 풍자와 해학은 문학으로서의 탈춤 대사 등과 더불어 현대 풍자시의 보물 창고이다.156)

이는 김지하가 담시를 쓰면서 민요, 판소리 등의 기존 전통 장르가 현

---

155) G. Allen, 앞의 책, p.118.
156) 김지하, 「풍자냐 자살이냐」, 『민족의 노래 민중의 노래』, 동광출판사, 1984.

대 풍자시의 보물창고임을 언급한 내용인데, 김지하 담시에 나오는 과거 판소리나 민요, 탈춤 대사 등의 상호텍스트적 전위에 의해 생성되는 의미는 사회적으로 이미 존재해 있는 의미들의 상호 교차에 의해 생성된 것이기 때문에 이것이 사회적, 역사적, 문화적 텍스트로서의 기능을 하는 것이다. 예를 들어 「蜚語」라는 연작시의 세 번째 작품인 「六穴砲 崇拜」의 경우를 보자. 육지에 있는 토끼 간을 먹으면 임금의 병이 낫는다는 삼국유사의 설화를 판소리로 각색한 「龜免之說」이라는 기존 사회의 사회적 방언을 통해 이미 의미 지워진 지배자의 강압과 무능함이 구렁이알을 임신한 임금이 예수쟁이 생간을 먹으면 낫는다는 말을 듣고 예수쟁이들을 죽이려다 결국은 자멸하고 만다는 이야기로 전위되는데, 이는 학살과 공포 정치로 얼룩진 현실의 상황을 반영하면서 그 상호 교차된 이야기 속에 두 개의 상황이 포개지게 한다. 그로 말미암아 이 텍스트는 과거 민중들이 역사적으로 공유해온 의미에 새로운 의미를 겹쳐 사회적, 역사적, 문화적인 기능을 담당하게 되는 것이다.

또한 「五賊」의 경우도 마찬가지다. 「五賊」은 우리가 역사적으로 경험한 1905년 '을사늑약'을 주도한 매국노를 지칭하고 있는 기존의 사회적 방언이라고 할 수 있을 텐데, 이것이 텍스트에서는 1970년대 군사 정부 치하에서 부정부패를 일삼으며 나라를 팔아먹은 재벌, 고급공무원, 장차관, 포도대장, 국회의원 등의 인물로 전위된다. 특히나 이들 각각의 개별 인물들이 벌이는 행태를 과거 판소리 「흥보전」에서 볼 수 있는 해학과 풍자를 겹쳐 보여줌으로써 과거 기층 민중들이 공유했던 민중적 발화의 사회적 기능과 장치를 재맥락화하여 당대의 정치적 억압에 저항하는 사회적이고, 문화적인 텍스트 생산 기제가 된 것이다.

고정희의 굿시 텍스트의 경우에는 '씻김굿'이라는 형식의 차용이 주요한 상호텍스트적 전위의 지표가 된다. 고정희가 '씻김굿'이라는 형식을 차용하여 굿시를 제작한 이유는 가부장제 부성문화의 모순을 극복하려는 '대안문화' 형성과 관련하여 살펴볼 수 있다.

고정희는 지금까지 주종의 관계로 일반화된 남녀를 함께 구원하려는 해방적 차원을 지닌 동시에 새로운 사회의 비전을 제시하는 것은 모성적 생명 문화의 차원이어야 한다고 본다. 이를 위해서는 여성을 억압하고 비하시킨 사회구조와 시대적 이데올로기가 지니고 있는 신비와 은폐성을 과감하게 폭로하는 한편, 종속과 소외를 정당화해왔던 관습과 제도를 인간 해방적 차원에서 비판해야 한다고 본다. 그러기 위해서는 '누르는 자'와 '눌림을 받은 자'의 부조리한 정황을 '개인의 사건'으로 보는 것이 아니라 '역사적 사건'으로 조망하는 혜안을 잃어서는 안 된다고 주장한다. 왜냐하면 문학은 개인과 집단의 삶을 지배하는 일체의 이념 체계에 대해 끊임없이 질문하며 그것이 빚어내는 부조리한 현실에 대해 형제애의 진실로 맞서서 '사람을 위하여 사람에 의하여 사람다운 세상'을 꿈꾸는 것이기 때문이라는 것이다.157)

남녀 공히 해방되는 이러한 '대안문화'의 형성과 관련하여, '씻김굿' 형식이 주목을 요하는 것은 먼저 역사 속에서 눌림 받아왔던 여성의 종속을 여성 '개인의 사건'으로 보지 않는 데 있다. 그렇기 때문에 전통적인 남성 중심의 사회 구조 속에서 여성이 가정이라는 단위를 구성하면서 갖게 되는 관계변화, 즉 며느리, 어머니, 아내 등의 위치로 인하여 어떻게 전락하고, 또한 얼마나 열등한 존재로 인식되는가를 보여주는 삼종지도 이데올로기, 현모양처 이데올로기를 '여필종부', '삼강오륜', '부창부수' 등의 전통적인 사회적 방언과 겹쳐지게 하는 상호텍스트적 전위를 통해 여성문제의 범위를 사회 · 문화적으로 확장시켜내고 있는 것이다(『저 무

---

157) 고정희, 조형 외 엮음, 「여성주의 문학 어디까지 왔는가?—소재주의를 넘어 새로운 인간성의 실현으로—」, 『너의 침묵에 메마른 나의 입술』, 또 하나의 문화, 1993.

덤 위에 푸른 잔디』, 첫째 거리). 뿐만 아니라, 일제 식민치하, 6 · 25전쟁, 사일구 혁명, 오일륙 쿠데타, 급기야는 광주민중항쟁 등의 역사적 사건 속에 '어머니'의 수난상을 겹쳐 보임으로써(『저 무덤 위에 푸른 잔디』, 둘째 거리), '어머니'의 수난이 하나의 '개인사적 사건'이 아니라 역사 속에서 겪은 사회적이고 보편적인 것이라는 중층화된 의미를 생산해낸다. 특히나 오월 광주민중항쟁을 다룬 넷째거리에서는 '금남로', '충장로', '무등산', 등의 구체적인 지명의 제시와 항쟁 때 죽은 자들의 사실적인 이름의 나열과 병치를 통해 당시의 역사적 사건을 생생하게 현재화시킴으로써 '어머니'의 수난을 공동체적인 수난으로 전위시켜내고 이를 통해 사회적 공감을 유도해내고 있는 것이다. 이것이 '씻김굿'이라는 사회적이고 집단적인 제의 형태로 드러남으로써, 여성 문제를 해결하기 위해서는 단순히 여성문제에서 그쳐서는 안 되고, 남녀 공히 해방되는 새로운 '대안문화'가 필요하다는 사회적인 의제 제시가 되는 것이다.

3. 복수(複數)주체 창출과 아브젝트 정치학

1) 단일한 서정 주체의 해체와 대화적 갈등의 구현

크리스테바에 의하면, 텍스트는 실천이며, 생산성이다. 이 말은 텍스트들이 사회적 텍스트들의 조각으로 이루어진다면 사회 내에서의 언어와 담론을 특성화하는 이데올로기적인 투쟁과 긴장은 텍스트 그 자체 내에서 반사되기를 계속할 것이므로 텍스트는 텍스트의 단어와 문장에 사회의 대화적 갈등을 구현한다는 뜻으로 볼 수 있다.[158]

---

158) G. Allen, 앞의 책, p.36.

이 같은 대화적 갈등은 사실 바흐친이 제시한 대화주의(dialogism) 개념으로부터 비롯된 것이라고 할 수 있는데, 대화주의란 문자 그대로 인물들 사이의 대화가 아니라 발화에 참여하는 모든 인물들이 지닌 세계관, 전형적인 말하기 양식, 이데올로기적이고 사회적인 위치를 포함하며 이러한 모든 것들은 발화자의 말을 통해서 표출된다는 의미이다. 그렇기 때문에 대화주의는 하나의 '공식적'인 시점, 하나의 이데올로기적인 지위, 하나의 담론을 지정하는 세상의 어떤 관점에 대항하여 싸우는 것이 된다. 따라서 바흐친의 대화주의 개념에 의하면, 시는 언어적 단위나 수사적 전략으로만 이루어지는 것이 아니다. 시는 의미가 생산되고 교환되는, 주어진 의사소통 상황과 담론적 상황의 구조물이다. 시에서의 시행 하나, 산문에서의 한 문장은 여러 가지 기호 체계, 즉 사회적 교제와 대화, 문학적 장르와 문체적 관습, 사회적·경제적 계급 구별과 사회적 개별 언어, 사적인 혹은 적대적 언어들로 채워져 있다.[159]

이러한 대화주의 개념을 바탕으로 할 때, 민중시 텍스트에서 나타나는 다수 발화자들의 목소리는 각기 다른 모습으로 살고 있는 사람들의 차이, 담론의 차이, 이데올로기의 차이를 뚜렷하게 보여주는 텍스트 생산 기제가 된다. 민중시에서는 단일한 서정적 목소리의 시적 주체는 찾아보기 힘들며 다수의 발화주체가 창출된다. 다수 발화자들의 다양한 목소리는 그만큼의 사회적 갈등을 구현하는 시적 전략이 되며, 이를 통해 독자들은 텍스트에 드러난 갈등 구조에 참여하여 발화와 텍스트, 그리고 문화적인 네트워크를 이루어내는 것이다.

김지하의 담시에는 외화 구조에서 발화되는 판소리 광대의 목소리와 내화 구조에서 드러나는 계층 간의 목소리가 서로 충돌하면서 '다성성'

---

159) 여홍상 엮음, 『바흐친과 문학이론』, 문학과지성사, 1997, 224쪽.

의 구조를 갖는다. 먼저 외화 구조에서 발화되는 판소리 광대의 목소리
는 과거 적대적 양반 세력과의 명쾌한 갈등 구조를 보여주었던 소리꾼의
계급의식을 반영한 것이고, 내화 구조에서 발화되는 지배층과 피지배층
의 목소리는 각각 지배층과 피지배층의 입장, 세계관, 이데올로기를 반
영하는 대화적 갈등 구조를 보여준다. 이러한 갈등 구조는 주로 적대적
인 대립관계를 전면화시켜 노출시키고 있는데, 예를 들어「五賊」의 경우
에는 지배층인 국회의원, 재벌, 고급공무원, 장차관, 포도대장 등으로 표
상되는 지배층의 목소리와 힘없고, 가진 것 없어 껌팔이, 담배팔이, 거지,
양아치 등으로 분류되는 이농민인 '꾀수'의 목소리가 상호 교차하면서
지배층과 피지배층의 대립적인 갈등 상황을 드러낸다.「소리 來歷」에서
도 "돈푼깨나 있고 똥깨나 뀌는 사람들"과 사환, 급사, 뻗대기 장사 등으
로 힘겹게 살지만 월세도 못 내고 판자촌에서 쫓겨나야 할 신세인 이농
민 "안도"의 목소리는 계급 간의 대립 양상을 확연하게 보여주는 구도를
취한다. 이러한 계급 간의 대립구도는「똥바다」에 이르면 한국의 신식민
화에 열을 올리는 일본인과 이에 빌붙는 친일 군상과 학생, 공순이, 공돌
이, 농사꾼 등으로 표상되는 각 계층의 목소리로 외연이 넓어지는가 하
면,「장화 삼촌」과「김흔들 이야기」에서는 인민군, 미군, 국군, 중공군
등 6 · 25 전쟁 와중에서 지배층의 이데올로기를 대변하는 목소리와 여
기에 맞서는 농투산이 인물들의 목소리를 드러냄으로써 사회적 갈등구
조를 선명하게 보여준다.

　김지하 담시에 나타나는 계급 간 대립적인 목소리의 충돌은 사실, 당
대의 각 계급이 지닌 이데올로기의 첨예한 갈등을 하나의 투쟁 양상으로
드러내는 언어적 실천에 다름 아니다. 왜냐하면, 확립된 이데올로기 기
호라고 할 수 있는 지배적인 이데올로기 기호는 언제나 다소 반동적인,
말하자면 사회의 생성 과정에 따른 변증법적인 흐름에 있어서 선행 요소

를 안정화 시키려는 시도가 항상 있게 마련인데,160) 지배 이데올로기적인 기호를 하나의 굴절되고 왜곡된 것으로 만들어 우화의 수준으로 전락시키는 것은 사회적으로 혁명적인 시대에나 가능하다는 점에 미루어 볼 때, 김지하의 언어적 실천은 사회적 실천으로서의 등가성을 갖는다고 해석 가능하다.

신경림의 경우를 보자면, 초기시에는 주로 단일한 시적 주체의 목소리에 의해 내부의 갈등 구도가 제시되지만 「남한강」이나 「쇠무지벌」에 이르러서는 양반층과 지배층, 그리고 지식인 계층, 하인 계층, 상인 계층, 사공, 술집 논다니, 마을의 풍물 두레패 등 과거 한 마을에서 공존했던 온갖 계층의 인물군들이 등장하여 각각의 발화가 다양하게 이루어진다. 이들의 다양한 발화 구도는 양반층과 마을의 소작인 층, 혹은 하인 계층의 대립구도를 통한 갈등을 드러내기도 하지만, 피지배 층 내부의 여러 군상들의 입장과 이해관계를 보여주는 구도도 보여준다. 이를 통해 같은 계층 내부에서의 갈등과 연대의 구도를 동시에 보여준다. 특히나, 「쇠무지벌」에서 주로 등장하는 마을 풍물패의 주력꾼인 두레꾼의 신명 넘치는 발화는 사라져가는 농민계급의 비생산계급에 대한 강력한 투쟁의지를 보여주는 것으로, 생산 계급이 지닌 계급적 신명의 발현으로 볼 수 있다.

고정희의 굿시에서 등장하는 무당의 발화는 무당이 신분적으로 최하층계급이었음에도 불구하고 공동체의 사제 역할을 담당했다는 점으로 미루어 보아 사실상 '가장 밑바닥 인간'이 '가장 최고'의 기능을 수행한다는 역설을 통하여 하층 계급의 해방력을 드러내는 언어적 실천이 된다. 또한 굿이 지닌 구어체적인 언어 방식은 수많은 타자들이 자유롭게 대화할 수 있는 연행의 공간을 가능하게 한다는 점에서 눌린 계급의 대명사

160) M. 바흐젠 · V. N. 볼로쉬노프 지음, 송기한 옮김, 『마르크스주의와 언어철학』, 한겨레, 1998, 35쪽.

인 '어머니'의 발화, 광주 항쟁 희생자들의 발화, '매기는 소리'와 '받는 소리'로 드러나는 굿의 참여자들의 발화는 눌린 계급의 해방을 지향하는 언어적 실천이 되며, 이에 따라 텍스트는 사회적 모순의 투쟁 과정에 연결된다.

2) 아브젝트의 회귀와 지배담론의 전복

민중시가 단일한 서정 주체의 해체를 꾀함으로써 각 계급의 다양한 목소리의 창출을 시도했다는 것은 그만큼 다양한 계급의 입장과 세계관 등을 제시하여 우리 사회의 모순과 갈등을 문학적 차원에서 드러낸 것이라 할 수 있는 바, 이의 사회적 함의는 '아브젝트의 정치학' 차원에서 살펴볼 수 있다.

'아브젝트abject'는 유아가 나와 타자 사이의 경계를 개발하려고 타자들과 자신을 분리하기 시작할 때 자신의 일부인 것처럼 보이는 것을 몰아내는 과정(아브젝시옹abjection)[161])에서 유아가 혐오하고 거부하여 거의 폭력적으로 배제하는 것을 뜻한다. 즉 주체는 아브젝시옹 과정을 통해 '자기 자신'에게 '다른' 것으로 판단되는 것을 배제하고 추방함으로써

---

161) 크리스테바는 유아가 어머니 및 환경과 미분화된 상태에서 벗어나는 과정을 아브젝시옹(abjection)의 과정으로 기술한다. 유아는 자신의 깨끗하고 적절한 자아의 일부가 아닌 것을 육체적으로 그리고 정신적으로 추방함으로써 그렇게 한다. 이러한 방법으로 유아는 발달 과정의 거울 단계에 이르기 전에, 언어를 배우기 전에 분리된 '나'의 감각을 개발하기 시작한다. 그러나 아이가 추방한 것은 단 한 번만으로 사라지지 않는다. 추방된 것들은 주체의 의식에 끊임없이 출몰하고 의식 주변에 남아 있다. 주체는 이 추방된 것에서 혐오와 매혹을 동시에 느끼고, 그래서 그의 자아경계들은 역설적이게도 지속적으로 위협받는 동시에 유지된다. 자아 경계는 추방된 것이 그 경계를 부수기에 충분할 정도로 매혹적이기 때문에 위협받으며, 그러한 붕괴의 두려움이 주체로 하여금 방심하지 않게 해주기 때문에 유지된다(노엘 맥아피, 이부순 옮김, 『경계에 선 줄리아 크리스테바』, 엘피, 2007, 98~99쪽).

주체로서의 특권적 위치를 구현하게 된다는 것인데, 이와 마찬가지로 사회 역시 경계를 설정한 뒤, 반사회적인 요소를 배제하거나 추방함으로써 사회적 질서를 확립한다.

크리스테바의 이러한 아브젝트와 아브젝시옹 이론은 우리 사회의 문화적·상징적 질서가 분리와 배제의 논리, 경계 설정에 따른 동일화의 메커니즘에 의존한다는 것을 보여준다. 그러나 이때 추방되는 것은 결코 다 제거되지는 않는다. 그것은 유아의 경험 주위를 배회하며, 유아의 모호한 자아 경계를 끊임없이 위협한다. 어떤 것이 단지 억압되는 것이 아니라 추방된다는 것은 그것이 의식에서 전적으로 사라지지 않음을 의미한다. 그것은 의식적인 위협으로 남는다. 따라서, 이 아브젝시옹은 한 개인의 발달 과정에서 지나가버리는 단계가 아니라, 그 사람의 삶 전체에 걸쳐서 반려자로 남는다. 사회적 차원에서도 마찬가지이다. 사회가 질서의 확립을 위해 배제시키고 추방시켰던 것들은 영원히 사라지는 것이 아니라 늘 회귀하면서 그 사회의 정체성을 동요시키고 교란시키는 기제가 된다. 그를 통해 사회의 정치, 도덕, 종교, 언어의 권위는 위기를 맞이하게 되고 그 권위의 베일은 벗겨지게 된다.162)

이런 맥락에서 보자면, 민중시에서 볼 수 있는 과거 밑바닥 민중 주체들의 발화와 발화 양식은 근대화와 산업화의 논리에 밀려 추방되거나 배제되었던 아브젝트의 회귀 양상을 드러냄으로써 권력과 지배 논리가 강요했던 단일한 주체성을 거부하고 삶의 충만함과 완전함, 즉 민중들의 온전한 삶의 에너지를 회복하고자 했던 반란이자 투쟁이라고 볼 수 있다. 특히나, 이들 민중시에 등장하는 발화자들의 다수가 모두 산업화 사회와 근대화를 지향하는 과정에서 사회 질서를 위해 어떤 식으로든 사회

---

162) 켈리 올리버, 박재열 옮김, 『크리스테바 읽기』, 시와 반시, 1997, 161쪽.

에서 추방당하고 쫓겨나야만 했던 '민중'(농사짓고 살기 힘든 시골에서 오직 밥 벌어 먹고 살아야겠다는 일념으로 서울에 올라왔지만, 인간 대접도 받지 못한 채 살아가야만 하는 도시빈민, 비료값도 안 나오는 촌구석에서 분노와 한을 삭이며 조상대대로 살아오던 고향마저 뺏기고 살아가는 대다수 농민, 가부장제 아래에서 역사 속의 고난을 통째로 뒤집어 쓴 채, 어디에도 하소연 할 길 없이 한 맺힌 삶을 살아야 하는 어머니 민중, 광주민중 항쟁 때 군부독재와 맞서 끝까지 도청을 사수하며 싸우며 죽어갔던 광주의 룸펜, 공장 다니는 아들·딸들, 홍등가 아가씨들, 식당 조바, 구두닦이 등)이라는 점에서 이는 지배 체제의 동화·포섭의 담론에 파열을 꾀하는 거부이자 근대화와 산업화, 관官 주도의 민족문화, '정의사회구현'(제5공화국의 지배 이념) 등을 역설하는 지배체제에 하나의 공포로 기능하는 사회적 실천에 다름 아니다. 지배 권력의 입장에서 보자면 부정되고 배제되어야 할 것들이 만연하는 현상은 자신들이 지향하는 통제와 구획의 경계선이 흔들림을 의미하기 때문이다. 따라서 민중시에 드러난 아브젝트의 회귀과 그것의 전복 작용은 당대 지배사회의 폐쇄성과 폭압성을 뚫고 나올 수 있는 문화적 '반항'163)의 의미이자 효과로 기능한다.

---

163) 크리스테바는 인간의 행복이란 오직 반항의 대가로만 존재한다는 사실을 역설하며, 사회적인 측면에서도 '정상화하는 질서'는 그다지 완벽하지 못하다고 본다. 따라서 사회가 움직이고 발전되어 나가고, 고여 있지 않으려면 '반항 문화'가 무엇보다도 필요하다고 본다. '반항의 경험'만이 인류를 위협하고, 인간성의 로봇화로부터 인간을 구원해줄 수 있다는 것이다. 그리하여 문학의 역할은 '반항 경험'의 가치를 명료화하고 철학적으로 밝혀내는 데 있다고 주장한다(줄리아 크리스테바, 유복렬 옮김, 『반항의 의미와 무의미』, 푸른숲, 1998, 28쪽).

제6장
마무리

이 글에서는 1970, 1980년대 민중시 텍스트의 언어적 실천을 시적 언어의 '부정성(negativity)'이라는 개념을 통해 규명해보았는데, 여기에서 언급한 시적 언어의 '부정성'이란 상징계 내에서의 기호계의 산출과정으로 볼 수 있다. 이것은 판단 주체의 행위로서의 부정(negation)과는 구별되는 것으로, 기호계가 상징계의 언어를 수정, 변형시켜 상징계를 공격하고 위협하는 것이며, 이러한 것은 음성·어휘·통사의 변형과 아울러 리듬이나 어조 등으로 드러난다. 이 같은 시적 언어의 '부정성' 개념은 1970, 1980년대 민중시 텍스트에서 지배적인 요소로 넘쳐났던 언어의 육체성과 물질성을 해명할 수 있는 단서가 된다.

주지하다시피, 1970, 1980년대 민중시는 시대적 억압에 저항하는 민중들의 육성을 체현하는 시 양식으로 존재해왔다. 이는 시가 갖는 언어의 물질성과 육체성을 전면화시켜 당대 지배질서의 억압과 논리에 대한 충동적 거부를 체현한 것으로 볼 수 있는 바, 이러한 언어적 실천은 당대의 사회적 지배질서로 정립된 이념과 논리를 재현하는 언어적 상징계에 대한 거부이자 투쟁으로 볼 수 있기 때문에 민중시의 '부정성' 연구는 민중시에 나타난 시적 언어의 특성이 당대 사회의 사회적 실천으로 여하히 기능하고 있는가를 밝히는 작업이 될 수 있다.

김지하의 '담시'에 나타난 부정성의 표지는 리듬이나 구문의 반복, 의성어, 파라그람, 형태-통사론적 파괴를 통해 드러나는데, 이러한 부정성의 표지는 모두 다 상징계의 의미화에 맞서 텍스트 내에 자신의 육체적 충동성을 이동시키고 변형시키고자 삽입된 기호계적 맥박인 바, 이는 기호계와 상징계의 경계 선상에서 이질적 요소들이 충돌하면서 생겨나는 의미생성과정의 표지로 기능한다.

김지하 '담시'에 나타나는 담론의 파열과 생동하는 언어의 육체성은 이러한 이질적 요소 사이의 파괴적이며, 유동적인 의미생성으로 포착되는 바, 이때의 언어의 육체성은 물질의 이질적 거부-자유로운, 혹은 일차적인 에너지-가 표상체의 구조 그 자체 속으로 침입할 때 드러나는 것으로, 이질적 요소 간의 투쟁 그 자체를 실현한 것으로 볼 수 있다. 이 실현은 주로 상징계적인 언어의 정립상에 대항하여 의미의 차별화를 생성하는 시적인 언어의 부정성을 낳는데, 이것을 바로 언어의 '신명'이라고 부를 수 있을 것이다. 이는 상징화 과정 속에 삭제된 시적 주체의 강력한 육체적 충동을 언어 속에 강하게 드러나게 함으로써 청자에게 거부의 에너지를 전이시키는 장치가 된다.

신경림의 '민요시'에서 포착할 수 있는 부정성의 표지는 '가락', 즉 리듬이다. 신경림의 텍스트에서는 리듬이 지배적인 시니피앙으로 작용하면서 의미생성의 기제가 된다. 이 음악성은 시와 산문을 구별하는 대표적인 자질로 흔히 언급되지만, 크리스테바에 의하면 시는 언어의 음성학적 재료에 리듬을 부과하여 만들어낸 기호계의 장치이다. 시적 주체는 긴장과 이완을 바탕으로 하여 자기 내부의 충동을 시 텍스트에 각인한다. 따라서 기호계의 장치는 언어의 상징계 기능 너머에 있는 시적 주체의 충동을 드러내는 장치이다. 거기에 각인된 초언어적 리듬은 명제적 요소-정립상-에 의하여 아직 흡수되지 않은, 아니면 그것을 벗어나는 주체의 충동과 접속시켜 준다. 따라서 시 텍스트에 나타나는 음소, 형태소, 어휘소 등의 반복으로 드러나는 리듬은 시적 주체의 여러 충동의 분출과 재배치에 관련되어 의미생성을 하는 것으로 볼 수 있다.

신경림 텍스트에서의 리듬 장치는 음소, 음운의 반복, 어휘나 구문에 의한 병행과 반복, 휴지부의 반복, 정형률 등으로 나타난다. 이러한 리듬 장치는 대상이나 외적 현실에 대한 시적 주체의 육체적 충동의 기입 양상을 잘 보여준다. 초기시의 경우를 보자면 이러한 리듬장치는 소외된 현실을 드러내는 의미론적 단절과 리듬적 단절의 긴장과 길항 작용을 통하여 시적 주체의 에너지가 힘겹게 대립하는 이른바 '한'의 응축 양상으로 드러난다. 그러나 민요가락이 전면화되어 나타나는 텍스트에서는 이러한 거부의 움직임은 절망과 허무로 가득 찬 세계에 대한 지시작용과 일시적으로 융합함으로써 '한'의 이완 양상으로 드러나기도 한다. 이것은 거부가 일시적으로 뒤로 물러나면서 형성되는 충동의 배치변형이라고도 할 수 있을 것인데, 이 경우 신경림의 텍스트에서는 구순성이 전면화되어 드러난다. 억압적인 에너지를 공격적으로 방출하기보다는 음악적 리듬에 의지하여 에너지의 적정량을 유지하면서 긴장의 이완을 도모하는 양상으로 드러나는 것이다. 또한 민중 집단의 투쟁 의지를 다루는 부분에서는 리듬의 과잉성이 충동의 방출을 이루어 집단적인 신명 에너지로 전환되어 드러나기도 한다. 이 리듬의 과잉은 지시성을 과장시키고 청자의 공명을 자극하여 감정의 분출을 이루게 한다.

고정희의 '굿시'의 경우에는 모성적 육체성의 회귀, 즉 코라적 맥박을 통한 상징계에 대한 거부가 부정성의 주요 표지를 형성한다. 특히나 『저 무덤 위에 푸른 잔디』에서 드러나는 '본풀이' 과정은 반복적 대구, 등가적 통사구조의 나열, 반복구문 등을 통해 코라적 리듬을 형성하는데, 이 코라적 리듬은 로고스 중심적인 선조성을 파괴시키면서 여성이 받은 고통에 대한 풀이 과정을 남성적 상징체계에 의존하기보다는 어머니의 '몸말'을 통해 해소하게 하는 의미장치가 된다. 또한 무당의 대신 말하기 방식에 의한 제의적 대구는 '어머니'가 당한 수많은 외상적 사건을 회상하게 하여 그것을 말로 표출하게 함으로써 가슴에 쌓인 한을 씻어내리는 해소 기능을 한다. 이 해소의 과정은 상징적인 지시체계 속에서는 구현되기 어려운 과정이다. 따라서 굿 사설 속의 언어는 무엇보다 상징체계를 뚫고 나오는 육체적 물질성을 담보해내는 '부정성'의 표지가 된다.

크리스테바에 의하면, 언어의 육체성(시니피앙의 물질성), 즉 소리의 발성은 이미 상실된 모체를 재생시키고 재획득하기 위한 정신적인 노력의 일환이다. 그리하여 이 같은 발성들은 가장 물질적인 언어의 가능성들에게로 이르게 하는 낭랑한 시어들 속에 사로잡혀 있게 한다. 분리 가능한 육체로 개별화되기에 앞서, 혹은 그와 동시적으로 육체적 관계들의 물질성은 언어적 관계들의 물질성으로 치환된다. 그리하여 시니피앙의 물질성은 상실된 모체의 물질성의 치환된 반복이 된다. 이러한 의미에서 물질성은 반복 가능성 속에서, 그리고 반복 가능성을 통해 구성된다. 고정희 텍스트에서 드러나는 부정성의 표지는 전반적으로 어머니의 몸, 코라적 리듬을 통해 상징계적인 문법성을 약화시키고 그 두터운 사회적 억압 장치를 풀어주는 기제가 된다.

이상의 과정을 통해 살펴본 1970, 1980년대 민중시 텍스트에 드러나는 시적 언어의 '부정성'은 상징화 과정 속에 삭제되었던 육체적 충동을 언어 속에 자리잡게 하는 에너지의 이동장치로 기능하는데, 이는 논리, 로고스로 드러나는 상징계적 질서에 저항하고자 하는 '거부', '부정성'의 증언이라는 크리스테바의 입장과 등가성을 형성한다. 즉, 언어의 물질성의 전면화는 상징계의 고정된 정립상에 저항하는 거부, 부정성으로서, 이는 각 주체의 육체적 충동이 언어의 물질성을 통해 상징계로 표상되는 사회적 질서를 거부하는 하나의 실천 과정이 되는 것이다. 이 부정성을 통해 이들 민중시 텍스트는 당대 사회가 부과한 억압을 폭발시키고 기존의 모더니즘적 난해시나 심미주의적 시와는 차별화된 민중의 '육성'을 실어나르는 언어적 실천이 된 것이다.

이 같은 언어적 실천을 통한 표상 체계의 전환은 당대의 사회적인 모순에 대한 투쟁으로도 기능을 하여, 당대의 정치문화에 대한 동일화를 거부하는 문화적 반항 현상을 낳았다. 또한, 부정성을 통한 시적 언어의 역동성은 주체와 사회에 부과된 한계를 확장하여 시사詩史적인 차원에서도 새로운 언어적 실험의 도가니가 되었다. 독자가 민중시 텍스트를 통해 확인할 수 있는 것은 바로, 이 언어적 물질의 도가니, 즉 텍스트가 열어 제치고 있는 육체적 충동−물질(언어)−의 사회적인 이동과정이며, 이를 통해 당대 독자들은 억압에 저항하는 거대한 '신명'을 함께 누릴 수 있었던 것이다.

한편, 민중시의 주요 특성으로 거론되는 전통 장르와의 상호텍스트적인 전위 양상을 살펴봄으로써, 이를 통해 민중시가 지닌 열린 텍스트성, 문화적이고 사회적인 텍스트성을 구현하는 언어적 실천 과정을 밝혀볼 수 있었다. 김지하의 담시는 '판소리' 사설에 반영되었던 기층 민중 발화의 재활성화를 통해 단일한 장르 코드를 해체하는 탈 장르적 열린 텍스트로서의 지향성을 갖는다. 신경림의 민요시는 '민요'라는 민중 공동체의 사회적 방언을 개인 방언으로 편집, 재주조하여 개인적이고 폐쇄적인 서정 장르로부터의 이탈을 꾀하였으며, 고정희는 '씻김굿'이라는 사회적이고 집단적인 제의적 양식을 통해 역사적 사건을 생생하게 현재화시킴으로써 '어머니'의 수난을 공동체적인 수난으로 전위시킨다. 이를 통해 여성 문제를 해결하기 위해서는 단순히 여성문제에서 그쳐서는 안 되고, 남녀 공히 해방되는 새로운 '대안문화'가 필요하다는 사회적인 의제를 제시한다.

또한 민중시에서 드러나는 복수複數 주체의 창출은 단일한 서정 주체를 해체하며 다수의 발화를 통해 집단 간, 계층 간 대화적 갈등의 구현 양상을 보여주는데, 이러한 언어적 실천 과정은 무엇보다도 각기 다른 모습으로 살고 있는 발화자들의 세계관의 차이, 담론의 차이, 이데올로기의 차이를 뚜렷하게 보여주는 텍스트 생산 기제가 된다. 민중시에서 창출된 다수 발화자들의 다양한 목소리는 그만큼의 사회적 갈등을 구현하는 시적 전략이 되며, 이를 통해 독자들은 텍스트에 드러난 갈등 구조에 참여하여 발화와 텍스트, 그리고 사회적인 네트워크를 이루어내는 것이다.

아울러, 민중시에서 볼 수 있는 과거 밑바닥 민중들의 발화와 발화 양식은 근대화와 산업화의 논리에 밀려 추방되거나 배제되었던 아브젝트의 회귀 양상을 보여주는데, 이는 권력과 지배 논리가 강요했던 단일한 주체성을 거부하고 삶의 충만함과 완전함, 즉 민중들의 온전한 삶의 에너지를 회복하고자 했던 반란이자 투쟁이라고 볼 수 있다. 이것은 지배 체제의 동화 · 포섭의 담론에 파열을 꾀하는 거부이자 근대화와 산업화, 관官 주도의 민족문화, '정의사회구현' 등을 역설하는 지배체제에 하나의 공포로 기능하는 사회적 실천에 다름 아니다.

이 글은 1970, 1980년대 민중시에 대한 기존의 연구가 리얼리즘이나 사회적이고, 역사적인 담론들과만 연계되어 논의되어왔던 측면을 비판하고 민중시가 지니고 있는 언어적 특성을 최대한 살리면서, 그 언어적 특성이 여하히 사회적 실천과 연계될 수 있을까에 대한 고민으로부터 출발되었다. 리얼리즘과 모더니즘, 혹은 문학의 사회성과 자율성 등의 이분법적인 구도를 넘어서, 주체와 언어, 사회 제도를 동시에 관통하는 시적 언어의 '부정성' 개념을 방법론으로 도입하여 민중시의 언어적 특성이 여하히 사회적 실천으로 기능할 수 있는가에 초점을 맞추어 연구를 진행시켰다. 따라서, 기존의 민중시 연구가 놓치고 있었던 민중시 텍스트의 언어적 특성에 주목하였다는 점에서는 의의가 있다고 할 수 있을 것이다. 하지만, 그동안의 민중시 연구가 지니고 있었던 이분법적인 연구의 간격을 얼마만큼 메울 수 있었는가에 대해서는 부족한 점이 많다. 이 점, 앞으로의 연구 과제로 남기고자 한다.

제2부

1980년대 해체시와 부정성의 시학

제1장

들머리

1. 1980년대 해체시와 시적 언어의 부정성

　이 책의 제1부에서는 1970, 1980년대 민중시의 언어를 시적 언어의 부정성 측면에서 살펴보았다면, 제2부에서는 비슷한 시기에 민중시와는 또 다른 양상으로 시적 언어를 통해 언어적 실천을 감행했던 1980년대의 해체시를 살펴보고자 한다.

　민중시나 해체시 모두 1970, 1980년대 주요한 시적 경향으로 언급되지만, 지금까지의 논의에 의하면 이들은 리얼리즘 계열과 모더니즘 계열의 시로 구획된 이분법적인 동선을 따르면서 언급되어 왔음을 부정할 수 없다. 민중시는 리얼리즘과 결부되어 재현, 반영, 묘사 등과 관련된 전언 차원의 논의가 주를 이루었고, 해체시는 모더니즘, 더 나아가 포스트모더니즘과 관련하여 주로 그 기법적인 측면에 초점을 맞춘 논의들이 주를 이루었던 것이다. 이러한 논의들은 당시의 민중시나 해체시를 시 장르의 하위 종으로 분석할 수 있는 나름대로의 유효성을 발휘할 수 있으나, 동일한 시대의 사회적, 문화적 자산을 공유한 시적 경향의 상호작용을 배제한 폐쇄적 자동회로에 갇히는 한계점을 지닐 수 있다. 따라서 이 책에서는 1970, 1980년대의 시대적 정황에 따른 시적 대응이라는 큰 틀에서 민중시와 해체시를 아우를 수 있는 시적 언어에 대한 모색을 통해 이 틀 안에서 민중시와는 다른 시적 특질을 보여준 해체시에 접근해보고자 한다.

1980년대 해체시는 당대 사회의 모순과 부조리, 관습에 대한 저항 또는 기존 시의 문법에 대한 파괴의 성격을 지닌다는 점으로 요약된다. 통사 파괴나 형태 파괴 등의 아방가르드적 요소를 도입한 일종의 전위시로 평가받는 해체시는 억압적인 현실에 대한 부정이자, 현실을 지배하는 질서에 대한 파괴이며, 부당한 질서를 구성하는 아버지(상징계)에 대한 거부였다는 점에서 대체로 일치된 평을 받은 바 있다. 즉 전위적 경향의 시로 평가받을 수 있는 시적 언어와 형식적 변혁을 보여주었다는 것이다. 해체시의 시적 경향에 대한 이러한 평가는 이들의 시적 언어에 대한 새로운 시각을 필요로 한다.

시사詩史적 측면에서 보았을 때, 해체시에 나타난 이러한 언어와 형식의 변화는 시적 주체의 인식의 변화와 밀접한 관련이 있다. 즉 시적 언어와 형식은 현실 인식의 수단이자 대응인 것이다. 이는 황지우가 폭압적인 현실 속에서 '의미를 박탈당한 언어의 난센스', 즉 지배이데올로기에 대한 저항의 수단으로 형태파괴를 구사했던 점에서 단적으로 드러난다. 따라서 당대 현실에 대한 시적 대응이라는 차원에서 부상한 해체시의 변혁성을 해명할 수 있는 인식 틀은 시적 언어를 통해 현실의 억압과 이데올로기로부터의 해방을 추구하였다는 점에 초점을 맞추어 설정되어야 한다.

문학이론 차원에서 볼 때, 일반적인 의사소통의 언어와는 다르게 시적 언어를 규명했던 입장은 다양하다. 시적 언어는 의미 차원이 아니라 존재 차원을 지향한다고 보았던 사르트르에서부터 의미를 모호하게 전달하는 것(ambiguity)이라고 보았던 앰프슨, 시어에는 메시지의 물리적 존재 자체에 주의를 집중하도록 만드는 기능이 우세하다고 보았던 야콥슨에 이르기까지 다양한 영역에 걸쳐져 있다. 이처럼 다양한 입장에도 불구하고 이 입장들이 공통적으로 함의하고 있는 시적 언어에 대한 입장은 투명한 의사전달 도구로서의 일반 언어의 기능을 거부한다는 것이다. 그래서 시적 언어는 의미의 동질성이 아니라 의미에 혼란을 주거나 새로운 의미를 개방하고 산출해냄으로써 일반 언어에 대한 거부를 지향한다.

의미의 동질성과 일상적 의사소통, 정보 전달 수단으로서의 언어에 대한 거부이자 정태적인 언어 체계에 대한 의도적인 위반으로서의 시적 언어는 관습적인 사회를 대변하는 언어에 파괴와 파열을 가함으로써 기존 사회의 담론의 한계와 그 담론에 의해 억압받고 배제되었던 것을 증언하는 역할을 맡는다. 따라서 이런 기능을 맡은 시적 언어는 정치적, 사회적 실천에 비할 수 있는 언어적 실천이라고도 할 수 있다. 이때의 언어적 실천은 사회적으로 강요되는 동일화, 포섭, 불변성에 저항하면서 사회적 모순을 드러낸다는 점에서 정치적 지평을 겨냥하게 되는 것이며, 이 과정에서 시적 주체의 쇄신(변화)과 사회적 쇄신을 주도해나간다.

2부에서 살펴볼 1980년대 해체시에 나타난 시적 언어의 부정성 연구는 앞서 1부에서 언급한 바 있는 줄리아 크리스테바의 부정성(Nagativity) 개념이 해체시의 경우에는 어떻게 작용하여 이들 시가 시대적 모순에 대한 거부와 부정의 정신을 담은 전위적 시로 기능할 수 있는지 탐색하는 과정을 보여줄 것이다. 해체시는 당시의 민중시가 억압적이고 모순된 상황에 대한 보다 직접적인 부딪침을 드러내는 육발肉勃의 언어로 시적 언어의 부정성을 구현해낸 것과는 달리 장르해체, 통사파괴, 형태파괴, 욕설, 비어, 아이러니, 유머, 상호텍스트성 등의 여러 장치를 통해 시적 언어의 부정성을 보여준 것으로 파악된다. 이러한 시적 언어의 대두는 그 시대의 부정정신과 파괴 정신이 강력히 작용한 것이라 할 수 있는 바, 이를 통해 1980년대 해체시는 당대 사회가 부과한 억압을 폭파시키고, 지배이데올로기에 대한 동일화를 거부하는 언어적 실천을 낳은 것이다.

시적 언어를 이처럼 언어적 실천 차원에서 바라보고자 할 때 가장 핵심적인 관건은 언어와 주체의 관계에 대한 해명일 것이다. 일반적으로 정립과 명제 성립을 논리적 귀결로 삼는 정태적인 언어학은 언어와 주체의 통일성을 전제로 진행되는 것이기 때문에, 기존 담론에 대한 전복과 파열을 꾀하는 시적 언어에 대한 해명을 할 수 없다. 따라서 기존 언어에 대한 파열, 균열, 전복을 통해서 새로운 의미를 생산하는 언어적 실천으로서의 시적 언어를 논하고자 할 때는 기존 언어의 체계와 이 체계에 균열을 내는 또 다른 체계로서의 구조를 상정할 수밖에 없으며, 양자 간의 관계 역시 고정된 것으로 존재하기보다는 끊임없이 이행하고 운동하면서 의미를 생성하고 또 소멸시키는 움직임의 과정으로 존재해야 한다. 그렇다면 이 과정에서의 주체 역시 고정되고 동일한 주체로 설정될 수 없으며, 주체 역시 끊임없이 생성과 소멸의 움직임을 수행하는 주체이자 단일한 정체성에 반항하는 저항적 주체일 수밖에 없다.

결론적으로, 1980년대 해체시의 시적 언어와 주체에 대한 시학적 규명은 기존 언어에 대한 위반과 파괴를 통해서 존재 의의를 갖는 시적 언어의 고유한 속성(=부정성Nagativity)으로부터 그 근거를 찾아볼 수 있는 바, 이는 기법 차원의 해명으로 막을 내려버린 그간의 해체시 연구나 비평의 한계점에 대한 문제제기가 될 것이며, 해체시의 변혁성과 저항성은 시학적으로 어떻게 규명될 수 있는가에 대한 하나의 방법제시가 될 것이다.

2. 연구대상 및 기존 논의 검토와 문제제기

제2부에서 다루게 될 해체시의 연구 대상은 1980년대 해체시의 대표 시인으로 거론되는 박남철과 황지우의 해체시 텍스트이다. 박남철의 경우에는 일명 '유희적 해체'로 불릴 만큼 그의 해체시적 특질을 가장 잘 보여주는 '웃음'에 대한 분석과 고찰을 중심으로 텍스트에 나타난 시적 언어의 부정성을 살펴볼 것이며, 황지우의 경우에는 그의 시론인 '시적인 것' 것을 바탕으로 그의 해체시에서 드러난 상호텍스트성이 여하히 시적 언어로 기능하는지 살펴볼 것이다. 이는 이들 해체시의 저항성과 전복성에 대한 시학적 규명의 단초가 될 것이다.

한국 현대 시사詩史에서 박남철은 1980년대 '해체시'의 대표 시인으로 주로 언급된다. 그에 따라 박남철 시 연구의 대부분은 해체시의 기법과 관련된 것이 주류를 이룬다.1) 이러한 논의의 대부분은 박남철 시에 나타난 해체시의 기법은 순수 서정시나 참여적 민중시의 기존 문법에서 이탈한 과감한 실험양식이었다는 점에 초점을 맞추고 있다. 즉 그간의 시문학이 순수란 미명 아래 현실과 겉도는 틀에 갇혀 있었다는 점, 그리고 참여란 미명 아래 언어의 자율성이 집단 논리의 틀에 갇혀 있었다는 점, 이두 모순적인 대립 양상 틈에서 언어의 본질과 형상이 뒤엉키고 개인적인자기 인식과 전체적인 인식이 충돌하면서 스스로의 틀을 찢고 부숴버리는 상상력이 방출된 것으로서, 이는 우리 시의 이분법적인 극단논리를 극복하는 단서를 제공하였다2)는 시사詩史적 배경을 서두로 삼아 이루어

---

1) 해체시의 기법과 관련하여 박남철의 시 텍스트를 언급한 대표적인 논의는 다음과 같다.
　이상금, 「기법의 자유로움 혹은 정신의 자유로움」, 『오늘의문예비평 1』, 1994.4.
　정효구, 「박남철 論」, 『현대시학』, 1991.2.
　김현, 「방법적 인용의 시적 성과ー박남철의 시세계」, 『현대시세계』, 1990.9.
　신현철, 「자유로운, 그러나 자유롭지 않은」, 『현대시세계』, 1991, 봄.

진다. 이에 더하여 1980년대 해체시에서 언어나 문법을 파괴하는 것은 곧 권력, 기성질서, 허위의식을 파괴하는 것임은 물론 그것이 전체주의에 항거하는 방법적 저항이라는 해석[3]도 마치 관례처럼 붙는다. 따라서 이 당시 해체시는 기존 시의 문법적 틀에서 벗어나 새로운 내용의 시를 모색해보려는 문학적 실험으로서, 파편화된 시대의 진실을 객관화하는 유용한 수단으로 바라볼 수 있다[4]는 큰 틀에서의 합의를 바탕으로 전개되고 있다고 보아도 무리는 없을 것 같다.

여기서는 이러한 논의를 바탕으로 하면서도 특별히 박남철 시 텍스트에 나타난 웃음[5]에 주목하여 이 웃음이 갖는 시적 언어로서의 부정성의 양상과 효과에 대해 살펴보고자 한다. 필자가 박남철의 웃음에 대해 주목한 이유는 두 가지이다.

첫째, 박남철의 시 텍스트에 나타난 웃음은 앞서 살펴 본 해체시의 의의와 그 시적 대응을 관련하여 살펴볼 때 다분히 문제적인 양상으로 드러난다는 점이다. 1980년대 해체시의 본령이 억압적인 현실에 대한 부정이자, 현실을 지배하는 질서에 대한 파괴이며, 부당한 질서를 구성하는 아버지(상징계)에 대한 거부였다[6]는 것은 곧 시적 언어를 통해서 현실의

---

2) 이윤택, 「현실을 껴안은 인간의 상상력」, 『용의 모습으로』(박남철 비평시집 I, 청하, 1990) 발문, 110~111쪽 참조.
3) 장정일, 「다원주의 문학에 대하여」, 『오늘의문예비평 2』, 1991.7, 144쪽.
4) 신현철, 「자유로운, 그러나 자유롭지 않은」, 『현대시세계』, 1991, 봄, 165쪽.
5) 이 논문에서 언급하게 될 웃음의 개념은 대체로 웃음이 유머(humor), 웃음(laughter), 희극(the comic), 혹은 희극적인 것, 우스꽝스러움(the ludicrous), 재미(the funny), 농담(joke), 기지(wit)와 같은 유사한 용어들로 혼용되어 사용되고 있다는 점을 감안하되, 제한된 의미 안에서 희극(the comic)과 상호 교환 가능한 의미로 규정하고자 한다. 그동안 학계에서 영어의 희극이 골계로 번역되고, 더욱이 미적 범주의 한 양상으로서 다루어져왔음을 감안할 때, 웃음은 희극이나 희극적인 것과 유사한 개념으로 보아도 좋을 것이다(이순욱, 『한국 현대시와 웃음시학』, 청동거울, 2004, 23~24쪽 참조).
6) 구모룡, 『문학과 근대성의 경험』, 좋은날, 1998, 103쪽.

억압과 이데올로기로부터의 해방을 추구하였다는 것으로 해석 가능한 것이 되는데, 이때의 시적 언어는 일반적인 의사 전달 도구로서의 의미의 지시성과 투명성을 파괴하면서 새로운 의미 창출을 시도한 것이라고 할 수 있다. 박남철의 경우, 이러한 시적 언어로서의 자질이 가장 잘 드러나고 있는 것은 바로 웃음이라고 할 수 있다. 즉 박남철 시에서 나타나는 웃음이 당대의 해체시가 추구했던 언어 해체의 한 양상으로 기능했다는 것인데, 이 경우 웃음은 어떻게 의미의 해체를 감행하고, 그 기능을 발휘할 수 있는가에 대한 해명을 필요로 한다.

둘째, 박남철이 자신의 텍스트에서 보여준 해체적 스펙트럼은 다소 온건한 해체적 경향을 보이는 것으로부터 과격한 형태의 실험성과 형식 파괴를 보여준 것에 이르기까지 상당히 넓다고 판단되지만, 당대의 해체적 경향의 시인들(황지우, 이윤택, 이성복)과 비교해볼 때 가장 '박남철다운' 시적 언어는 바로 웃음(유희)에서 비롯됨을 놓쳐서는 안 된다는 점이다. 평자들이 지적한 바 있듯이 박남철에게서 나타나는 웃음은 그의 해체시적 특징을 가장 개성적으로 드러내는 요소[7]임에도 불구하고, 이에 대한 구체적인 접근과 분석은 찾아보기 힘들다. 따라서 이 책에서는 시적 언어로서의 웃음이 박남철의 시 텍스트에서 어떻게 드러나며, 박남철 식의 '유희적 해체성'은 어떤 의미생산을 했는지, 그리고 그것이 여하히 1980년대의 '해체시'라는 시사詩史적 의의를 획득할 수 있었는지 살펴보고자 한다. 이 책의 2부는 1980년대 해체적 증후로서 나타난 '해체시' 양상을 가장 뚜렷하게 보여 준 시 텍스트를 중심으로 살펴보고자 기획된 것이기

---

7) 박남철의 웃음이 '가장 박남철다운', 즉 '유희적 해체'라는 명명을 가능케 한다는 차원의 언급은 김현의 「방법적 인용의 시적 효과―박남철의 시세계」(『현대시세계』, 1990.9), 정효구의 「박남철 論」(『현대시학』, 1991.2), 김병익의 「시, 혹은 진실과 현실 사이」(『地上의 人間』, 문학과지성사, 1984) 등에서 찾아볼 수 있다.

때문에 대상 텍스트는 비교적 박남철의 초기시에 해당되며, 1980년대에 출간된 『地上의 人間』(문학과지성사, 1984)과 『반시대적 고찰』(한겨레, 1988)을 연구 대상으로 삼았다.

황지우의 경우에는 그의 시론으로 널리 알려진 '시적인 것'에 대한 검토와 그 시론을 배경으로 하여 그의 대표적인 '해체시'의 의미생성과정을 살펴봄으로써 그에 드러난 상호텍스트성이 어떻게 시적 언어로 작동하는지 고찰해보기로 한다.[8]

"나는 '시'를 추구하지 않고 '시적인 것'을 추구한다"는 테제를 낳은 황지우의 시론은 1980년대 당시, 그가 발표했던 '해체시' 시편들의 의미생성과정을 고찰해볼 수 있는 단서를 제공한 것이라 할 수 있다. 1980년대에 발표됐던 황지우의 '해체시'가 많은 평자들이 논한 것처럼, 당대의 고답적인 서정시나 동일성의 논리로 귀결되는 민중시의 문법에서 벗어나고자 실험적인 차원에서 출발한 것이라면,[9] "'시적인 것'의 추구는 '시'의

---

8) 이 글에서 언급하는 '해체시'란 자크 데리다에 의해서 정식화된 '해체'와 '해체주의' 개념에 따른 것이라기보다는 1980년대의 다양한 시문학을 설명하기 위해 등장한 일종의 수사적 명칭(김준오, 이윤택 등에 의해 이 용어가 쓰이면서 1980년대에 황지우, 박남철, 장정일, 이윤택 등에 의해 주로 발표된 형식적 파괴와 기존 시의 규범에서 이탈한 도전적 양식을 띤 시편들을 일컬어 '해체시'라는 명칭이 통상적으로 사용돼온 것으로 판단된다. 김준오, 『도시시와 해체시』, 문학과비평사, 1992; 이윤택, 『해체, 실천 그 이후』, 청하, 1988 참조)에 따른 것이다. 황지우 스스로는 '해체시'라는 용어로 자신의 시가 명명되는 것을 탐탁지 않게 여겼던 것으로 보이며, '형태파괴의 시' 정도로 자신의 실험적 시양식에 대해서 언급했던 것으로 보인다(황지우, 이남호 편, 「끔찍한 모더니티」, 『황지우 문학앨범』, 웅진출판, 1995, 150쪽 참조).

9) 1980년대 '해체시'의 시사적 의의에 관한 대표적인 글들은 김현의 「타오르는 불의 푸르름」(『새들도 세상을 뜨는구나』 해설, 문학과지성사, 1983), 이광호의 「초월의 지리학」(『황지우 문학앨범』, 웅진출판, 1995), 김수이의 「시대의 전위에서 '아름다운 폐인에 이르는 길」(『환각의 칼날』, 청동거울, 2000), 김인환의 「황지우의 전위적 실험」(『현대시란 무엇인가』, 현대문학, 2011), 김준오의 「한국 모더니즘의 현단계」(『도시시와 해체시』, 문학과비평사, 1988) 등을 들 수 있다.

주어진 틀과 문법을 넘어서서 그것의 초월적 가능성을 해방함으로써 '시'의 갱신을 이룩하는 것이다"10)라는 평가에서 볼 수 있는 것과 같이, 기존의 관습적 장르인 '시'가 아니라 그것의 해체와 갱신으로서 너무나 당연한 귀결로 보인다. 문제는 황지우가 '시'를 거부하고 '시적인 것'을 추구하고자 했을 때, 이 '시적인 것'의 의미 맥락과 시학적 지평, 그리고 그 문학적 효과에 관한 것이다. 따라서 이 글에서는 황지우의 '시적인 것'에 대한 논의로부터 출발하여 이것이 시 텍스트와 여하히 교류하면서 당대의 '해체시'가 추구하고자 하였던 시적 지평을 보여주었는지, 그리고 그 시적 지평의 시학적 특성은 어떻게 규명될 수 있는지 살펴보고자 한다.

주지하다시피, 황지우의 '시적인 것'에 대한 논의는 문단의 평론에서부터 학술적인 논문에 이르기까지 적잖게 다뤄져 왔다.11) 그러나 이 논의 과정은 대체로 황지우의 시론 자체에만 국한된 것이다 보니, 논의 자체의 논리적 치밀함이나 문제에 대한 예리한 시각은 돋보이나, '시적인 것'에 대한 시론과 황지우의 '해체시' 시편들과의 연관성에 의한 해석 가능성을 생각해볼 수 있는 여지가 없었다. 하지만 황지우의 '해체시' 시편들에 대한 시학적 고찰은 '시적인 것'에 대한 논의를 전제로 하여 살펴볼 수 있을 때 훨씬 더 생산적일 것으로 판단된다. 왜냐하면 황지우의 '시적인 것'에 관한 시론은 그가 일명 '형태파괴의 시'라고 발표한 '해체시' 시편들과 궤를 같이 하여 발표된 것이며, 동시에 그의 시론은 당대에 발표됐던 실제 시 텍스트에서 실행되고 생산된 것을 바탕으로 그에 대한 논

---

10) 이광호, 「초월의 지리학」, 『황지우 문학앨범』, 웅진출판, 1995, 81쪽.

11) 특히, '시적인 것'과 관련한 황지우 시론에 관한 논의는 신형철(「시적인 것, 실재적인 것, 증상적인 것―황지우 시론의 비판적 검토」, 『한국학보』 30권, 제4호, 2004), 정한아(「'시적인 것'의 실재론이라는 스캔들―황지우 시론 연구(1)」, 『사이』 5호, 국제한국문화학회, 2008), 강동호(「시적인 것에 대한 시론적 고찰」, 『사이』 9호, 국제한국문화학회, 2010)의 논문에서 집중적으로 다루어져 온 바 있다.

의의 스펙트럼이 한층 더 확충, 심화된 것으로 파악되기 때문이다. 따라서 이 글에서는 황지우가 '시적인 것'을 통해 지향하고자 했던 것이 그의 시 텍스트에서 어떠한 시학적 지평과 조우하면서 시적 의미를 생성하는가에 초점을 맞춰 살펴보고자 한다.

제2장

박남철 '해체시'에 나타난 웃음의 부정성

1. 웃음과 시적 언어의 부정성

시에 나타난 웃음에 대한 접근은 여러 각도에서 가능하다. 그러나 여기에서 논하고자 하는 웃음의 범주는 어디까지나 해체시와 관련된 것인 만큼 '의미의 해체'라는 측면에 국한하여 접근해보고자 한다.

역사적으로 살펴볼 때, 예술과 문학에 있어서의 웃음은 고전주의적 미학과는 대립적 관계에 있는 것으로 문학과 예술의 주변부적인 위치에 놓여왔던 것을 부인할 수 없을 것이다. 이는 소위 말해 '웃음의 우월이론'이라 불리우는 웃음의 계보를 통해 확인할 수 있듯이,[12] 웃음은 무언가 이

---

[12] 플라톤은 그의 노년의 저서 『필레보스』에서 아름다움, 현명함과 관련하여 '자기 자신을 알지 못하는 무지(無知)'를 우스꽝스러운 것으로 보는데, 즉 무지의 우스꽝스러움을 웃음으로 보고 있는 것으로부터 웃음에 대한 부정적인 입장을 엿볼 수 있다. 이때 플라톤이 언급한 '무지의 우스꽝스러움'에는 대부분 잔혹성이 내포되어 있다. 왜냐하면, 이 웃음은 약자의 무지에 대해 기쁨을 느끼는 것이기 때문이다. 그래서 이러한 웃음을 잔혹한 웃음이라고 한다. 이는 17세기 들어 이성적 계몽주의자인 홉스의 '웃음의 우월이론'으로 이어지는데, 홉스의 웃음의 우월이론은 다른 사람들의 결함이나 자신의 이전의 결함과 비교하여 우월감을 느끼는 웃음을 의미한다. 홉스의 '웃음의 우월이론'은 이후 많은 교정과 논쟁으로 거듭 논의되기도 하지만, 서구의 웃음이론에 대한 논증의 기본 자료를 제공하는 논의가 된다(류종영, 『웃음의 미학』, 유로, 2005, 125~142쪽 참조).

기적이고 부정적인 것으로 여겨져 왔던 것이다. '웃음의 우월이론'은 웃음을 상식이나 도덕 같은 규범을 기준으로 해서 정신적으로나 도덕적으로 흠결이 없는 인간이라는 사회적 이상 모델에 근거하여 생긴 것이기 때문에, 이 모델에 가깝게 접근한 사람은 우월감을 느끼고 여기에 이르지 못한 사람은 열등한 존재로 된다는 존재론적 가치평가를 전제한 것이다. 따라서 상대방에 대한 우월감에서 나온 웃음은 대체로 비웃음과 등가의 성격을 지녔다고도 볼 수 있다.

웃음에 대한 이러한 부정적인 입장은 이성이 지배하던 근대 계몽주의 시대에 이르면 웃음을 일종의 '이성의 위기'로 여기게 되며, 웃음과 우스꽝스러움은 윤리적이고 교육적인 목적에 비추어 보아 아주 제한적인 의미에서만 수용되었다.13) 이 당시 웃음의 원인이 오성에 있다고 보는 모든 이론들은 웃음의 현상을 본질적으로 "부정不定의 운동"으로 파악하려고 했다. 이러한 부정의 운동으로서의 우스꽝스러움을 극복하거나 본연의 위치로 되돌아가게 하는 것은 바로 이성이기 때문에 우스꽝스러움의 부정이야말로 이성을 확고부동하게 하는 것으로 생각되었던 것이다. 그렇기 때문에 웃음은 이성에 반대되는 것으로, 논리적 사고의 통제로부터 완전히 벗어난 비합리적인 것으로 여겨진다. '웃음의 우월이론'과 함께 대표적인 웃음이론인 '웃음의 불일치 이론'14)의 포석을 마련한 칸트의

---

13) 류종영, 앞의 책, 190쪽.
14) '웃음의 불일치 이론'은 홉스의 '웃음의 우월이론'과 함께 서양의 거대한 두 개의 웃음 이론으로 꼽는다. 이 이론은 칸트가 『판단력비판』에서 "기대된 것이 발견되지 않는 묘사에서는 오성이 갑자기 중지한다…… 이때 발생되는 웃음에는 뭔가 불합리한 것이 존재한다"고 주장한 것에서부터 비롯되는데, 이는 이후 제임스 비티의 "동일한 집단에서 불일치하게 결합된 것들" 혹은 "어떤 상관관계나 혹은 하나로 결합된 것으로 생각되는 동일한 것들의 집단에서 흔치 않는 혼합과 불일치"라는 입장으로 이어지면서 '웃음의 불일치이론'의 계보가 형성된 것으로 볼 수 있다. 이 이론은 나중에 쇼펜하우어의 "하나의 개념과 실제적인 대상들 사이에서 갑자기 인지된 불일치"라는 입장

"웃음은 긴장된 기대가 무無로 갑작스럽게 변하는 것에서 유래한 격렬한 흥분이다"라는 정의도 이성에서 발견하기 힘든 '무언가 불합리한' 것으로서의 웃음을 겨냥한 것이었다.

이처럼 우월론적 입장에서 불일치로 가는 웃음의 고전주의적 개념은 웃음에 대한 부정적 입장에서 비롯된 것이기도 하지만, 그렇기 때문에 역설적으로 동일시로부터 배제되었던 타자의 현존을 드러내는 것인 바, 이점과 연관되어 후기 근대에 와서는 고전주의적 개념의 형이상학을 해체하는 일종의 기제로서 웃음을 언급하는 입장들이 등장하게 된다. "기독교적인 현자, 육화된 로고스로서의 현자는 웃음을 두려워한다"고 언급하면서 인간의 웃음을 "윤리적, 신체적 황폐화와 내면적으로 결부된 원죄사건"으로 파악한 보들레르로부터 인간이 그의 자연적인 주위 세계에서 발견한 모든 법칙성, 논리, 이성, 그리고 대칭구조는 실제와 일치하지 않는다고 보면서 이러한 논리와 이성의 억압으로부터의 이탈, 즉 기존의 가치와 규범체계를 전도시키는 것이 바로 웃음이라고 주장한 니체, 쾌락의 차원에서 억제와 억압을 없앰으로써 정신적 비용을 절약하는 것이 바로 웃음의 효과라고 보았던 프로이트에 이르기까지 이들의 웃음이론은 고전주의적 웃음개념이 배제시켜왔던 타자(비이성, 비합리적인 것, 육체)를 드러냄으로써 '의미의 해체'가 곧 웃음이라는 해체론적 웃음 이론에 맞닿을 수 있게 된다.[15]

으로 이어지기도 한다(류종영, 앞의 책, 204쪽, 275쪽 참조). 이 '웃음의 불일치이론'은 일반론적인 차원에서 볼 때 대립되는 대상을 폭력적으로 결합시킴으로써 희극적인 웃음이 유발된다고 보는 관점으로서, 이때 대립항으로 상정할 수 있는 자질은 고상한 것과 사소한 것, 우아한 것과 우아하지 못한 것, 비슷한 것과 다른 것, 상식적인 것과 비상식적인 것, 부조리와 논리, 실재적인 것과 이상적인 것 등이다(이순욱, 『한국 현대시와 웃음시학』, 청동거울, 2004, 35쪽 참조).

15) 정현경, 「웃음에 관한 몇 가지 성찰」, 『카프카 연구』 제21집, 한국카프카학회, 2009, 226~229쪽 참조.

'의미의 해체'가 곧 웃음이라는 후기 근대의 웃음 개념은 니체나 바타이유에게서 찾아볼 수 있는 것처럼 헤겔의 총체성 개념을 포기하는 데서 유발되는 것으로, 합리적 이성에 근거한 역사 및 세계의 의미를 해체하는 가운데 나타나는 것(니체), 혹은 인식의 경계를 허무는 인식의 '경계넘기'(바타이유) 등으로 나타난다. 이 경우, 웃음은 단순히 수사학에 그치는 것이 아니라 후기 구조주의와 연관되어 의미 해체의 기능을 적극적으로 수행하는 문학과 예술의 새로운 가능성으로 주목을 받게 된다. 이에 따라 주체와 사회체계에 '혼동'을 야기할 수 있어서 부정적으로만 각인되어 왔던 웃음에 대한 시각이 후기 구조주의에 이르러서는 의미의 전복을 시도하는 해체미학을 대변하는 것으로 전화된다.16) 웃음이 기존의 고정적이고 의미 불변한 체계나 논리에 대항하고 그 의미를 해체한다는 후기 근대에서의 웃음 개념은 웃음의 속성이 마치 시와도 같다는 바흐친의 언급을 연상시킨다. 바흐친은 웃음이 이미 만들어진 것의 해체를 전제로 하는 것처럼 시 역시 기존의 모든 사물(사건)을 의문시하고, 새로운 언어와 규칙을 창조하기 때문에 웃음의 속성은 마치 시의 속성과도 같다고 본 것이다.17) 이 지점에서 필자는 웃음이 바로 시적 언어가 갖는 부정성과 등가의 것이 될 수 있다고 주장한 크리스테바의 입장에 주목하고자 한다.

줄리아 크리스테바Julia Kristeva가 언급한 시적 언어의 부정성(Negativity)이란 일상적이고 논리적인 언어와는 달리, 시적 언어에서만 찾아볼 수 있는 비논리성, 의미의 무한성 차원에서 비롯된 개념이다.18) 즉 시적 언어는 일상적 파롤의 논리적 체계를 따르는 것(정의, 결정론, 시니피앙/시

16) 피종호, 『해체미학』, 뿌리와 이파리, 2005, 269~271쪽 참조.
17) 게리솔 모슨 · 캐릴 에머슨, 오문석 외 옮김, 『바흐친의 산문학』, 책세상, 2006, 613쪽.
18) 줄리아 크리스테바, 서민원 옮김, 『세미오티케』, 동문선, 2005, 238쪽.

니피에의 수직적, 또는 계층적 구분)이 아니라 무한히 확대되어가는 조합이자 결합이기 때문에 고정된 의미를 가지는 것이 아니고 불안정한, 이중적인, 혹은 다의미적인 언어가 된다는 것이다. 이는 일반적인 파롤의 법칙을 부정하면서 생산되는 담론으로서, 어떤 특별한 존재나 의미가 아니라 일종의 의미화 장치라고 볼 수 있는데, 시적 언어는 그 자신의 과정을 의미와 무無의, 언어와 리듬 사이의 결정 불가능한 과정에 위치시키기 때문이라는 것이다.19)

　이러한 특성을 지닌 시적 언어는 일종의 논리적인 정립 국면을 일컫는 상징계(The Symbolic)와 상징계 이전의 육체적인 움직임과 순간적으로 유동적인 분절이 이루어지는 장인 기호계(The Semiotic) 사이의 끊임없는 변증법적 교호작용으로 의미작용이 이루어지는데, 크리스테바는 이러한 과정을 시적 언어의 부정성 개념으로 본다. 따라서 상징계와 기호계의 변증법적 교호작용(혹은 상징계 내에서의 기호계의 산출과정)을 일컫는 시적 언어의 부정성은 이질혼성적(heterogeneous)인 것이며, 음소나 형태소, 어휘소, 또는 리듬과 억양 등에서 나타나며, 형태－통사론적 파괴를 통해서 표면화된다. 이것은 시적 언어의 의미작용이란 상징계에 대한 거부이자, 이로 인한 변형과정에서 생성되는 유동적이고, 다중적인 것임을 뜻한다고 볼 수 있다. 이러한 시적 언어의 부정성 개념은 한편으로는 기존의 상징계적인 의미를 파괴하면서 한편으로는 그것을 통해 새롭게 의미를 생성시킨다는 점에서 '의미의 해체' 차원에서 바라보는 후기 근대의 웃음과 맥락을 같이 한다고 볼 수 있을 것이다. 기존 의미의 전복과 의미의 경계 넘기, 의미의 불확정성 등으로 명명되는 의미 해체 차원에서의 웃음을 시에서는 시적 언어의 부정성으로 일컬을 수 있다는 것

19) 줄리아 크리스테바, 서민원 옮김, 『세미오티케』, 동문선, 2005, 248~249쪽; 김승희, 『코라 기호학과 한국시』, 서강대학교 출판부, 2008, 29쪽 참조.

이다. 이 점은 크리스테바가 "웃음이 곧 실천"이라고 언급한 점에서도 확인할 수 있다.[20]

2. 의미의 경계 넘기로서의 웃음 전략

기존 의미의 부정과 이를 통한 새로운 의미생산이라는 차원에서 웃음과 시적 언어의 부정성이 등가의 것이라고 할 때, 이는 기존 언어를 재활성화함으로써 상징계의 언어가 지니는 억압성을 파괴하는 일종의 실천으로 이해할 수 있다. 이것은 앞서 언급한 상징계와 기호계를 넘나들며 새로운 의미 생산을 하는 과정으로 볼 수 있는데, 박남철의 시 텍스트에 나타나는 웃음의 실천 전략은 다음과 같은 세 가지 차원에서 찾아볼 수 있다.

1) 통사 규칙의 위반과 의미생성의 다중화

웃음의 문학적 실천이 기존의 언어 관습에 대한 투쟁의 징후이자, 사전적 의미망의 해체를 통해 억압되고 도구화된 상징계의 질서와 구조에 대해 비판을 가하는 것이라면, 박남철 시 텍스트에서 이러한 웃음의 전

---

20) 크리스테바는 의미의 무한성과 비논리성에 기반하는 시적 언어는 언어의 다양한 가능성의 개척과 발견이며, 기존 언어의 망으로부터 오는 타성을 타파하고 언어학자들에게 기호의 의미생성을 연구할 수 있는 유일한 가능성을 제공하는 역동적인 것이라 하면서 이러한 시적 언어의 의미생산은 바로 의미 실천이라고 주장한다(줄리아 크리스테바, 서민원 옮김, 『세미오티케』, 동문선, 2005, 150~151쪽). 또한, 이 실천의 메커니즘을 증언하는 작용으로 웃음을 꼽는데, 웃음이란 의미 단절의 징후, 의미화의 실천에 내재하는 이질적 모순의 징후로서, 기존의 의미와 새로운 의미의 경계선상에서 의미의 단정을 유보하기 위해 부정성을 끊임없이 실천한다고 본다(줄리아 크리스테바, 김인환 옮김, 『시적 언어의 혁명』, 동문선, 2000, 256~260쪽 참조).

략은 우선 통사론적 규칙의 위반과 이로 인한 의미생성의 다중화를 들
수 있다. 박남철 시 텍스트에서 찾아볼 수 있는 통사 규칙의 위반과 그로
인한 웃음의 출현은 통사적으로 적합하지 않은 술어를 주어에 붙이거나
그 반대의 경우를 통해 통사론적 규칙을 위반하는 경우, 또는 생략으로
인해 단어나 문장이 완결되지 못한 경우, 의도적인 불합리를 계산한 행
갈이 등에서 주로 나타난다.

아아

아버지 돈 좀 주세요 머라꼬
① 돈 좀 주 니 집에 와서 쓴 돈이 벌쎄 얼맨 줄 아나
8마넌 돈이다 8마넌 돈 돈 좋아요
저도 78년도부팀은 자립하겠음다
자립 니 좋을 대로 이젠 우리도
힘없다 없다 머 팔께 있어야제
② 자립 78년도부팀 흥 니 좋을대로
근데 아버님 당장 만 원은
필요한데요 ③ 아버님 78년도부터

당장 자립 하그라
(중략)

자알 배왔다 논
팔아 올레서 돈 들에 시긴
공부가 게우 그 모양이냐 말이
그렇다는 거지요 예끼 이 천하에

소새끼 같은

아버지 천하에
<u>소새끼 같은 아버지</u>
고정하십시오 야아 이 놈아
(후략)

— 「아버지」 중에서

위 텍스트의 경우, 앞의 세 가지 요소가 다 동원되어 웃음을 자아내고
있다. 먼저, 생략으로 인해 단어나 문장이 완결되지 못한 경우를 보자. ①
"돈 좀 주", ② "자립 78년도부텀", ③ "아버님 78년도부터"에는 논 팔고
소 팔아 자식을 서울에 있는 대학에 보내고 더 이상 팔 것도 없이 가난한
아버지 앞에서 염치없이 돈을 달라고 하려다 보니, 차마 입이 떨어지지
않는 시적 주체의 난감한 정황을 드러내고 있는 것으로 보이는데, 이 경
우 문장의 생략기법(생략이라기보다는 문장의 미완성에 가깝다)은 난감
한 정황이 지니는 다층적 의미를 효과적으로 드러내는 역할을 맡는다.
즉 고생하는 아버지 앞에서 차마 입이 떨어지지는 않지만 돈이 절실히
필요한 시적 주체의 난감한 상황이 통사적 규칙의 위반으로 나타나면서
웃음을 유발하고 있는데, 이는 앞서 살펴본 시적 언어가 지니는 의미의
무한성, 다층성 차원에서 기인한 것이라 할 수 있다. 즉 통사의 위반을 통
해 시적 의미작용을 일정한 층위에 고정시키는 방식을 취할 수 없게끔
만들고 있는 것이다. 궁핍한 현실을 언급하면서도 그 현실을 지시적이고
전언적인 차원에서 재현할 수 없는 '실재'의 난감(모순적 상황)이 박남철
시 텍스트에서는 이렇듯 해체적 차원의 웃음으로 존재할 수밖에 없었던
것이다.

한편, 의도적으로 계산된 행갈이 역시 웃음을 유발하는데, 밑줄 친 부
분("당장 자립 하그라", "소새끼 같은", "소새끼 같은 아버지")에서와 같

이 의도적으로 계산된 불합리한 행갈이 역시 일차적으로는 통사론적인 의미작용을 부정하는 역할을 한다. "당장 자립 하그라"의 경우에는 앞선 문장(③ "아버님 78년도부터")과의 행갈이가 아니라 아예 연을 바꿈으로써 앞 연의 내용을 차단시킴과 동시에 앞 연에서 "78년도부텀은" 자립하겠다면서도 "당장 만원은 필요하다"는 시적 주체의 발화 내용에서 "당장"과 "자립"이라는 어휘를 빌려와 상호텍스트적 문맥으로 옮기면서 그 사이에 다중적인 의미작용을 낳고 있는데 이것이 또한 웃음을 유발한다. "당장"이라는 단어가 지니는 의미가 문맥에 따라 달라지면서 일의적인 의미는 지워지고, 복잡하고 다층적인 의미생성이 일어나 웃음이 유발되고 있는 것이다. 또한 아버지를 "소새끼 같다"라고 한 건지, "소새끼"라고 아버지가 시적 주체에게 발화를 한 것인지 그 분명한 경계를 무너뜨리기 위해 의도적으로 계산된 행갈이 역시, 행갈이로 인한 통사규칙의 위반을 노린 것이고, 이를 통해 일상적인 통사규칙을 부정함과 동시에 의미의 복수성複數性을 생산하는 것인데, 이 와중에서 아버지가 "소새끼"인지, 아버지가 시적 발화 주체에게 "소새끼"라고 한 것인지 헷갈리는 가운데, 도덕적이고 관습적인 논리를 무너뜨린 한바탕 웃음이 생성된다. 이렇게 됨으로써, 궁핍한 생활 속의 현실은 일상적 논리를 벗어나 의미의 경계를 가로지르고, 그 의미망은 무한히 확대된다. 박남철 시 텍스트에서 나타나는 웃음은 언어로는 불가능한 현실의 재현을 웃음이라는 실천을 통해 파괴함과 동시에 새롭게 지각케 하는 효과를 자아낸 것이다.

1
① 듣고 싶다, 말이 듣고 싶다, 말
말, '말'뿐이 아닌 말 한 마디 듣고 싶다

② ……과 그것은 自由지만 그것은 그것보다 더 그러하다, 이

렇게 생각합니다……는 생각, 생각하면 무엇하나, 이건 이미
所聞에 나버린 워낙 전폭적인 '말씀'인데

③ 山은 山이고
물은 물이지……그 밖에 더 무슨 할말 있겠는가……는 생각, 또 생
각, 생각하면 무엇하나, 이 역시 이미 所聞에 나
버린 아주 肅靜된 말씀인데……그래? 그렇다면
(중략)

④ 좌우지간, 어쨌든 6백만원은 있어얄 텐데……우리의
입 밖으로 못 나오는 情蟲들은 도대체
어디로 갈 것인가……우리는

결혼해도 불행하고 결혼하지 않아도 불행하다
혼자 있어도 불행하고 社交場에 있어도 불행하다
우리는 溫氣 때문에 모여 있는 고슴도치와 같아서,
너무 가까이 있어도 불쾌하고 너무 떨어져 있어도
불쾌하다……아니

아니, 이것 역시
schopenhauer영감의 毒舌일 뿐인 것이고

4
⑤ 좌우지간 어쨌든, 6백만원은 있어얄 텐데……
6백만원! 6백만원! 6백만원의 사……
랑 來日이면 서른이 되는, 아뿔싸, 내 나이여!
시간―분―초, Tomorrow-never-comes!
조하다초조하다,지극히,초조하다초가집처마끝에매달린고드
름

같은 내 焦燥여!

(후략)

　　　　　　　　　　　　　－「자유……로운 雜念」 중에서

　이 텍스트에서는 생략법이 두드러진다. 이 생략 표시는 기호가 의미로
향하는 추동력을 차단시키며 불확정성을 끊임없이 도출시키는 가운데
웃음을 생성시킨다. 말없음표는 웃음으로 기표의 효과만 부풀리고, 기호
의 의미되기를 차단하는 것이다. 이것은 완결된 단어나 문장이 의미가
되려는 힘을 억제하여(①, ②, ③의 경우) 의미의 애매성을 확산하고 있
는 통사론의 위반이다. 또한 갑작스런 화제의 전환을 유도하여 앞서 언
급한 담화내용의 의미를 부정하는(④와 ⑤의 경우) 역할을 맡기도 한다.
따라서 이때의 말없음표는 언표된 내용에 대한 독자의 기대를 제거시켜
버린다. 여러 가지 생각을 나열한 끝에 갑자기 언표된 "6백만 원"과 "입
밖으로 못 나온 情蟲", "사랑", "나이", "Tomorrow-never-comes!", "조하다
초조하다,지극히,초조하다초가집처마끝에매달린고드/름" 등 의미망이 완
전히 다른 어휘와 문장의 병치는 단일 문장 내의 통사적인 단일 약호를
부정하고 몇 개의 약호를 교차시킴으로써 일상적 언표의 통사 체계를 무
너뜨리고 있는 것이다. 이 경우, 각각의 말("6백만 원", "情蟲", "사랑", "나
이", "Tomorrow-never-comes!" 등)은 이러한 부정성으로 말미암아 본래
의 지시적(일의적) 의미의 틀에서 벗어나 시니피앙의 충돌에 의해 기존
의미의 와해와 동시에 새로운 의미생성을 향해 나아가고 있는 것이다.
이 충돌 과정에서 생성된 웃음은 현실적 생활고를 훌쩍 뛰어넘어 모순을
표현하는 실천으로서, '자유'와 '6백만 원이 없어 초조한 생활고' 사이의
경계를 철폐하며 무한한 의미를 형성하는 동시에 무너뜨리는 반복을 지
속하고 있다.

제목부터 반어적인(그러나 생략 표시로 인해 반어적이라는 표지조차 와해되고 있다.) 이 텍스트에서 엿볼 수 있는 웃음 역시 통사론적 규칙의 위반(주어와 술어의 불일치, 생략의 기법, 불합리한 행갈이 등)에서 비롯되고 있음을 알 수 있는데, 이는 현실의 억압과 고통이 축어적이고 지시적으로 재현된다기보다는 오히려 지시적인 의미를 차단하고 일의적인 의미를 와해시킴으로써 현실의 중압감으로부터의 해방을 꾀하는 의미실천 전략이라 할 수 있다. 현실의 고통과 억압으로부터 벗어나고자 하지만, 그 벗어남은 곧 통사체계를 무너뜨림으로써만 가능한 것이었기에 텍스트 실천은 해체라는 양상으로 드러났던 것이고, 웃음 역시 이 과정에서 '파괴와 생성'이라는 양가성을 동시에 실천하는 시적 언어로 기능한다. 이는 현실의 고통과 억압을 웃음의 역동성으로 무화시키는 효과를 낳고 있다.

2) 언어유희와 파라그람(paragram)적 의미 실천

박남철 시 텍스트에서 나타나는 언어유희는 시적 언어가 지니는 의미의 무한성 차원에서 의미의 유희(미결정성, 불확정성)를 극대화시켜 보여주는 언어적 실천이라고 할 수 있다. 시적 언어의 특성 자체가 논리적이고 인과적인 체계를 위반하는 것으로 존재한다고 할 때, 시 텍스트에 드러나는 모순어법이라던가 파라그람 등은 개념적 통일성을 파열시키는 논리적 뒤틀림, 혹은 창의적인 통사의 개발을 통해 언어가 지니는 상징적인 질서를 거부하는 일종의 쾌락을 불러옴으로써 현실의 모순을 폭로하는 '시적 언어' 그 자체가 된다. 박남철 시에서 찾아볼 수 있는 언어유희는 이러한 '시적 언어'의 특성을 실천하는 주요 전략이 되는데, 특히나 동음이의어에 의한 언어유희가 자주 등장한다.

출근길에
석계역에서
커피 자동판매기에다
150원을 밀어놓고 밀크커피를 누른 다음
잠시 기다리고 있으려니 엥, 이젠 꺼내야지
하며 시커먼 손 하나가 들어와 커피를 꺼내려고
순간적으로 그 손을 저지하며
손 임자를 쳐다보니 얼굴이 온통 새까만
누더기를 걸친 거지

① (자왈 위선자는……)

왜 이러느냐고 물으니
배가 고파, 내가 먹어야 돼, 했다 ② (천보지……)
안돼, 하며 만류하려다가 나는 퍼뜩
그 더러운 손을 잡고 승강이를 하고 있음을
깨닫고 후닥닥 그 손을 놓아버렸다 ③ (천보지……)
내 손에서 놓여난 거지는 앞이마를 번들거리며, 커
피를
꺼내어 훌훌 불어가며 홈에 도착하는 전동차 쪽으
로 걸어가며
너무나 당연히 잘 마시고 있었다.

④ (위불선자는 천보지이화니라……)

⑤ 천보지……

— 「天報之」 중에서

위 텍스트에서 실천된 웃음의 요소는 무엇보다 '천보지'라는 동음이의

어의 활용에서 찾아볼 수 있다. '천보지天報之'란 원래 공자가 「繼善篇」에서 "子曰 爲善者 天報之以福 爲不善者 天報之以禍(착한 일을 하는 사람에게는 하늘이 복을 주시고, 악한 일을 하는 사람에게는 하늘이 화를 주신다)"라고 언급한 글귀에서 유래한 것인데, 이 텍스트에서는 음은 동일하게 사용되지만, 한자가 한글로 변환되어 쓰이면서 본래의 뜻은 지워지고 다중적이고 복수複數적인 파라그람적 글쓰기의 실천으로 나타난다.21) 파라그람paragram은 본래 철자의 오류를 의미하나 줄리아 크리스테바에 의하면, 파라그람은 단어의 시니피앙이 그 단어와 철자가 다르면서 같은 시니피앙을 지닌 단어의 시니피에를 나타내는 경우를 말한다. 그녀는 파라그람의 망을 "시적 언어활동에서 문학적 이미지를 고안한 표모델(선적이 아닌), 의미의 중층 결정을 지칭하는 역동적이고 공간적인 도표"라고 부른다. 원래의 단어에서 추출할 수 있는 의미자질들은 사라지고 의미의 중층결정 지대로 옮겨가면서 시적 언어의 부정성은 복합적이고 역동적인 의미생산 기능을 맡게 되는 것이다.22) 위의 텍스트에서의 웃음 역시 원래의 단어에서 추출할 수 있는 도덕적이고, 교훈적인 의미망은 사라지고 복합적이고 중층적인 의미가 생성되면서 출현하는데, 이는 한 코드의 위반이자, 다른 코드와의 새로운 접속을 통한 의미망의 해체와 조

---

21) 크리스테바에 의하면 시적 시니피에는 또 다른 담론에 속하는 여러 시니피에에 둘러져 상호 결합되어 있다. 다시 말해 시적 언표에서 몇몇의 다른 담론을 읽어낼 수 있다는 것이다. 이렇듯 시적 시니피에 주위에서는 복수(複數)적인 텍스트 공간이 창출되므로, 시적 시니피에를 단일 약호에 속하는 것으로 볼 수 없다고 본다. 그녀는 시적 시니피에는 몇 개의 약호가 교차하는 장일 뿐 아니라 그러한 약호는 서로 부정관계에 있다고 보면서, 소쉬르는 이것을 파라그람이라고 불렀지만, 자신은 파라그마티즘이라는 용어를 사용하여 일반적이고 논리적인 언어와는 달리 시적 언어가 갖는 특성 중 가장 근본적인 특성으로 꼽는다(줄리아 크리스테바, 서민원 옮김, 『세미오티케』, 동문선, 2005, 249~250쪽 참조).
22) 줄리아 크리스테바, 서민원 옮김, 『세미오티케』, 동문선, 2005, 269쪽.

립이라는 '시적 언어'의 부정성과 생성 기제가 맞닿아 있다고 할 수 있다.

위 텍스트에서 사용된 파라그람의 경우를 보자면, 각각의 언표(①, ②, ③, ④, ⑤)가 위치한 공간은 앞뒤 문맥 사이에서 각각의 텍스트를 흡수하거나 분열시키면서 새로운 의미를 생성시키고 있음을 확인할 수 있다. ①의 경우는 출근길에서 자신의 커피를 채가는 손의 임자가 거지임을 확인한 후 이어지는 독백인데, 이것이 한자어 '위선자僞善者'가 아니라 한글 '위선자'로 읽히면 한자어가 갖는 의미('선을 행하는 자')와 또 다른 의미('거짓으로 선을 행하는 자')가 겹쳐지면서 각각의 단어가 지니고 있는 본래적인 의미의 분열이 일어난다. 이에 따라 사건의 순차적인 순서에 의해 시의 내용이 전개되는 것처럼 보이지만, ①의 파라그마티즘적 글쓰기에 의해 "거지"와 "위선자僞善者", "위선자" 사이에 부정성이 발현되면서 단선적인 서사성은 무너진다. 이것은 ②와 ③의 경우를 보면 더 뚜렷이 파악할 수 있는데, 일단, 문맥상 ②의 앞에 놓인 거지의 발화는 ②와 연결되어 자연스레 공자의 글귀를 연상시킨다. 그러나 ③의 경우는 배고픈 거지에게 양보를 하려고 했던 것이 아니라, 거지의 더러운 손을 잡고 싶지가 않아서 커피를 놓아버린 문맥으로 파악되면서 그 본래적 문맥과 ①의 "위선자"('거짓으로 선을 행하는 자')가 겹쳐져서 읽히게 된다. 여기서 의미의 새로운 중층결정지대가 생성된다. 이것이 ④에 이르면 순순히 베푼 호의는 아니었지만, 빼앗은 커피를 너무나도 잘 마시고 있는 거지를 보면서 이제는 자신이 "위불선자僞不善者"인지, 커피를 빼앗은 거지가 "위불선자"인지 의미가 애매해지는 지경에 이르고 만다. 즉 누가 선을 베풀고, 누가 베풂을 받아야 하는지에 대한 의미의 경계가 모호해지면서 관습적인 도덕과 교훈의 울타리는 무너지고 만 것이다. 거기에 마지막 ⑤에 의해(①, ②, ③, ④는 모두 괄호 안의 독백이지만, ⑤는 독백이 아님에 유의하자) 앞서 언급한 시 텍스트의 내용이 여러 가지 문맥으로 옮겨지면서 더욱더 복잡하고 중층적인 의미망이 형성되는데, 그중 성적인 것과 결부된 의미망으로 옮겨지면서 결정적으로 웃음이 생성된다. 여기서의 웃음은 하나의 단어가 다른 단어를 긍정하고 부정하는 동시적이고 복수적인 활동 속에서, 주어진 상징계의 문법과 고정된 의미체계의 경계를 무너뜨리고, 또 다른 의미를 생성해나가는 시적 언어의 다층적 운동으로 나타나고 있는 것이다.

> 네 이름은 무엇이야,
> ─박해미으⋯⋯
> 어디 사니,
> ─올개아파트, 이씨사동⋯⋯
> 백구호.
> ─백구오!
> 전화번호는?
> ─구치사에⋯⋯
> 일팔구팔!
> 일파구파!
> 엄마 이름은?
> ─숀미자!
> 아빠 이름은?
> ─방낭자⋯⋯
> 박남철!
> ─방낭자⋯⋯
> 박남철!
> ─방낭자! 방낭자!
>
> ─「방랑자!」 중에서

이 텍스트에서의 웃음은 아직 발음이 정확하지 않은 어린 아들의 입에서 나오는 시니피앙과 시니피에의 불일치 사이에서 의미화되지 않은 기호의 난장(의미의 공백지대―"박해미으", "이씨사동", "일파구파!", "숀미자!" 등)으로 인해 터져 나오는 것이다. 이는 소리는 같으나 철자가 달리 나타나서 그 의미가 달라지는(의미가 차단되는) 파라그람적 글쓰기에 해당할 것이다. 어린 아들의 정확하지 않은 발음은 자신의 신원을 확인하는 이름과 사는 곳, 전화번호 등을 발화함에 있어 상징계적 기호의 동일성을 지워버리는 효과를 낳는다. 이것은 아마도, 극단적으로 확대된 부정성의 작용이라고 할 수 있을 것이다. 즉, 아리스토텔레스가 언급한 판단에 속한 부정(0―1 논리에 작용하는 파롤)이나 판단을 구성하는 부정(지양)과는 다른 부정성으로서, 바로 無무로 돌리는 부정성이며, 스스로를 무효화시키는 것으로서의 부정성인데, 파롤을 부정함과 동시에 이 부정에서 생긴 것마저 부정한다는 점에서 그렇다. 아빠 이름인 "박남철!"이 "방낭자! 방낭자!"로 되받아쳐지는 마지막 부분에서는 유사한 발음이 반복을 통해 또 다른 의미화 과정으로 작동되고 있는 것을 볼 수 있는데, 이러한 복수적 의미작용 역시 시적 언어가 갖는 의미의 무한성으로서의 부정성에 다름 아니며, 여기서 유발되는 웃음 또한 시니피앙과 시니피에의 간극 사이에서 생성된 의미의 마비상태라 할 수 있을 것이다. 이 과정에서 기존의 기호 체계나 의미 체계는 당연히 해체되고 독자는 해체와 함께 새롭게 생성되는 또 다른 의미 사이의 긴장 상태에 놓이게 되는 것이다.

3) 범주화(categorization)의 오류와 타자 드러내기

박남철의 웃음의 전략 중 마지막으로 꼽을 수 있는 것은 범주화의 오류를 통한 타자 드러내기이다. 무릇 카테고리category[23]라는 것이 형태 간의 유사성이나 차이점의 구별을 바탕으로 하여 구성된다면, 이때의 유사성이란 대상들을 결집하게 만들고, 차이점이란 서로 대립시키도록 만들게 하는 것인데, 이 과정에서 그 범주화의 경계설정에 대한 정당화는 피할 수 없는 것이 된다.24) 박남철의 시에 나타나는 웃음의 전략 중 하나는 이 범주화 간에 있는 경계를 허물어뜨리는 과정에서 범주화의 지표 설정 자체가 오류임을 보여줌과 동시에 이를 통해 그 언어 스스로가 지닌 타자성을 드러내는 난센스와 관련이 있다. 이는 범주화의 오류를 노출시킴으로써 범주화가 갖는 규범적 차이와 억압에 저항하는 역할을 한다고 볼 수 있다. 즉 언어의 범주화가 오류를 빚거나 착오가 생기는 지점에서 웃음이 생겨나는데, 이는 쇼펜하우어가 말한 "어떤 사물에 대한 직관적이고 추상적인 표상들 사이의 반대개념"에 근거한 것으로 볼 수 있다.25)

1)
야간,
여상 1학년, 1학년 6반,
약간 도전적인 아니; 그러나
마음 속으로는 나를 사랑하는 아이,

---

23) 우리말 번역어로는 '범주'라고 해야 할 이 카테고리는 대체로 철학적 범주, 언어학적 범주, 일상적인 것의 범주, 공통된 특성을 지닌 사람들의 총체 등으로 나뉘는데 이중 언어학적 범주는 의미적이고 문법적인 기준에 따라서 부류 내부에다 어휘 요소를 위치시킨다. 논리적이고 문법적인 범주(동사, 명사, 성, 수)인 것이다(조르주 비뇨, 임기대 옮김,『분류하기의 유혹』, 동문선, 2000, 74쪽 참조).
24) 조르주 비뇨, 임기대 옮김,『분류하기의 유혹』, 동문선, 2000, 80쪽.
25) 쇼펜하우어는 우스꽝스러운 것과 관련하여 어떤 객체(직관적이고 구체적인 대상)와 추상적인 개념(표상) 사이에 하나의 대비가 일어날 때, 이 대비가 우스꽝스런 효과를 나타낸다고 설명하고 있다. 따라서 쇼펜하우어에게서 웃음의 현상은 매번 이러한 경험과 이 경험에 의해 생각된 실제적인 대상 사이에서, 말하자면 추상적인 것과 직관적인 것 사이에서, 불일치함을 갑자기 인지하는 것을 뜻한다(류종영,『웃음의 미학』, 유로, 2005, 277쪽).

그러나 약간 못생긴……

「선생님 수수께끼 하나 낼까요?」
(중략)

시가 내려와 모든 것이 피곤한 교탁 앞의 나를 향
해 나의 응낙도 없이, 아니 차라리 저기서 또 무슨
<말씀>이 나올까 곤두세우고 있는 나를 향해;
「선생님, 밤에 해 보셨어요?」
어떤 아이들은 까르르 웃고, 어떤 아이들은 약간
낮게 <아니! 감히 선생님 앞에서!> 하고……
(중략)

2)
그렇지, 어젯밤엔 과연 하긴 했었지. 근 달포 이상
이나 계속 떠나지 않고 깜짝깜짝 놀라고 있는 시를 떠
나 보내기 위해 새벽 네시에 돼지곱창집엘 갔다가, 문
을 닫기에 석관동 네거리를 건너고 그 앞에 새로 생긴
인삼찻집[두레박; <두러박>이라고 씌어 있었다]에
서 술을 마시다 돼지같이 못생긴 뚱뚱한 계집애는 집
에 보내고 서른아홉 살 먹었다는 뭐 좀 알 것 같은, 노
름으로 한밑천 다 날리고 다시 시작하고 있다는 여자
와 아침까지, 의논해보다가 옷 벗는 여자를 기다리는
사이에 그만 잠들어버렸었지.
열시쯤에 깨어보니 여자가 옆에 없길래……

3)
사랑하는 나의 아기들아, 너희들 전라도·충청도
아이들이 거의 대부분인 사랑하는 나의 하느님의 아

이들아, 너희들이야말로, 너희들은 밤에 해가 없어서
이 형광등 아래서 배우고 있구나; 거의 7년 동안이
나, 너희들이야말로 바로 하느님의 아이들임을 미처
깨닫지 못하고 있었던 이 멍청하고도 멍청한 형광등
아래서 배우고 있었구나!

4)
「그래, 그 답은 뭐지?」 모른 체 물으니
「밤에 해가 있긴 어딨어요!」였지.
그렇구나. 밤에 해가 없긴 없구나……나는 <나>
가 너무 좋아, 어쩔 줄을 모르고 있는 아이들을 향,
해, 실로 오랜만에 정말 오래간만에 겁 없이 활짝 웃어줄 수 있었지.
(하략)

　　　　　　　　　　　　　　　　　　 ─「수수께끼」 중에서

　위의 텍스트에서 생성된 웃음은 바로 범주화의 오류를 통해 생성된 것
으로 볼 수 있다. 일단은 언어학적 범주(논리적이고 문법적인 범주로서
동사, 명사, 성, 수 등) 차원에서 보자면 1에서 학생이 낸 수수께끼와 4에
서 발화된 수수께끼의 답은 하나의 범주에서 벗어나 있어서 웃음을 유발
한다. 이 범주의 오류는 "해"가 명사일 때와 동사일 때 그 범주가 다른 것
임에도 불구하고, 그것을 동일한 범주로 묶을 때 생기는 난센스를 보여
준 것이다. 그런데 문제는 그 범주화의 오류 과정에서 많은 타자들이 드
러나고 있다는 것이다. 요컨대, 학생이 제시한 "해"라는 언어학적 범주에
대해 2에서의 발화자는 성적인 범주를 떠올리면서 술집 여자와의 성교
가 무산돼버리고 만 것에 대한 약간의 아쉬움을 속으로 드러내는가 하
면, 3에서는 밤에 "형광등" 아래서 고된 수업을 받고 있는 야간 여학생들

의 파리한 모습이 "해"가 없어서라고 본 점에서, 그 아이들의 소중함을 제대로 인식하지 못한 자신의 아둔함을 "형광등"이라고 빗대고 있는 점에서, "해"와 "형광등"의 범주는 한 개념의 여러 표상들을 동시에 보여주고 있는 것이다. 이것이 4에서는 밤에 "해"가 어딨냐는 학생의 대답으로 이어지면서 가장 격렬한 웃음이 생성된다. 이 과정에서 시에 대한 화자의 고민, 야간학교 여학생들에 대한 연민, 남자 교사를 놀려먹고자 하는 여학생들의 발랄함 등이 범주화의 경계 설정 밖에서 자신이 타자임을 드러내는 개념적 의미의 부정성으로 작용한다. 이때의 웃음이란 범주화의 오류 과정에서 그 범주화의 정당성을 무너뜨리는 여러 표상들의 불일치가 생성한 다층적인 의미작용의 소산인 것이다.

범주화의 오류(착오)로 인한 웃음의 유발은 「박수부대」에서 '박수'를 '福壽'나 '復讐' 등으로 그 개념의 범주를 넓혀나감으로써 원래의 '박수'가 갖는 개념적 범주를 의도적으로 전복시켜버린다든가, 「새로운 돼지」에서의 "자고로 '집 家'字란 '갓 쓴 돼지'를 形象하나니……이거", "南喆 돼지야아, 너도 이젠 어엿한 '豚舍的 一家'를 이루지 않았느냐……" 경우처럼 일상적인 단어의 범주가 은폐시키고 있는 의미 영역을 노출시킴으로써 개념 범주의 타자성을 드러내는 데서 비롯되기도 한다. 이때의 웃음은 특정 단어가 갖는 개념 설정의 지표를 확대시키거나 그 단어의 개념이 갖는 표상의 틀을 깨뜨리는 과정에서 생성된 것으로, 이 역시 범주화로 인한 타자성을 보여주는 의미실천이 된다.

3. 마무리

일명 '유희적 해체'로 불리는 박남철 시에 나타난 웃음의 양상과 의미작용을 시적 언어의 부정성 차원에서 살펴보았다. 이 글에서 필자가 박남철의 웃음에 주목하였던 것은 언어적 파괴와 형태 파괴를 통한 해체적 실험시보다는 웃음을 유발하는 유희적 해체시가 '가장 박남철다운' 특성을 지녔다는 판단에서 비롯된 것이었다. 문제는 이 웃음이 지니는 의미화를 해체시와 관련하여 어떻게 규명할 것인가가 핵심이었다고 할 수 있는데, 이 글에서는 웃음이 지니는 해체적 특성과 시적 언어가 지니는 부정성이라는 특성을 접목시킴으로써 웃음의 생성기제가 시적 언어의 부정성으로 기능하고 있음을 밝혀보았다.

시적 언어의 부정성 차원에서 살펴본 박남철 시 텍스트에 나타난 웃음의 양상과 기능은 <통사 규칙의 위반과 의미 생성의 다중화>, <언어유희와 파라그람paragram적 의미실천>, <범주화의 오류와 타자 드러내기>의 세 항목으로 나누어 살펴볼 수 있다. 먼저, <통사 규칙의 위반과 의미 생성의 다중화> 같은 경우는 통사규칙의 위반을 통해 유발한 웃음이 의미의 다중성과 불확정성, 유동성을 낳는다는 차원에서 시적 언어가 갖는 의미의 무한성과 맥락을 같이 한다고 볼 수 있으며, <언어유희와 파라그람paragram적 의미실천>에서는 언어유희를 통한 파라그람적 글쓰기가 선線적이고 일의적인 의미망을 해체하고 중층적이고 역동적인 의미생산을 가능케 하는 기제가 되고 있음을 살펴볼 수 있었다. 마지막으로 <범주화의 오류와 타자 드러내기>에서는 범주화의 오류를 통해 일상적인 단어의 범주가 은폐시키고 있는 의미 영역을 노출시킴으로써 범주화의 오류로 인한 타자를 드러내는 의미실천이 바로 웃음임을 확인할 수 있었다.

1980년대의 해체시가 당대의 억압된 현실에 대해 언어적 파괴와 해체를 통한 저항의 한 수단으로 부상되었다는 문학사적인 진단은 이제는 일종의 클리쉐가 돼버릴 정도로 일반적인 것이 되었지만, 이 당시 해체시에 나타난 시적 언어를 시학적 차원에서 어떻게 규명할 수 있을 것인가에 대한 과제는 아직도 진행 중이라 할 수 있을 것이다. 특히나, 이 당시 해체시가 보여준 상징계적 언어의 억압에 대한 파괴와 해체적 경향은 그 당시의 전체주의에 항거하는 방법적 저항이었다는 측면에서 시적 언어의 언어적 실천이 우리가 살고 있는 시대의 표상을 어떻게 달리할 수 있는지, 그리고 그 표상 작업이 어떠한 사회문화적 효과를 가져올 수 있는지에 대한 연구도 중요한 연구 과제가 될 것이다.

제3장

황지우 '해체시'에 나타난 시적 언어로서의
상호텍스트성

1. '시적인 것'과 시적 언어로서의 상호텍스트성

"나는 '시'를 추구하지 않고 시적인 것을 추구한다"는 황지우의 '시적인 것'의 명제는 초기의 '간주관성'에서 후기의 '객관성'으로 그 내용이 바뀐다.[1] 이때의 '간주관성'은 '시적인 것'과 관련하여 '의사소통'을 기본전제로 한 대전제로 보여진다. 먼저 '간주관성'을 중심으로 그의 '시적인

---

1) 황지우는 『우리 세대의 문학』 제2호에서 기획한 "우리에게 문학이란 무엇인가?"라는 물음에 대해 작성한 「사람과 사람 사이의 신호」에서 "문학이란 의사소통의 일종이다"라는 결론을 먼저 제시한다. 문학이 일종의 의사소통이라고 할 때는 당대의 의미공동체를 필요로 하는데, 그가 말하는 의미공동체란 당대의 특정 패러다임에 의해 "공시적으로 규정된 어떤 공통감각"을 갖는 공동체로서, '시적인 것'은 시인의 주관 내부에 섬광처럼 존재하는 것도 아니고, 객관적인 세계에 리얼하게 존재하는 대상도 아닌 나와 너 '사이'의 의미공동체 안에서 인정, 생성된다고 주장한다. 즉 '시적인 것'은 의사소통을 목적으로 하는 '간주관성의 역장' 속에서 존재한다는 것이 「사람과 사람 사이의 신호」에서 언급한 요지라고 할 수 있다. 이에 대한 '시적인 것'에 대한 논의는 차후, 「시적인 것은 실제로 있다」에서 '시적인 것'을 "어느 때나", "어디에도 있는" 실재적인 것, 즉 객관적인 것이라고도 말한다. 즉 「사람과 사람 사이의 신호」에서는 간주관성과 객관성 사이에 머뭇거리고 있는 것처럼 보이는데, 3년 뒤에 발표한 「시적인 것은 실제로 있다」에 이르면, 시적인 것의 존재론적 지위를 객관적인 것으로 보는 관점으로 이동을 한 것이다(신형철, 「시적인 것, 실재적인 것, 증상적인 것―황지우 시론의 비판적 검토」, 『한국학보』 30권, 제4호, 2004 참조).

것'과 관련된 논의를 간략하게 재구성하자면, 다음과 같은 논의의 궤적을 확인할 수 있다.[2]

(가) 우리가 시적인 것을 이해하고 체험하는 속사정을 자세히 보면, '시적인 것'의 개념 자체가 주관과 주관 사이에 열려있는 공통감각, 즉 상식의 배관을 지나고 있다는 것을 알 수 있다……그것은 인간의 내부에만 있지도 않고 외부에만 있지도 않다. '시적인 것'은 '내면의 외부'에 있고 '외면의 내부'에 있다. 말하자면 안과 밖의 경계가 흐려진, 간주관적이고 간인간적인 문화적 성층에 있다.

(나) 이 성층은 제도다. 다만, 이 제도는 끊임없이 자기 발생하기 때문에 그 테두리가 불분명하고 흐물흐물하다. 우리는 태어나자마자 이 테두리에 자력(磁力)처럼 흐르고 있는 힘을 받는다. 깜짝 놀랐을 때의 무의식적인 몸짓, 억양, 방언, 음식 맛에 우리는 이미 물들어 있다. '시적인 것'도 이처럼 제도적이다. 즉 그때그때 시를 쓰고 읽는 사람들이 '시적인 것'의 자격을 부여하는 행위를 통해 '시적인 것'의 틀이 생기며, 이 틀에 준해서 사람들은 시를 쓰고 읽고 이해하고, 해석하고, 평가한다. 심지어 이 틀을 갈아끼우려는 노력도 틀에 준해서 주어진다. 여기서 우리가 주목하는 것은 '시적인 것'의 자격부여와 그 틀의 형성이 시를 쓰는 사람과 읽는 사람들이 구성하는 의미공동체에 의해 이루어진다는 사실이다. 좀 더 정확하게 말해서 쓰는 자와 읽는 자 사이의 의사소통에 의존하고 있다는 말이다.

(다) 의사소통의 양식으로 문학을 조감하면 문학적 텍스트는, 먼저 그것의 이해에 도달할 수 있도록 쓴 사람과 읽는 사람의 간주관적인 관계를 전제하게 된다……. 충분한 문학이해는 씌어진 작품의 분석과 쓰려는 의도에 대한 연구가 쓴 사람, 읽는 사람의 간주관적인 맥락

---

2) 황지우, 『사람과 사람 사이의 신호』, 한마당, 1986, 10~20쪽 참조.

안에서 변증법적으로 포괄될 때 이루어진다. 나는 이 '변증법적으로'
라는 말에 문학이 작가와 독자가 서로를 부정·인정하는 '대화적' 기
능으로 떠올랐으면 한다.

간추려보자면, '시적인 것'이란 "'내면의 외부', '외면의 내부'인 간주관
적이고, 간인간적인 문화적 성층"이며, 이러한 명제가 실현되려면 "쓴 사
람과 읽는 사람의 간주관적인 관계"가 전제되어야 하며, 충분한 문학 이
해는 "쓴 사람, 읽은 사람의 간주관적인 맥락 안에서 변증법적으로 포괄
될 때" 이루어진다는 것을 핵심 내용으로 하고 있다. 즉 '시적인 것'을 '간
주관성' 속에서 의사소통에 의해 그 틀이 형성되고, 맥락 안에서 변증법
적으로 인정·부정되는 대화적 기능으로 보고자 한 것이다. 여기서 필자
가 황지우 시 텍스트의 의미생성과정과 관련하여 주목하고 싶은 대목은
두 곳인데, 첫째는 '시적인 것=간주관성'이라고 할 때 이것은 외면의 내
부, 외부의 내면이 겹쳐지는 곳, 즉 의미 생성의 복수複數적 공간임에 주
목하고자 한다. 황지우가 시적인 것=간주관성을 주장하고자 했을 때, 이
는 시에 대한 이분법적 차원의 논란(시를 자기 표현, 혹은 직관주의나 주
관적인 것으로 보는 입장과 포퍼류의 극단적인 객관주의로 보는 입장)으
로부터 시를 보호하고자 한 것이었으며, 아울러 문학이란 완전히 반영적
인 것만도 아니며, 완전히 자율적인 것만도 아니라는3) 자신의 문학관을
배음으로 깔고 있는 선언이라 할 수 있을 것이다. 이것은 "어떤 작품이
든, 그것이 '문학적인 한' 작가가 의도했던 것 이상으로, 혹은 이하로, 다
양하게 읽혀지기 마련이다"4)라는 그의 주장과 연관시켜볼 때, 시 텍스트
의 의미 생성은 결코 단일하거나 일의적일 수 없는 복수적 공간에서 이

---

3) 황지우, 「사람과 사람 사이의 신호」, 『사람과 사람 사이의 신호』, 한마당, 1986, 21쪽.
4) 황지우, 위의 책, 위의 글, 18쪽.

루어진다는 것으로 유추해볼 수 있다.

두 번째로 주목하고자 하는 대목은, 시적인 것이 간주관성의 공간 속에서 탄생되는 것이라고 할 때, 이 간주관성의 공간은 고정되고 불변한 것이 아니라 불연속적이며, 그 경계가 모호하고 불분명하다는 점이다. (위의 인용문 (나)를 참조) 즉 그때그때 시를 쓰고 읽는 사람들이 '시적인 것'의 자격을 부여하는 행위를 통해 '시적인 것'의 틀이 생기며, 이 틀에 준해서 사람들은 시를 쓰고, 읽고, 이해하고, 해석하고, 평가한다는 것이다. 심지어는 이 틀을 갈아 끼우려는 노력도 틀에 준해서 이루어진다는 것인데, 이는 '시적인 것'이 생성되는 의미 공간이 복수적이며, 동시에 유동적이며, 불확정적임을 보여준다. 따라서 황지우의 '간주관성'으로서의 '시적인 것'에 대해 필자가 주목하고자 하는 개념적 범주는 그 간주관성이 지니는 의미의 복수성, 유동성, 불확정성이다.

한편, '간주관성'으로서의 '시적인 것'이 3년 후 「시적인 것은 실제로 있다」라는 시론에서는 '객관성(실제로 있다)'으로 개념 범주의 변경을 꾀하게 되는데, 이 과정에서 주목해야 할 부분은 '객관성'이라는 것의 개념 범주, 의도, 문학적 효과 측면이다.5)

> (가) <시적인 것>은 주체(시인 혹은 독자)의 마음상태로부터 비교적 독립되어 있다는 의미로, 그것은 비교적 객관적이다. 즉, 시적인 것은 객관적으로 존재한다는 것이다······ <시적인 것>은 실제로 존재한다고 할 때, 그 실재성은 책상이나 돌의 실재성과 같은 동일한 물질적 조건에서 동일시될 수 있는 성질의 것은 물론 아니다······그러나 <시적인 것>이 마음 상태로부터 독립되어 있다는 진술은 그것이 마음의 능력에 의해 구성될 것일 뿐이라는 진술과 첨예하게 대립한다.

---

5) 아래의 내용은 「시적인 것은 실제로 있다」(『사람과 사람 사이의 신호』, 한마당, 1986)에서 요약, 발췌한 것임.

(나) 내가 전략적으로 시적인 것의 존재론적 지위를 제시하고 싶었던 이유는 시를 그 주체의 심리상태에로, 혹은 그 언어조직의 특성에로 되돌려서 이해·해석하는 환원주의의 오류에 대한 방어였다……시적인 것의 존재론적 지위는 '과학적 아이디어들'의 존재론적 지위와의 유추에 의존하고 있다는 것을 잘 안다. 그러나 그 유추는 이질적인 두 지위의 단순한 병치가 아니라, 과학적 아이디어들의 장에 위치시키는 것이 참된 것이 되려면, 시적인 앎과 과학적인 앎 사이의 경계가 흐려져 있다는 것이 입증되어야 한다. 그 시적인 앎/과학적인 앎의 경계를 분명하게 가르는 사람들의 주장을 반증하게 되면 나의 이야기도 끝나게 된다. 예를 들어 시에서의 언어는 표현적이고 이모티브한 기능만 가지고 있으며, 참·거짓을 가릴 수 없는 비—지시적인 언어로만 보는데(허구이기 때문에) 시는 다른 방식으로 현실을 지시하며, 오히려 허구이기 때문에 현실을 생산적으로 지시하며 심지어는 현실을 늘리기까지 한다.

(다) 시적 진술은 사실적 진술에 비해 그 지시 방식이 다르기는 하지만, 거기에 지시 기능이 있다는 것은 분명하다. '햇빛', '구름', '비' 등이 시 속에 들어오면 물리적 대상에서 지향적 대상으로 변질되기는 하지만, 아무리 주체의 정서적 간섭을 받는다할지라도, 그 지향적 대상이 지시(의미)하는 것은 그 물리적 대상이 지시(의미)하는 것을 지렛대로 하여 튀어 오르게 마련이다. 왜냐하면 앞의 것은 뒤의 것에 빗대어야 하기 때문이다. 양자가 동떨어져 있지는 않다.

(라) 이제 우리는 시 속에 구체화되어 있는 느낌을, 제 식으로 말하면 <시적인 것>을 깨닫는 일은 진술의 의미를 이해하는 일과 같으며, 그 이해의 조건들도 서로 동일하다는 데에 이르게 되었다. '하늘과 바람과 별'의 서정시에도 물론 그 시인의 독특한 감정의 색채가 묻어있긴 하지만, 그의 사적 정서를 넘어 자연과 삶과 시대에 대한 그의 통찰이 텍스트 밑에 깔려 있다……시인은 과학자나 철학자들이 그런

것처럼 세계를 보고 있습니다. 다만, 시인은 그것과 다른 세계를 보려 하며, 좀 더 욕심을 부리면 세계를 만들어내려고 꿈꾼다.

위 인용문에서 살펴본 것처럼, 「시적인 것은 실제로 있다」에서는 '시적인 것'이 '간주관성'에서 '객관적으로 존재한다'라는 것으로 바뀐다. 그러나 이 글의 핵심은 객관성으로서의 실재에 대한 명징한 논증이 아니라, 자신이 왜 '시적인 것'을 '객관적인 실재'로 보고자 하는가에 있다. 그렇기 때문에 과학적인 유추에 의한 자신의 논증적 한계를 인정하면서도, 시를 '마음의 능력'이라거나, '언어적인 특성 · 조직'에 의해서만 기능한다는 입장에 반대를 하기 위해 시적인 것의 객관성을 내세우고 있음을 누차 강조하고 있는 것이다. 이러한 입장은 위의 글 (나)와 (다)로 연결되는 시의 '현실 지시적 기능'의 전제가 되는데, 시가 객관적으로 존재한다면, 이는 주체(시인, 독자)의 마음에서만 존재하거나, 표현적이고, '이모티브'한 기능만 갖는 것이 아니라, 시적 진술은 현실을 다른 방식으로, 논리적 진술보다 훨씬 더 생산적인 지시적 기능을 지닌다고 보는 것이다. 따라서 이 글을 쓰게 된 시점에서 황지우의 '시적인 것'에 대한 기본적인 입장은 3년 전 「사람과 사람 사이의 신호」에서 언급한 것과 다를 바 없지만, 다만 그 강도가 더 강해진 것이라고 볼 수 있다. 즉 문학의 본질주의(낭만주의, 서정주의, 언어중심주의)에 대한 저항적 입장의 강도가 '간주관성'에서 '객관성'으로까지 강해진 것이라고 유추해볼 수 있으며, 이는 그가 밝힌 바 있는 것처럼, "그동안 시를 쓰면서 혹은 그것에 대한 남용된 오해에 시달리면서 나름대로 모색한 환원주의에 대한 방어이자, 대응책"[6]이었다고 볼 수 있을 것이다.

'간주관성'에서 '객관성'으로의 변화가 입장의 변화라기보다는 강도의

6) 황지우, 「시적인 것은 실제로 있다」, 『사람과 사람 사이의 신호』, 한마당, 1986, 233쪽.

강화였음은 그가 시적 진술이 갖는 현실적 지시성을 강조(위의 인용문
(나), (다), (라))한 데서 확인되는 바와 같이, 시의 현실 지시성과 밀접한
관련을 갖는다. 다만, 황지우는 과학적 진술처럼 참·거짓을 검증하는
방식으로서가 아니라 "지향적 대상과 물리적 대상이 함께 지렛대로 튀어
오르는 방식", 즉 "양자가 동떨어져 있지 않은 방식"으로 존재하는 시적
진술의 현실지시 방식을 언급하고자 했던 것이다.

　이상, 황지우의 시론을 필자가 거칠게 요약한 과정에서 추출해볼 수
있는 '시적인 것'의 핵심 키워드는 의미의 복수성, 의미의 불확정성, 그리
고 현실지시성이다. 이 두 가지 경향의 키워드(의미의 복수성과 불확정
성/현실지시성)는 일종의 모순형용처럼 공존하기 어려운 것임에도 불구
하고, 텍스트 내에서는 "기적처럼 의사소통을 가능케 하는" 시소게임을
힘겹게 벌이고 있는 것으로 파악된다. 이는 황지우가 자신의 "형태파괴
의 시"를 "끔찍한 모더니티" 아래 자유로운 담화를 보장받지 못한 상황
에서 "의사소통의 통로를 뚫으려는 언어의 난센스", "파시즘의 공포에
대응하는 팬터마임"으로 공표했던 진술과 그 맥락을 같이 하는 것으로
서, '시적인 것'을 지향한 그의 해체시 텍스트의 시학적 지평을 보여준 것
이라 할 수 있다. 따라서 이 글에서는 황지우가 언급한 '시적인 것'의 시
학적 지평―의미의 복수성, 불확정성, 현실지시성―의 틀 안에서 그가 보
여준 해체시 텍스트의 의미생성과정을 검토해보고자 한다. 이는 그의
'시적인 것'이 한 편의 '시'로 기능할 수 있게 하는 '시적인 언어'가 갖는
상호텍스트성에 대한 전유를 바탕으로 진행될 것이다.7) 여기서 언급하

---

7) 이 글에서 참조하게 될 시적 언어가 갖는 상호텍스트성 개념은 줄리아 크리스테바가
　시적 언어의 특성으로 꼽은 두 가지, 즉 '상호텍스트성'과 '파라그마티즘'의 개념에서
　빌려온 것이다. 크리스테바에 의하면 시적 시니피에는 또 다른 담론에 속하는 여러 시
　니피에에 둘려져 상호 결합되어 있다. 다시 말해 시적 언표에서 몇몇의 다른 담론을 읽
　어낼 수 있다는 것이다. 이렇듯 시적 시니피에 주위에서는 복수(複數)적인 텍스트 공간

는 시적 언어의 상호텍스트성은 텍스트의 단일하고 통합된 의미를 거부한다는 측면에서 텍스트의 복수성, 불확정성과 관련되고, 역사적이고 문화적이며, 사회적인 진행과정에 연결된다는 측면에서 동시대의 현실지시성(정치성)과 연결된다. 따라서 시에서의 상호텍스트성은 수평적 차원(쓰기 주체와 수신자)과 수직적 차원(동시대나 역사, 문화, 사회적 텍스트들)을 통해 텍스트의 열린 구조를 지향해나가는 기제로 사용되는데,[8] 이 글에서는 이 수평적 차원과 수직적 차원에서 동시에 작용하는 시적 언어의 상호텍스트성을 통해 황지우의 시론과 해체시 텍스트가 겹쳐지는 의미생성과정을 살펴보고자 한다.

2. 시적 언어의 복수성(複數性)과 불확정성 –'보기', '보여주기'

의사소통을 전제로 한 '간주관성'을 '시적인 것'으로 보았던 「사람과 사람 사이의 신호」에서 황지우는 "시는 '시적인 것'의 '보기'(창조가 아니다!)에 의해 얻어진다. '시적인 것'을 보면서 보여주는 것이 시라고 나는 생각한다"고 밝힌다. 이때 '보면서 보여준다'는 원리는 글쓰기의 주객관적

이 창출되므로, 시적 시니피에를 단일 약호에 속하는 것으로 볼 수 없다고 본다. 또한 그녀는 시적 시니피에는 몇 개의 약호가 교차하는 장일 뿐 아니라 그러한 약호는 서로 부정관계에 있다고 보면서, 이것을 시적 언어가 갖는 특성인 '상호텍스트성'과 '파라그마티즘'으로 명명한다. 따라서 크리스테바에 의하면 이 두 가지 특성은 일반적이고 논리적인 언어와는 다르게 시적 언어가 갖는 가장 근본적인 것이 된다. 상호텍스트성 개념은 바흐친으로부터 비롯하여 크리스테바로 이어지면서 여러 이론가들에 의해 이론적 차원에서 다양한 스펙트럼을 드러내나, 본고에서는 일반적인 언어와는 달리 시적 언어가 갖는 특성으로서의 '상호텍스트성' 개념에 착안하여 논의를 진행하고자 한다. (줄리아 크리스테바, 서민원 옮김, 「시와 부정성」, 『세미오티케』, 동문선, 2005, 249~250쪽 참조).
8) G. Allen, *Intertextuality*, Routledge, London and NewYork, 2000, p.38.

원리와 상황을 말해주는 것으로 볼 수 있으나, '보면서 보여주는 것'이 동시에 공존하는 공간성 차원에서 이 명제를 받아들이면, '시' 텍스트는 그야말로 '창조'가 아니라, 잠재적으로 수많은 관계가 연결되는 연합적 공간으로 보여진다. 때문에 시적인 것은 인간의 내부에만도 있지 않고, 외부에만도 있지 않은 '내면의 외부'에 있고 '외면의 내부'에 있다는 황지우의 발언은 텍스트 속 단어들의 의미가 저자 자신의 고유한 의식으로부터 유래한 것이 아니라 언어적이고 문화적인 체계 안에서 그들의 위치로부터 유래한다고 보는 크리스테바의 저자 개념9)에 대한 언급을 연상시킨다.

크리스테바에 의하면, 저자는 그들 자신의 본래의 정신에서 그들의 텍스트들을 창조하는 것이 아니라 이미 존재하는 텍스트들로부터 편집한다. 따라서 텍스트는 텍스트들의 순열(교환, 치환)이고, 주어진 텍스트 공간 안에서의 상호텍스트성이다. 다른 텍스트들로부터 취해진 몇 개의 발화들은 서로서로 교차하고 본래의 의미를 중립시킨다. 텍스트들은 문화적, 또는 사회적 텍스트, 모든 다른 담론들, 이야기하고 말하는 방식, 우리가 문화라고 부르는 것들을 구성하는, 제도적으로 승인된 구조들과 체계들로 양식화된 것으로 구성된다는 것이다.10) 이런 의미에서, 텍스트는 개인적이거나 고립된 대상이 아니라, 문화적 텍스트성의 산물이며 개인적 텍스트와 문화적 텍스트는 같은 텍스트 재료로부터 만들어지며, 서로 분리될 수 없다.11) 상호텍스트성에 대한 이러한 입장을 참조하자면, 황지우가 "시적인 것은 안과 밖의 경계가 흐려진, 간주관적이고 간인간적인 문화적 성층"에 있다고 했을 때의 '시적인 것'의 개념은 우리가 문화라고 부르는 것들을 구성하는 텍스트들의 순열(교환, 치환)이자, 주어진 텍

---

9) G. Allen, *Intertextuality*, Routledge, London and New York, 2000, p.35.
10) G. Allen, 위의 책, p.35.
11) G. Allen, 위의 책, p.35.

스트 공간 안에서의 상호텍스트성으로 해석 가능할 것이다.

크리스테바가 언급한 상호텍스트성은 수평적 차원과 수직적 차원에서 역동적으로 복수적인 의미를 산출해냄과 동시에 분명하고 안정된 의미를 제시하지 않기에 불확정성을 통해 단일화된 의미에 저항하는 '텍스트 실천'이라는 특성을 지닌다.[12] 수평적 차원에서 텍스트 내의 단어는 쓰기 주체와 수신자 둘 다에게 속하며, 수직적 차원에서의 텍스트 내의 단어는 이전의 또 다른 텍스트들을 향해 있다. 따라서 저자와 독자 사이의 의사소통은 언제나 현재의 시적 언어들과 과거의 시적 텍스트 사이의 상호텍스트적인 관계에 의해 연결된다. 저자들은 그들의 단어들이나 텍스트들이 그들 내에 다른 텍스트들의 존재와 의사소통하는 것처럼 동시에 독자들과 의사소통한다. 이때, 수평축(글쓰기 주체-수신자)과 수직축(텍스트-맥락)은 동시에 일어나면서 시적 언어는 최소한 이중적(대화적, 양가적)으로 읽혀진다는 것이 크리스테바가 주장한 시적 언어로서의 상호텍스트성이 갖는 의미의 복수성이자, 고정되고 위계적인 의미 체계에 대항하는 의미의 역동성(불확정성)인 것이다.[13]

초기시에 해당하는 황지우의 다음과 같은 해체시 텍스트의 경우도 시적 언어가 갖는 상호텍스트성의 개념에 비추어 볼 때 수평축(글쓰기 주체-수신자)과 수직축(텍스트-맥락)의 교차공간에서 동시적으로 일어나는 복수적이고 불확정적인 의미생성과정임을 확인해볼 수 있다.

(가)
김종수 80년 5월 이후 가출
소식 두절 11월 3일 입대 영장 나왔음

12) 줄리아 크리스테바, 서민원 옮김, 「텍스트와 그의 과학」, 『세미오티케』, 동문선, 2005, 18쪽.
13) G. Allen, *Intertextuality*, Routledge, London and NewYork, 2000, p.38.

귀가 요 아는 분 연락 바람 누나
829－1551

이광필 광필아 모든 것을 묻지 않겠다
돌아와서 이야기하자
어머니가 위독하시다

조순혜 21세 아버지가
기다리니 집으로 속히 돌아오라
내가 잘못했다

나는 쭈그리고 앉아
똥을 눈다

－「심인」 전문

(나)
① 1983년 4월 20일, 맑음, 18℃

② 토큰 5개 550원, 종이컵 커피 150원, 담배 솔 500
원, 한국일보 130원, 짜장면 600원, 미스 리와 저녁
식사하고 영화 한 편 8,600원, 올림픽 복권 5장
2,500원

③ 표를 주워 주인에게 돌려
준 청과물상 金正權(46)

④ 령＝얼핏 생각하면 요즘
세상에 趙世衡같이 그릇된

⑤ 셨기 때문에 부모님들의 생
활 태도를 일찍부터 익혀 평

⑥ 가하는 것이 더욱 중요한 것
이다. (李元桂군에게) 아

⑦ 임감이 있고 용기가 있으니
공부를 하면 반드시 성공

[……]

대도둑은 대포로 쏘라

                        -안의섭, 「두꺼비」

⑧ (11) 第 10610호號
▲일화15만엔(45만원)▲5. 75캐럿물방울다이어1개
(2천만원) ▲남자용파텍시계1개(1천만원)▲황금목
걸이5돈쭝1개(30만원)▲금장로렉스시계1개(1백만
원)▲5캐럿에머럴드반지1개(5백만원)▲비취나비
형브로치2개(1천만원)▲진주목걸이꼰것1개(3백만
원)▲라이카엠5카메라1대(1백만원)▲청자도자기
3점(싯가미상)▲현금(2백50만원)
           -「한국생명보험회사 송일환씨의 어느 날」 중에서

위 텍스트들의 경우, 저자는 "보면서 보여주는" 중개자의 역할을 충실
히 수행하고 있다. 일단 (가)의 텍스트에서 수평축은 '보여주기'에 해당하
는 바, 신문에서 사람 찾는 광고를 보고 그 광고를 독자에게 보여주는 것
이 '쓰기 주체−수신자' 간의 가로축이라고 한다면, 세로축은 '보기'에 해

당하는 것으로서, 신문광고라는 텍스트를 보고 흡수함과 동시에 그 텍스트를 나름대로 변용(황지우는 이 텍스트와 관련하여 1980년에 실종된 사람들을 광고형식을 전용하여 거기에 기록된 인명들, 전화번호, 날짜 등이 현실 속에서 그에 상응하는 지시체를 갖고 있지 않다는 의미에서 허구적이라고 밝힌 바 있다.)[14] 하면서 다른(이전) 텍스트를 흡수하여 분열시키고 있는 공간이 된다. 이 과정은 상호텍스트적 공간에 들어오는 다른 텍스트를 흡수하고, 또한 분열시키면서 만들어지는 의미생성의 과정이라고 볼 수 있다. 따라서 이 텍스트는 다른 텍스트를 긍정하고 부정하는 동시적이며 복수적인 활동 속에서 짜인다는 것을 확인할 수 있다. 이를 간단히 도표화하자면 다음과 같다.

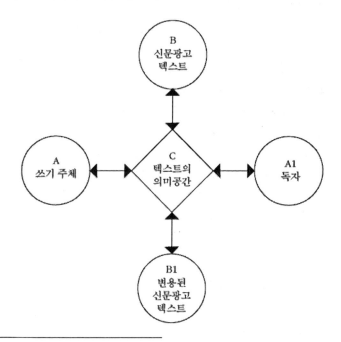

---

14) 황지우, 「시적인 것은 실제로 있다」, 『사람과 사람 사이의 신호』, 한마당, 1986, 50쪽 참조.

위의 도표에서 볼 수 있듯이 (가)의 의미 생성 공간은 A↔A1과 B↔B1이 겹쳐지는 공간인 C가 된다. 이 공간은 바로 "보면서 보여주는" 복수적인 공간이면서, 동시에 다른 텍스트를 긍정하고 부정하는 의미의 다층적 공간이다. 따라서 이 공간에서 시적 의미작용은 일정한 단위에 고정시키는 방식을 취할 수 없으며, 그것은 이 상호텍스트성의 공간에 배치되는 여러 문맥 사이의 중층적인 의미작용의 결과로 생겨난다.

'시적인 것'의 시적인 의미 작용의 복합적이고 다성적인 과정은 (나)에서 더 뚜렷이 확인할 수 있다. 전체적으로 보아서 수평축과 수직축의 관계는 (가)의 도표와 크게 다를 바가 없을 것 같으나, (가)의 경우보다 훨씬 더 다양한 텍스트들이 개입되면서 각 텍스트들 간의 흡수와 분열 과정은 더욱 더 활발하게 행해진다. 이에 따라 다른 텍스트들을 흡수하며 분열시키는, 즉 긍정하고 부정하는 복수적 활동이 다층적으로 이루어지며 이 공간 속에서 시적인 의미작용은 ①에서 ⑧로 옮겨지는 가운데 이 사이에 존재하는 여러 가지 문맥들(연보와 당시의 경제 지표를 알려주는 물가, 평범한 샐러리맨의 하루 일과, 대도 조세형과 관련된 신문 기사 및 만화, 아마도 대도 조세형이 훔친 물건으로 추정되는 사치품들의 가격표 등)과 충돌, 분열하면서 의미의 복수성, 불확정성을 실현하고 있는 것이다. 즉 황지우의 "보면서 보여주는" 것으로서의 '시적인 것'의 텍스트 실천은 외부로부터 주어진 무수한 표식과 재료들을 조합하고 연결시키는 과정에서 흡수하고 분열시켜 나가는 복수적 가치로 실현되고 있는 것이다.

황지우는 '시적인 것'의 도래를 지극히 일상적이고 통속적인 것, 이를테면 서로 무관해 보이는 신문 기사, 해외토픽, 드라마 예고와 화장실 낙서, 광고문안, 비명碑銘, 예비군 통지서 등에서 구하는 한편, 눈에 보이는 이러한 텍스트를 눈에 보이지 않는 콘텍스트 속에 잡아넣어 우리에게 낯익었던 것들을 낯설게 느끼도록 하는 효과에 치중함으로써[15] 기존 양식을 파괴한 '형태파괴의 시'를 선보인 해체시의 대표 시인으로 평가받는다. 해체시와 관련한 황지우에 대한 이러한 평가도 넓게 보면 그가 '시적인 것'이라고 칭한 자장 안에서 이루어지는 시적 언어의 의미작용(복수성과 불확정성이 이루어지는 상호텍스트성)에 대한 평가라고 할 수 있다. 또한 황지우의 언어적 실천이 기존의 고답적인 서정시의 문법과 틀을 뛰어넘고자 하는 방법론적 실험으로 주목받았던 것도 시적 언어로서의 상호텍스트성이 갖는 의미의 복수성, 유동성(불확정성)이 생성, 충돌하면서 발현되는 공격성과 '낯설게 하기'에 있었던 것으로 볼 수 있을 것이다.

3. 시적 담론의 정치성-현실지시의 '간주관성'

황지우의 '시적인 것'과 관련된 언급이 과학적인 논증이라기보다는 억압된 의사소통의 통로를 뚫기 위한 방법적 저항의 차원이었다는 것은 앞서 살펴 본 바와 같다. 따라서 황지우의 '시적인 것'에 대한 선언의 궁극적인 목적은 바로 "끔찍한 모더니티"에 대한 폭로와 비판, 그를 향한 저항과 부정을 위한 언어 장치의 모색이었던 것이다. 그래서 "미적인 것은 정치적이며, 정치적인 것은 미적이다"16)라는 황지우의 주장은 미적인 것과 정치적인 것의 동시적 공존으로서의 '시적인 것'의 존재 가능성을 언급한 것으로 판단된다.

미적인 것과 정치적인 것의 공존으로서의 '시적인 것'의 존재 가능성은 그의 시론에서 대략 두 가지 차원에서 언급되고 있다. 시에서의 언어

---

15) 황지우, 「사람과 사람 사이의 신호」, 『사람과 사람 사이의 신호』, 한마당, 1986, 23쪽.
16) 황지우, 「끔찍한 모더니티」, 『황지우 문학앨범』, 웅진출판, 1995, 150쪽.

는 표현적이고 이모티브한 기능만 가지고 있는 것이 아니라 참 · 거짓을 가리는 과학적인 언어와는 다른 방식으로 현실을 지시하며, 오히려 허구이기 때문에 현실을 생산적으로 지시하며 심지어는 현실을 늘리기까지 한다는 주장을 통해 시적 언어의 현실지시성을 강변한 것이[17] 그 첫째이고, 그렇다고 문학의 현실 인식이 사회과학의 그것과 반드시 일치하는 것이 아니며, '시'와 '현실'은 동일한 사회적 사건, 동일한 행동, 동일한 역사 안에서 함께 의미지워진다는 주장[18]이 두 번째 차원의 언급이다. 황지우의 이 같은 입장은 시적 화법의 탈바꿈에 의해 자신은 현실변혁에의 의지를 드러내고, 시는 현실의 반사가 아니라 현실에 대한 현실의 나타냄이라는[19] '시적 장치와 현실', 그리고 '현실 변혁 의지의 동시적 공존 가능성'으로서의 '시적인 것'을 최대한 드러낸 것이라 할 수 있다.

그렇다면, 미적인 것과 정치적인 것, 시와 현실은 어떻게 동시에 의미지워질 수 있는가? 이는 황지우의 '시적인 것'에 대한 선언에서 해답의 실마리를 제공받을 수 있다. 황지우가 기존의 '시'를 거부한 것은 이전 시 장르의 관습적 규범에서 벗어나 사회적이고 문화적인 '관계망'으로서의 시적 언어를 추구한 것이었으며, 그 '관계망' 안에서 사회와 역사와 문화가 함께 의미지워지는, 즉 미적인 것과 정치적인 것과의 동시적 공간을 겨냥한 것으로 볼 수 있다. 이러한 시도는 텍스트들은 그것들이 구축된 더 큰 문화적, 사회적 텍스트들로부터 분리될 수 없다는, 따라서 모든 텍스트들은 담론을 통해 사회에서 표현된 이데올로기적 구조와 분쟁들을 그들 안에 포함한다는 바흐친과 크리스테바의 상호텍스트성 개념[20]과 유사한 맥락으로 볼 수 있다.

17) 황지우, 「시적인 것은 실제로 있다」, 『사람과 사람 사이의 신호』, 한마당, 1986, 227쪽.
18) 황지우, 「사람과 사람 사이의 신호」, 『사람과 사람 사이의 신호』, 한마당, 1986, 25쪽.
19) 황지우, 「시의 얼룩」, 『사람과 사람 사이의 신호』, 한마당, 1986, 240쪽.
20) G. Allen, *Intertextuality*, Routledge, London and NewYork, 2000, p.35.

(가)

오늘 아침 버스를 타는데, 뒤에서 두 번째 오른쪽 좌석
에 누군가 한 상 걸게 게워낸 자국이 질펀하게 깔려 있
었다. 사람들은 거기에 서로 먼저 앉으려다 소스라치면서
달아났다. 거기에는, 밥알 55%, 김치 찌꺼기 15%, 콩나
물 대가리 10%, 두부알갱이 7%, 달걀후라이 노른자위
흰자위 5%, 기타 3% 순으로.
천지신명이시여, 이게 우리의 지상의 양식이랍니다.
퍼부어주세요. 퍼먹여주세요.
그러면 농수산부장관, 나와서 답변하시오. 도대체 추
곡수매가를 인상 못하는 이유가 머시오? 이제 와서 어
디다 안면 내세울 것도 없는 국민당의 ㄱ의원이 단상을
치고 핏대를 세우고 아무리 언성을 높여 보이, 농촌은
그들의 과거이고,
아! 그렇다고 이렇게 놔두면 어떡허니? 뒤에서 두 번째
왼쪽 좌석에 앉은 40대 중년신사가 다소 신경질적으로
언성을 높인다. 답변 대신, 안내양은 뒤에서 두 번째 오
른쪽 그 자리를 신문지로 덮어두고만 간다.

시위 서울大生 4명 구속: 관악경찰서는 15일 교내에서 시
위를 주도한 서울大 4년 金영수(22. 수학과) 李혜자(21. 생물학
과) 許熙暎(23. 신방과)신윤호(22. 지리학과) 등 4명을 집회 및
시위에 관한 법률위반행위로 구속했다. 金군 등은 지난 11일 상
오 1시 40분쯤 도서관과 학생식당 주변에서 「민주화학우투쟁선언문」
이라는 反정부유인물을 1천여 장 뿌리며 시위를 주동한 혐의다.

아버지, 어머니 죄송합니다. 그 맨가슴에다 못을 박
습니다.
거 봐! 그러니까 내가 뭐래든.

이번 대형금융부정사건은 정부 고위층과 아무런 관련
이 없다고 검찰총장이 발표한 이상, 이번 대형금융부정
사건은 정부 고위층과 아무런 관련이 없
?
이런 부호 하나 찍을 줄 모르는 신문이 新聞이냐? 官
報냐?
뭐 말이 많아, 짜식들 말야! 조져! 무조건 먼저 조져
놓고 보라구!
하하하하하하하하하하하하하하하하하하하하하하하하하
그는 얼굴 한 번 움직이지 않고 소리로만 웃는다 철가면
철면피.

―「버라이어티 쇼, 1984」 중에서

(나)

행복은 TV광고 속에나 있다.
우리나라 모든 사람들이 공평하게 거기에 이를 순 없
나요?
유학 나가는 친구들을 출영했다. 김포공항 광장을 걸어
나올 때 직면하던 그 이상한 패배감 같은 것도, 그러
나, 사우디 나가는 노동자들이 5열 종대로 <앉아번호>
하던 광경을 생각하면, 사치다.
이렇게 쓸쓸한 곳에서, 오지 않는 미래를 오래 기다리
게 해서, 아내여, 미안하다. 아무래도 당신은 나를 잘못
따라온 것 같다. 줄이 안 보인다.
<소득 격차 더 커졌다> 26일 경제기획원이 조사한 <82년도
도시가계연보>에 따르면 전국 도시 근로자 중에서 소득이 낮
은 순서대로 따져서 20%에 해당하는 제1그룹(월소득 23만
6천 8백 73원까지)은 월평균 1만 5천 7백 40원의 적자 생활을 하
고 있는 것으로 나타났다. 이에 반해 고소득층으로 갈수록

흑자폭이 커져서 최상위 20%(60만 4천 원)의 소득계층은 월평
균 15만 5천 6백 76원의 흑자 가계를 꾸려 가고 있는 것으로
나타났다.
한 사회의 쾌락과 고통의 총량은 에너지 보존의 법칙
과 일치한다. 그러나 다음 도표는 그 법칙의 내구력에
대한 격심한 의문을 표시한다.

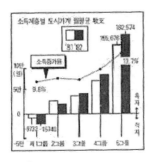

자료: 『중앙일보』 1983년 8월 26일자

여보, 연탄보일러가 또 고장났나 봐요. 물을 부으면
붓는대로 들어가요. 파이프가 어디서 새나?
만약 내일 비가 오면, 나는 떠나지 않을 것이다.
그러나, 레이건 미대통령의 11월 아시아 순방 계획에는
변동이 있을 수 없다고, 백악관 대변인은 어제 기자회견
에서 밝힌바 있다.

　　　　　　　　　　　－「그들은 결혼한 지 7년이 되며」 중에서

　"텍스트는 그 자체로 이미 상호텍스트적이다"는 명제를 통해 하나의
텍스트는 개인적이거나 고립된 것이 아니라 문화적 텍스트성의 구성물
이며, 개인적 텍스트나 문화적 텍스트는 같은 텍스트의 재료로부터 만들
어지며 서로 분리될 수 없다는 크리스테바의 상호텍스트성 개념에 입각
해보자면,21) 위의 텍스트들이야말로 현실 지시성(문화적, 사회적, 정치

적인)을 띤 텍스트들의 결합과 편집으로 구성된 시적 언어로서의 상호텍
스트성을 단적으로 보여준다.

먼저 (가)의 경우는, 황지우 자신이 '시적인 것'이라고 명명한 외부로부
터 주어진 상이한 텍스트들(버스 안에서의 일화, 신문기사, 아마도 국정
감사로 추정되는 방송 내용의 일부, 어디선가 발견된 낙서나 욕설 등), 즉
사회적으로 이미 존재하고 있는 텍스트들의 재배치를 보여주고 있는데,
이미 존재하고 있는 텍스트들이 상호텍스트성을 통해 다른 텍스트에서
발췌한 여러 언표들과 서로 교차되면서 정치적이며 사회적인 정보가 펼
쳐진다. 이 과정에서 사회적으로 이미 존재하고 있는 의미들이 동시대적
요소들로 새롭게 재배치되면서 새로운 의미생성이 가능해진다. 이는 텍
스트들의 교체, 상호텍스트성을 통한 의미의 무한성 속에서 포착된 의미
작용의 결과라고 할 수 있을 것이다. 즉 동시에 일어나는 서로 다른 유형
의 언표와 관련 맺으면서 여러 개의 텍스트들은 당대의 정치적, 사회적
맥락을 거느리고 포개지는데, 그 결과 (가)의 시 텍스트는 직접적인 정보
를 겨냥하는 의사소통적인, 혹은 현실지시적인 기능만을 떠맡는 것이 아
니라 당대의 농수산부 장관, 버스 안내양, 승객과의 실랑이, 대형금융사
건, 언론의 야비함 등과 관련된 각각의 텍스트들이 1980년대의 정치, 사
회적 상황을 함축하고 그 안에 다양한 역사적 상황과 사회적 혼란을 포
개지게 함으로써 1980년대적 정치적, 사회적 문맥을 동시적으로 의미 짓
는 것이다. 따라서 "'시'와 '현실'은 동일한 사회적 사건, 동일한 행동, 동
일한 역사 안에서 함께 의미 지워진다"[22]는 황지우의 '시적인 것'과 '정
치적인 것'에 대한 입장은 이 같은 시적 언어로서의 상호텍스트성의 구
조와 의미작용 속에서 시학적 규명의 단초를 찾을 수 있을 것이다.

---

21) G. Allen, *Intertextuality*, Routledge, London and NewYork, 2000, p.35.
22) 황지우, 「사람과 사람 사이의 신호」, 『사람과 사람 사이의 신호』, 한마당, 1986, 25쪽.

마찬가지로 (나) 역시 당대의 여러 상이한 텍스트들의 교차와 재배열 속에서 사회적이고 경제적, 정치적인 요소들이 다중적인 의미를 생산하는 새로운 텍스트로서의 위상을 떠맡게 되는데, 이렇게 생산된 시 텍스트는 사회적, 역사적 텍스트들의 결합과 편집이며, 그렇기 때문에 역사적이고 문화적이고 사회적인 진행과정에 연관된다. (나)의 이러한 상호텍스트성은 시적 언어가 단선적인 역사—현실—와 동일시되지 않도록 한다. 즉 역사—현실—적 선형성의 대리역을 맡으면서도 현실지시적인 언어표면이 갖는 문법과 의미의 근거를 부정하고 서로 충돌시키는 과정을 통해 의미의 일의성을 방해하는 것이다. 이러한 의미에서 황지우의 해체시 텍스트는 지시적 언어의 표면을 파괴하고 역사의 선형성을 부수면서, 동시에 여러 층으로 분리된 역사—현실—를 지시하는 표상을 생산한다. 이는 황지우가 누차 강조한 '시적 장치와 현실', 그리고 '현실 변혁 의지의 동시적 공존 가능성'으로서의 '시적인 것'을 드러낸 작업이라고 할 수 있을 것이다. 이때 드러난 현실지시성은 단일한 의미로 환원되는 것이 아니고, 복수적 의미생산 체계 속에서 복합적인 관계를 맺으면서 고정된 이념, 정치의 표면을 꿰뚫는 의미 실천이 되는 것이다.

4. 마무리

이상, 황지우의 시론인 '시적인 것'에 대한 검토와 그 시론을 배경으로 하여 일명 '해체시'로 불렸던 그의 대표적인 '형태파괴 시'의 의미생성과정을 시적 언어로서의 상호텍스트성 개념에 비추어 살펴보았다. "나는 '시'를 추구하지 않고 '시적인 것'을 추구한다"는 황지우의 '시적인 것'에 대한 명제는 당시의 관습적인 시 장르의 해체와 갱신으로서의 시적 방법론이라고 할 수 있는 바, 이 '시적인 것'의 의미 맥락을 전제로 하여 '해체시' 텍스트의 의미생성과정을 시적 언어로서의 상호텍스트성 개념을 빌어 고찰해본 것이다.

이 글에서 살펴 본 시적 언어로서의 상호텍스트성은 일반적이고 논리적인 언어와는 달리 시적 언어가 갖는 특성인데, 시적 언어는 몇 개의 약호가 교차하면서 서로를 부정하는 관계에 놓여있으므로 시적 언어로서의 상호텍스트성은 텍스트의 단일하고 통합된 의미를 거부한다는 측면에서 텍스트의 복수성, 불확정성과 관련되고, 역사적이고 문화적이며, 사회적인 진행과정에 연결된다는 측면에서 동시대의 정치성과 연결된다. 따라서 시에서의 상호텍스트성은 수평적 차원(쓰기 주체와 수신자)과 수직적 차원(동시대의 역사, 문화, 사회적 텍스트들)을 통해 텍스트의 열린 구조를 지향하는 기제가 되는데, 이 글에서는 이러한 상호텍스트성을 통해 황지우의 '해체시' 텍스트가 생산한 의미의 복수성, 불확정성과 '시적인 것'과 '정치적인 것'의 동시적인 공존 가능성을 살펴보았다.

시적 언어로서의 상호텍스트성 개념은 당대 시의 문법과 틀을 뛰어넘고자 했던 황지우의 시적 방법론과 '해체시'의 의미생성과정을 규명하는 데 필요한 시학적 차원의 방법론을 제공해주었다. 이는 시적 언어로서의 특성이 여하히 사회성과 정치성을 담보하면서도 문학적 자율성을 담보할 수 있는가에 대한 시학적 규명을 가능케 해주었다는 측면에서 유효한 틀을 제공해주었지만, 좀 더 다양한 텍스트 양상을 통해 황지우의 해체시 텍스트의 의미생성과정을 담아내지 못한 점은 이 글의 한계점이다. 1980년대 황지우의 '해체시'의 유산이 지금까지 시적 계보의 한 양상으로 자리 잡고 있는 현실을 감안할 때, 앞으로도 황지우의 '시적인 것'과 '해체시'에 대한 연구는 시적 언어에 대한 깊이 있는 고민과 이론 도출을 바탕으로 진행되어야 함을 재차 확인하는 바이다.

참고문헌

제1부

◉ 기본 자료

고정희,『초혼제』, 창작과비평사, 1983.

_____,『저 무덤 위에 푸른 잔디』, 창작과비평사, 1989.

_____, 조형 엮음,『너의 침묵에 메마른 나의 입술』, 또하나의 문화, 1993.

김지하,『五賊』, 김지하 담시 전집, 솔 출판사, 1993.

신경림,『농무』(증보판), 창작과비평사, 1975.

_____,『새재』, 창작과비평사, 1979.

_____,『달넘세』, 창작과비평사, 1987.

_____,『남한강』, 창작과비평사, 1987.

◉ 국내 논저

강소연,『1960년대 사회와 비평문학의 모더니티』, 역락, 2006.

강정구,「신경림 시의 서사성 연구」, 경희대학교 박사논문, 2003.

고명철,『1970년대의 유신체제를 넘는 민족문학론』, 보고사, 2002.

고현철,『현대시의 패러디와 장르이론』, 태학사, 1997.

고형진,「서사적 요소의 시적 수용−백석과 신경림을 중심으로」, 고려대학
교,『한국어문교육』제13호, 1988.

공광규,「신경림 시의 창작방법 연구」, 단국대학교 박사논문, 2005.

공임순,「한국 근대 역사 소설의 장르론적 연구」, 서강대 박사논문, 2000.

구명숙,「고정희 시에 나타난 타자성 연구」,『한국민족문화연구』제28집,
한민족문화학회, 2009.2.

구중서 외, 『신경림 문학의 세계』, 창작과비평사, 1995.

김병익, 「민중문학론의 실천적 과제」, 『민중 · 민족 그리고 문학』, 지양사, 1985.

_____, 「한국 문학에 나타난 계층 문제」, 『들린 시대의 문학』, 문학과지성사, 1985.

김승희, 『이상 시 연구』, 보고사, 1998.

_____, 「상징질서에 도전하는 여성시의 목소리, 그 전복의 전략들」, 『여성문학연구』 제2호, 한국여성문학학회, 1999.12.

_____, 『코라 기호학과 한국시』, 서강대학교 출판부, 2008.

_____, 『현대시 텍스트 읽기』, 태학사, 2001.

김열규, 『한국 신화와 무속 연구』, 일조각, 1977.

_____, 『한국민속과 문학연구』, 일조각, 1978.

김용락, 『민족문학 논쟁사 연구』, 실천문학사, 1997.

김익두, 『판소리, 그 지고의 신체 전략』, 평민사, 2003.

김인환, 『줄리아 크리스테바의 문학 탐색』, 이화여자대학교 출판부, 2004.

김주연, 「민중과 대중」, 『대중문학과 민중문학』, 민음사, 1980.

김준오, 『가면의 해석학』, 이우출판사, 1987.

_____, 『한국 현대시와 패러디』, 현대미학사, 1996.

_____, 『현대시와 장르비평』, 문학과지성사, 2009.

김재홍, 『한국 현대시의 사적 탐구』, 일지사, 1998.

김지하, 「풍자냐 자살이냐」, 『민족의 노래 민중의 노래』, 동광출판사, 1984.

_____, 『남녘땅 뱃노래』, 두레, 1985.

_____, 『흰 그늘의 미학을 찾아서』, 실천문학사, 2005.

김태곤, 『한국 무가집』, 집문당, 1992.

김 현, 「울음과 통곡」, 『분석과 해석/보이는 심연과 안 보이는 역사 전망』, 문학과지성사, 1992.

김현주, 『구술성과 한국서사전통』, 월인, 2003.

권영민,『한국 현대문학사; 1945~1990』, 민음사, 1993.

_____,「민족문학론의 논리와 실천」,『한국민족문학론 연구』, 민음사, 1991.

_____,「1970~80년대 민족·민중문학론」,『한국현대문학 비평사』, 소
　　　명출판, 2000.

권혁웅,『미래파』, 문학과지성사, 2005.

나희덕,「시대의 염의(殮衣)를 마름질 하는 손」,『창작과비평』, 2001, 여름.

류보선,『한국근대문학과 민족국가 담론』, 소명출판, 2005.

류순태,『한국 현대시의 방법과 이론』, 푸른 사상, 2009.

문학사와 비평연구회 편,『1970년대 문학 연구』, 예하, 1994.

민병욱,「신경림의『남한강』혹은 삶과 세계의 서사적 탐색」,『시와 시학』,
　　　1993, 봄.

민족굿학회 편,『민족과 굿』, 학민글밭, 1997.

_____,『노동과 굿』, 학민글밭, 1997.

박몽구,「신경림 시의 서사성과 대화주의」,『어문연구』제47권, 어문연구
　　　학회, 2005.

박성창,『동일자와 타자』, 인간사랑, 1990.

박철희,『문예비평론』, 문학과비평사, 1992.

박현수,『모더니즘과 포스트모더니즘의 수사학』, 소명, 2003.

박현채, 유재천 편,「민중과 역사」,『민중』, 문학과지성사, 1984.

백낙청, 성민엽 편,「민족문학의 개념 정립을 위해」,『민중문학론』, 문학과
　　　지성사, 1984.

_____,「민족문학의 현 단계」, 백낙청 평론집,『민족문학과 세계문학 2』,
　　　창작과비평사, 1895.

_____,「시민문학론」,『창작과비평』, 1969, 여름호.

서유석,『시와 리듬』, 문학과지성사, 1981.

성기옥 외,『한국시의 미학적 패러다임과 시학적 전통』, 소명출판, 2004.

성민엽, 「민중문학의 논리」, 『민중문학론』, 문학과지성사, 1984.

_____, 김병익 외 편, 「문학에서의 민중주의, 그 반성과 전망」, 『오늘의 한국 지성, 그 흐름을 읽는다』, 문학과지성사, 1995.

송효섭, 『설화의 기호학』, 민음사, 1999.

_____, 『해체의 설화학』, 서강대학교 출판부, 2008.

_____, 『탈신화 시대의 신화들』, 기파랑, 2005.

신경림, 「문학과 민중」, 『창작과비평』, 1973, 봄.

_____, 「무엇을 어떻게 쓸 것인가」, 『삶의 진실과 시적 진실』, 전예원, 1983.

_____, 「민중문학의 참길」, 『삶의 진실과 시적 진실』, 전예원, 1983.

신범순, 「해방기 시의 리얼리즘 연구」, 서울대 박사논문, 1990.

실천문학 편집위원회 편, 『다시 문제는 리얼리즘이다』, 실천문학사, 1992.

여홍상 엮음, 『바흐친과 문학 이론』, 문학과지성사, 1995.

염무웅, 「민족문학, 이 어둠 속의 행진」, 『월간 중앙』, 1972, 3월호.

염무웅, 백낙청 · 염무웅 편, 「서사시의 가능성과 문제점」, 『한국문학의 현단계 I 』, 창작과비평사, 1982.

염무웅, 구중서 외 편, 「민중의 삶, 민족의 노래」, 『신경림 문학의 세계』, 창작과비평사, 1995.

오성호, 「1920~30년대 한국시의 리얼리즘적 성격 연구」, 연세대학교 박사논문, 1992.

오세영, 「장르실험과 전통 장르」, 『작가세계』, 1989, 가을호.

유성호, 『한국 현대시의 형상과 논리』, 국학자료원, 1997.

유종호, 구중서 외 엮음, 「서사 충동의 서정적 탐구」, 『신경림 문학의 세계』, 창작과비평사, 1995.

_____, 「슬픔의 사회적 차원」, 『동시대의 시와 진실』, 민음사, 1995.

유재천, 「민중 개념의 내포와 외연」, 『민중』, 문학과지성사, 1984.

_____, 「70년대의 민중에 대한 시각」, 『민중』, 문학과지성사, 1984.

윤여탁, 「1920~1930년대 리얼리즘 시의 현실 인식과 형상화 방법에 대한 연구」, 서울대 박사논문, 1990.

윤영천, 구중서 외, 「농민공동체의 실현과 꿈의 좌절-『남한강』론」, 『신경림 문학의 세계』, 창작과비평사, 1995.

윤호병, 「치열한 민중의식과 준열한 서사의 힘」, 『시와 시학』, 1993, 봄.

이은봉 편, 『시와 리얼리즘』, 공동체, 1993.

이숭원, 「해방 후 서사시, 장시의 정신과 형식」, 『현대시』, 한국문연, 1993.10.

이승하, 「한국 현대시에 나타난 풍자성 연구」, 중앙대학교 박사논문, 1995.

이승훈, 『과정으로서의 나』, 푸른 사상, 2003.

_____, 『한국 모더니즘시사』, 문예출판사, 2000.

이신행, 「70년대와 80년대의 민중 지향적 논의-사회적 정당성의 형성」, 『오늘의 한국 지성, 그 흐름을 읽는다』, 문학과지성사, 1995.

이정우, 『담론의 공간』, 산해, 2000.

이혜원, 「1970년대 서술시의 양식적 특성」, 『상허학보』 10집, 2003.

임헌영, 「신경림의 시세계-『남한강』을 중심으로」, 『남한강』, 창작사, 1987.

임동확, 「생성의 사유와 '무'의 시학」, 서강대학교 박사논문, 2003.

이소희, 「고정희를 둘러싼 페미니즘 문화정치학」, 『젠더와 사회』, 한양대학교 여성 연구소, 2007.6.

이상일, 『한국인의 굿과 놀이』, 문음사, 1987.

임철규, 『눈의 역사 눈의 미학』, 한길사, 2004.

전영태, 「민중문학론에 대한 몇 가지 의문」, 『한국문학』, 1985, 2월호.

정과리, 「민중문학론의 인식 구조」, 『문학과 사회』, 1988, 봄.

정문길, 『소외론 연구』, 문학과지성사, 1998.

정복임, 「고정희 시의 탈식민주의적 연구」, 단국대학교 박사논문, 2008.

정수복, 「대항 이데올로기로서의 민중론」, 『의미세계와 사회운동』, 민영사, 1994.

정효구, 「고정희 시에 나타난 여성 의식」, 『인문학지』, 충북대학교 인문학연구소, 1999.2.

주강현, 「반유신과 문화 예술 운동」, 『유신과 반유신』, 민주화운동 기념사업회, 2005.

주강현, 『굿의 사회사』, 웅진출판, 1992.

주은우, 『시각과 현대성』, 한나래, 2003.

차승기, 「'민족' 담론의 미래와 가능성」, 『한국문학과 민족주의』, 한국문학연구회 편, 국학자료원, 2000.

최원식, 『생산적 대화를 위하여』, 창작과비평사, 1997.

채광석, 「민족문학과 민중문학」, 『민중적 민족문학론』, 풀빛, 1988~1989.

하정일, 「시민문학론에서 근대극복론까지」, 『20세기 한국문학과 근대성의 변증법』, 소명출판, 2002.

한강희, 『한국 현대 비평의 인식과 논리』, 태학사, 1998.

한수영, 한국문학연구회 편, 「민족주의와 문화」, 『한국문학과 민족주의』, 국학자료원, 2000.

한상진, 유재천 편, 「민중과 사회과학」, 『민중』, 문학과지성사, 1984.

홍용희, 「김지하 문학 연구」, 경희대학교 박사논문, 1998.

◉ 국외 논저

Bakhtime Mikhail Mikhailovich, 전승희 외 옮김, 『장편소설과 민중 언어』, 창작과비평사, 1988.

Bataille Georges, 조한경 옮김, 『에로티즘의 역사』, 민음사, 1998.

_____, 최윤정 옮김, 『문학과 악』, 민음사, 1995.

_____, 조한경 옮김, 『저주의 몫』, 문학동네, 2000.

Bergson Henri, 정연복 옮김, 『웃음』, 세계사, 1992.

Bertrand Ogilvie, 김석 옮김, 『라깡 주체 개념의 형성』, 동문선, 1987

Benveniste Emile, 황경자 옮김, 『일반언어학의 제문제』, 민음사, 1992.

Bowie Malcolm, 이종인 옮김, 『자끄 라깡』, 시공사, 1999.

Butler Judith, 김윤상 옮김, 『의미를 체현하는 육체』, 인간사랑, 2003.

Cixous Helene, 이봉지 역, 『새로 태어난 여성』, 나남출판, 2008.

Collot Michel, 정선아 옮김, 『현대시와 지평구조』, 문학과지성사, 2003.

Culler Jonathan, 이은경 · 임옥희 옮김, 『문학이론』, 동문선, 1999.

_____, 이종인 옮김, 『소쉬르』, 시공사, 1998.

Easthope Antony, *poetry and Phantasy*, Cambrige UP, 1989.

Eco Umberto, 오숙은 옮김, 『추의 역사』, 열린 책들, 2008.

Eysteinsson Astradur, 임옥희 역, 『모더니즘 문학론』, 현대미학사, 1996.

Freud Sigmund, 박찬부 외 역, 『프로이드 전집』 1~15, 열린 책들, 1998.

Georg Wilhelm Friedrich Hegel, 임석진 옮김, 『정신현상학 1 · 2』, 한길사, 2005.

Graham Allen, *Intertextuality*, Routledge, London and New York, 2000.

Henri Meschonnic, 조재룡 옮김, 『시학을 위하여1』, 새물결, 2004.

Huizinga Johan, 장윤수역, 『호모루덴스』, 까치글방, 1997.

Jakobson Roman, 신문수 편역, 『문학 속의 언어학』, 문학과지성사, 1989.

Jauss Hans Robert, 장영태 역, 『도전으로의 문학사』, 문학과지성사, 1983.

John Fletcher Andrew Benjamin, *Abjection, Melancholia, And Love*, Routlrdge and New York, 1990.

Julia Kristeva, *Revolution in Poetic Language*, trans. M.Waller, Columbia University Press, New York, 1984.

Julia Kristeva, 서민원 옮김, 『세미오티케』, 동문선, 2005.

_____, 서민원 옮김, 『공포의 권력』, 동문선, 2001.

_____, 김인환 옮김, 『언어 그 미지의 것』, 민음사, 2001.

_____, 유복렬 옮김, 『반항의 의미와 무의미』, 푸른 숲, 1998.

_____, 서민원 옮김, 『미친 진실』, 동문선, 2002.

Kelly Oliver, *Reading Kristeva*, Indiana University Press, 1993.

Lamping Dieter, 장영태 옮김, 『서정시: 역사와 이론』, 문학과지성사, 1994.

Laplanche, Jean 외, 임진수 옮김, 『정신분석 사전』, 열린책들, 2005.

Larroux, Guy, 조성애 역, 『사실주의 문학의 이해』, 동문선, 2000.

Leech, Geoffrev N. *A liguistic guide to English poetry*, London: Longman, 1980.

Lenin Vladimir Ilyich, 정광희 역, 『유물론과 경험 비판론』, 아침, 1989.

McAfee Noealle, 이부순 옮김, 『경계에 선 줄리아 크리스테바』, 앨피, 2007.

Maclean Marie, 임병권 옮김, 『텍스트의 역학: 연행으로서의 서사』, 한나래, 1997.

McLuhan Marshall, 김성기 · 이한우 옮김, 『미디어의 이해』, 민음사, 2002.

Mansfield Nick, 이강훈 옮김, 『마조히즘: 권력의 예술』, 동문선, 2008.

Mills Sara, 김부용 옮김, 『담론』, 인간 사랑, 2001.

Morson, Gary Saul, 오문석 외 옮김, 『바흐친의 산문학』, 책세상, 2006.

Norris Christopher, 이현주 옮김, 『해체비평』, 한신문화사, 1995.

Pam Morris, 강희원 역, 『문학과 페미니즘』, 문예출판사, 1997.

Payne Michael, 장경렬 외 옮김, 『읽기 이론/이론 읽기-라캉, 데리다, 크리스테바』, 한신문화사, 1999.

Philip Kuberski, *Chaosmos*, State University of New York Press, 1994.

Plett Heinrich F, 양태종 옮김, 『분류체계의 수사학』, 나남출판, 2009.

Rosenkranz Karl, 조경식 옮김, 『추의 미학』, 나남, 2008.

Todorov Tzvetan, 송덕호 옮김, 『담론의 장르』, 예림기획, 2004.

_____, 『러시아 형식주의』, 이화여자대학교 출판부, 1997.

Toril Moi, 임옥희 외 옮김, 『성과 텍스트의 정치학』, 한신문화사, 1994.

Turner Victor, 이기우 외 옮김, 『제의에서 연극으로』, 현대 미학사, 1996.

제2부

◉ 기본 자료

박남철, 『地上의 人間』, 문학과지성사, 1984.

_____, 『반시대적 고찰』, 한겨레, 1988.

황지우, 『새들도 세상을 뜨는구나』, 문학과지성사, 1983.

_____, 『겨울―나무로부터 봄―나무에로』, 민음사, 1985.

_____, 『나는 너다』, 풀빛, 1987.

_____, 『사람과 사람 사이의 신호』, 한마당, 1993, 개정판.

_____, 이남호 · 이경호 편, 「끔찍한 모더니티」, 『황지우 문학앨범』, 웅진
　　　출판, 1995.

황지우 · 박수연, 「시적인 것으로서의 착란적인 것」, 『문학과 사회』 45호,
　　　1999, 봄호.

◉ 국내 논저

강동호, 「시적인 것에 대한 시론적 고찰」, 『사이』 9호, 국제한국문화학회,
　　　2010.

구모룡, 『문학과 근대성의 경험』, 좋은날, 1998.

김수이, 「시대의 전위에서 '아름다운 폐인'에 이르는 길」, 『환각의 칼날』, 청
　　　동거울, 2000.

김병익, 「시, 혹은 진실과 현실 사이」, 『地上의 人間』, 문학과지성사, 1984.

김승희, 『코라 기호학과 한국시』, 서강대학교 출판부, 2008.

김영민, 『한국현대문학비평사』, 소명출판, 2000.

김인환, 「황지우의 전위적 실험」, 『현대시란 무엇인가』, 현대문학, 2011.

김인환, 『줄리아 크리스테바의 문학 탐색』, 이화여자대학교 출판부, 2004.

김준오, 「한국 모더니즘의 현단계」, 『도시시와 해체시』, 문학과비평사, 1988.

김 현, 「타오르는 불의 푸르름」, 『새들도 세상을 뜨는구나』 해설, 문학과
　　　　지성사, 1983.

_____, 「방법적 인용의 시적 성과—박남철의 시세계」, 『현대시세계』, 1990.9.

류종영, 『웃음의 미학』, 유로, 2005.

신현철, 「자유로운, 그러나 자유롭지 않은」, 『현대시세계』, 1991, 봄.

신형철, 「시적인 것, 실재적인 것, 그리고 증상적인 것—황지우 시론의 비
　　　　판적 검토」, 『한국학보』 30권, 제4호, 2004.

이광호, 「초월의 지리학」, 『황지우 문학앨범』, 웅진출판, 1995.

이상금, 「기법의 자유로움 혹은 정신의 자유로움」, 『오늘의 문예비평 1』,
　　　　1994.4.

이순욱, 『한국 현대시와 웃음시학』, 청동거울, 2004.

이승훈, 『과정으로서의 나』, 푸른 사상, 2003.

_____, 『포스트모더니즘 시론』, 세계사, 1991.

_____, 『해체시론』, 새미, 1998.

정한아, 「시적인 것의 실재론이라는 스캔들—황지우 시론 연구(1)」, 『사이』
　　　　5호, 국제한국문화학회, 2008.

정효구, 「박남철 論」, 『현대시학』, 1991.2.

정현경, 「웃음에 관한 몇 가지 성찰」, 『카프카연구』 제21집, 한국카프카학
　　　　회, 2009.

피종호, 『해체미학』, 뿌리와 이파리, 2005.

최동호, 『한국현대시사의 감각』, 고려대학교 출판부, 2004.

한강희, 『한국 현대 비평의 인식과 논리』, 태학사, 1998.

● 국외 논저

Culler Jonathan, 이은경 · 임옥희 옮김, 『문학이론』, 동문선, 1999.

_____, 이종인 옮김, 『소쉬르』, 시공사, 1998.

Graham Allen, *Intertextuality*, Routledge, London and New York, 2000.

Morson, Gary Saul, 오문석 외 옮김, 『바흐친의 산문학』, 책세상, 2006.

Norris Christopher, 이현주 옮김, 『해체비평』, 한신문화사, 1995.

Julia Kristeva, *Revolution in Poetic Language*, trans. M. Waller, Columbia University
    Press, New York, 1984.

_____, 서민원 옮김, 『세미오티케』, 동문선, 2005.

_____, 김인환 옮김, 『언어 그 미지의 것』, 민음사, 2001.

_____, 유복렬 옮김, 『반항의 의미와 무의미』, 푸른 숲, 1998.

Kelly Oliver, *Reading Kristeva*, Indiana University Press, 1993.

McAfee Noealle, 이부순 옮김, 『경계에 선 줄리아 크리스테바』, 앨피, 2007.

부정성의 시학과 한국 현대시

초판 1쇄 인쇄일	2014년 5월 12일
초판 1쇄 발행일	2014년 5월 13일

지은이	김난희
펴낸이	정구형
책임편집	윤지영
편집/디자인	심소영 신수빈 이가람
마케팅	정찬용 권준기
영업관리	김소연 차용원
컨텐츠 사업팀	진병도 박성훈
인쇄처	월드문화사
펴낸곳	**국학자료원**
	등록일 2006 11 02 제2007-12호
	서울시 강동구 성내동 447-11 현영빌딩 2층
	Tel 442-4623 Fax 442-4625
	www.kookhak.co.kr
	kookhak2001@hanmail.net

ISBN	978-89-279-0829-6 *93800
가격	16,000원